Das letzte Halleluja

Der zweite Fall für Leo und Samson

Zum Buch

Es ist ziemlich viel, was da auf Leo hereinprasselt: Während der Ermittlungen zum gewaltsamen Tod der ehemaligen Nonne Lena muss sich der Ex-Millionär und mittelbegabte Privatdetektiv mit bissigen Katzen, liebestollen Rentnern, sexbesessenen Polizistinnen und der schwierigen Beziehung zur süßen Marie auseinandersetzen. Außerdem ist er mal wieder gezwungen, auf Samson aufzupassen, den kalbsgroßen Hund seiner Assistentin Mandy. Gemeinsam macht sich das ungleiche Duo aus Mensch und Hund auf die turbulente Suche nach der Wahrheit – und kommt dabei dem Tod erschreckend nahe.
Nach dem Überraschungserfolg »Bauernhochzeit« ist das »Letzte Halleluja« der zweite Fall für Leo und Samson – wieder mit jeder Menge Leichen, Lust und Liebeswahn.

Autor

Alexander Huberth, 1972 in Freiburg geboren, ist Journalist und arbeitet als Redakteur bei einer Tageszeitung in Süddeutschland. Dort leitet er die Nachrichtenredaktion. Nebenbei schreibt Huberth seit Jahren kleinere und größere Geschichten für den Hausgebrauch. Nach »Bauernhochzeit«, dem Premierenfall von Privatdetektiv Leonardo »Leo« Buchfink und Wolfshund Samson, hat er nun mit »Das letzte Halleluja« seinen zweiten Roman veröffentlicht. »Bauernhochzeit« führte über mehrere Wochen die Kindle-E-Book-Bestsellerlisten in den Genres Cosy-Krimis und Privatdetektive an, kam bei Krimis&Thriller unter die Top Ten und hielt sich in den Kindle-E-Book-Gesamtcharts über Wochen unter den Top 100.

Mehr über Alexander Huberth unter:
www.alexanderhuberth.de

Lieferbare Titel:
Bauernhochzeit
Das letzte Halleluja

Alexander Huberth

Das letzte Halleluja

Der zweite Fall für Leo und Samson

Kriminalroman

Alexander Huberth
Das letzte Halleluja – Der zweite Fall für Leo und Samson

ISBN-13: 978-1519706072
ISBN-10: 1519706073

Herausgeber:
Alexander Huberth
Frauenalber Str. 71
76199 Karlsruhe
kontakt@alexanderhuberth.de

www.alexanderhuberth.de

Covergestaltung: *Dennis Vollmer*
Coverfoto: www.shutterstock.com

Druck:
CreateSpace, ein Unternehmen von Amazon.com

In Erinnerung an Luigi,
den besten Kater der Welt

1

Schuld war Frau Merkel. Sie hatte mich in dieses verdammte Rohr gelockt. Nun starrte sie mich an mit ihren weit aufgerissenen grünen Augen und wich zurück, so sehr ich sie auch lockte.

»Komm, Frau Merkel, miezmiezmiez. Kohommm.«

Doch sie kam nicht. Ums Verrecken nicht. Zwei Tage lang hatte ich das Biest gesucht. Zwei Tage in einem Frühsommer, der so heiß war wie eine läufige Hündin. Warum war ich nur so dämlich gewesen, diesen Auftrag anzunehmen?

»Bitte, Sie müssen Frau Merkel finden«, hatte Gertrud Winterberg am Telefon gesagt. Natürlich kapierte ich zunächst kein Wort und dachte, die arme Alte hat nicht mehr alle Latten am Zaun. Frau Merkel finden, na klar.

»Schalten Sie den Fernseher an«, hatte ich gesagt. »Gleich kommt die Tagesschau.«

Da hatte Gertrud Winterberg, die von ihren Freundinnen Trudi genannt wurde, zu weinen begonnen. Ich kann nicht damit umgehen, wenn Frauen weinen. Unter herzzerreißenden Schluchzern erklärte mir Trudi, dass Frau Merkel der Name ihrer Katze war. Sie hatte das bedauernswerte Tier so getauft, weil die Frau Bundeskanzlerin so sympathisch sei. Und ihr Kätzchen, ja, das sei natürlich auch sympathisch, deshalb passe der Name so gut.

Jedenfalls, Frau Merkel war nun schon einen ganzen Tag und eine ganze Nacht verschwunden und Frau Winterberg wollte mich beauftragen, ihren Liebling zu retten.

»Sie sind doch Privatdetektiv, oder?«

»Ja, klar, aber ...«

»Na also. Dann sind Sie jetzt engagiert.«

»Frau Winterberg, ich ...«

»Nennen Sie mich Trudi.«

»Gern, Trudi. Es tut mir leid, aber ich suche nicht nach entlaufenen Katzen, höchstens nach entlaufenen Ehemännern. Verstehen Sie?« Das stimmte nicht ganz, in Notzeiten, wenn so gar kein Auftrag eintrudeln wollte, hatte ich mich – in Einzelfällen, wie ich betonen möchte – schon als Tieraufspürer versucht. Mit wechselndem Erfolg. Doch jetzt, bei dieser Hitze, hatte ich dazu so viel Lust wie ein pubertierender Teenie dazu, sein Zimmer aufzuräumen. »Vielleicht versuchen Sie es mal bei der Katzenhilfe oder im Tierheim«, schlug ich deshalb vor.

»Habe ich schon, aber bei denen gibt es keine Katzendetektive. Ich brauche Sie, Herr Leonardo. Ich darf doch Leonardo sagen? Wenn Sie mir nicht helfen wollen, muss ich davon ausgehen, dass Sie keine Katzen mögen. Das müsste ich meinen Freundinnen erzählen. Die würden dann zu Ihnen kommen und Ihre Fensterscheiben einwerfen, Ihr Auto zerkratzen und all solche Sachen. Ich habe Ihre Adresse, die steht nämlich im Telefonbuch.«

Hilfe, eine militante Rentnerin. Ich kratzte mich ratlos am Hintern.

»Doch, Trudi«, sagte ich, »ich mag Katzen. Ich lebe mit einer zusammen.« Luigi, mein kleiner schwarzer Kater, lag faul auf dem Sofa und dachte darüber nach, wohin er mich morgen früh beißen würde, um mich zu wecken.

»Wie können Sie dann so herzlos sein? War sie schon einmal verschwunden?«

»Ja, war sie.«

»Na also. Dann wissen Sie ja, wie das ist. Wann können Sie kommen? Bitte schnell, es eilt.«

»Wirklich, Trudi, das geht nicht. Ich bin Privatdetektiv. Ich suche nicht nach entlaufenen Tieren. Das wäre auch viel zu teuer.«

»Zu teuer! Junger Mann, ich bitte Sie. Was können Sie schon kosten?«

»Mein Stundensatz liegt bei hundert Euro«, sagte ich und versuchte, dabei überzeugend zu klingen. Ich hatte meine Preise erst vor einer Woche erhöht und kam mir noch immer wie ein Halsabschneider vor.

»Ich zahle das Dreifache. Wie lange brauchen Sie bis zu mir?«

»Geben Sie mir zwanzig Minuten.«

Zwei heiße Tage lang hatte ich die Gegend abgesucht. An Haustüren geklingelt, mir Keller und Garagen öffnen lassen, mich auf dem Boden kriechend vorwärts bewegt. Und mich mit der Polizei auseinandergesetzt.

Die war angerast gekommen, nachdem eine fünfundneunzigjährige Frau sie alarmiert hatte, weil sich in der Gegend »ein mieser Trickdieb« herumtreibe. Der gemeine Kerl gebe sich als Detektiv aus, in Wirklichkeit sei er aber bestimmt ein Verbrecher, der sie um ihr Erspartes bringen wolle. Man kenne das ja aus dem Fernsehen.

Sie jedoch lasse sich nichts vormachen. Sie habe den Kriminellen quasi auf frischer Tat ertappt und die Polizei könne ihn nun abholen. Denn sie habe ihn im Keller eingesperrt, den Trickdieb.

Das stimmte. Ich hatte mich mit Hilfe meiner Mini-Taschenlampe im Keller nach einem Fenster umgesehen. Doch ich fand nur eine vergitterte Luke und ansonsten jede Menge nutzlosen Krempel. Nun saß ich auf der obersten Kellerstufe im Halbdunkeln und hörte jedes Wort des Telefongesprächs mit. Die Alte hatte die Tür abgeschlossen, während ich im Keller nach Frau Merkel Ausschau hielt.

Endlich erschien die Staatsgewalt und befreite mich aus meinem Gefängnis. Die Polizisten ließen sich Personalausweis und Lizenz zeigen, suchten mich unter den strengen Augen der alten Schachtel sogar nach Waffen ab. Das diente selbstverständlich nur der Show, um etwas Aufregung in den langweiligen Alltag zu bekommen. Und um auf dem Revier etwas erzählen zu können. Einen der Beamten, Klaus, kannte ich noch von meinem kurzen Gastspiel bei der Polizei vor einigen Jahren. Er wusste genau, dass ich kein Trickdieb war. Aber er genoss das Spielchen.

»Was ist nun?«, fragte die alte Schachtel. »Verhaften Sie ihn? Wer weiß, vielleicht ist er gar kein Trickdieb, sondern ein Mörder. Ein bisschen eine fiese Visage hat er ja.«

»Das stimmt, Frau Wilderle. Wir prüfen das noch.«

Der andere Polizist, ein pickliger Jüngling mit viel zu großer Uniform, studierte meine Papiere wie ein Pfarrer die Bibel. »Scheint alles in Ordnung zu sein«, sagte er nach einer Ewigkeit.

»Sicher?«

»Glaub schon, Chef.«

»Lass mal sehen.«

Pickelgesicht überreichte Klaus feierlich meine Unterlagen.

»Mhm«, machte Klaus.

Und dann: »Mhm, mhm, mhm.«

»Und? Ist er ein Mörder?«, fragte die alte Schachtel.

Klaus schüttelte den Kopf. »Nein, ich glaube nicht. Scheint so, als sei der Mann tatsächlich Detektiv.« Er gab Pickelgesicht meine Papiere zurück.

Die alte Schachtel guckte enttäuscht. Sie hätte es gern gesehen, wenn die Beamten mich zu Boden geworfen und in Handschellen gelegt hätten.

»Sind Sie ganz sicher? Wissen Sie, er hat gesagt, er sei Privatdetektiv und suche nach einer Katze. Aber welcher

Privatdetektiv sucht schon nach einer Katze? Also ich habe von so etwas noch nie gehört. Und im Fernsehen hab ich das auch noch nie gesehen. Darum habe ich Sie ja angerufen. Weil mit dem etwas nicht stimmen kann.« Sie warf mir einen bösen Blick zu, als wolle sie mich mit einem Fluch belegen.

»Soso«, sagte Klaus. »Eine Katze sucht er, der Herr Buchfink.« Er biss sich auf die Unterlippe, um nicht loszulachen. »Es ist so, Frau Wilderle: Im Fernsehen sind Detektive immer Helden. Aber im richtigen Leben, da ist das ganz anders. Da werden Detektive höchstens engagiert, um untreue Ehemänner zu überführen. Oder eben, um entlaufene Katzen zu finden. Die wirklich guten Ermittler, die klugen Köpfe, die arbeiten bei der Polizei.«

Die alte Schachtel nickte. »Ja, das leuchtet mir ein. Er sieht ja auch wirklich nicht aus, als sei er der Hellste, nicht wahr?«

Jetzt wurde es mir zu dumm. Ich streckte Pickelgesicht die Hand entgegen. »Kann ich jetzt bitte wieder meine Papiere haben und verschwinden? Ich habe nämlich nicht so viel Zeit wie ihr zwei Pappnasen. Ich werde im Gegensatz zu euch fürs Arbeiten bezahlt, nicht fürs Rumstehen.«

»Nana«, sagte Pickelgesicht und setzte eine wichtige Miene auf. »Nicht unverschämt werden. Wir können auch anders, können wir.«

Klaus stand grinsend daneben.

»Klaus? Würdest du deinem Pampersboy bitte sagen, dass er mir erstens meine Papiere gibt und zweitens die Klappe hält, wenn die Großen was zu klären haben?«

Pickelgesicht wurde ganz rot. Ob vor Aufregung oder Wut konnte ich nicht sagen. »Sie kennen den Kerl, Chef?«

»Flüchtig.«

»Aber ...«

Klaus hob die Hand, Pickelgesicht schwieg. Gut erzogen.

»Weißt du noch, was ich dir beigebracht habe, Marvin? Immer auf Nummer sicher gehen. Ja, ich kenne den Mann. Aber weiß ich, ob er sich nicht mittlerweile verändert hat? So charakterlich oder beruflich? Nein, das weiß ich nicht. Deshalb war es so wichtig, ihn genau unter die Lupe zu nehmen. Wo kommen wir denn da hin, wenn wir vertrauensselig werden, nur weil wir jemanden zu kennen glauben? Na, Marvin, wo kommen wir da hin?«

»In Teufels Küche, Chef?«

»Genau, Marvin. In Teufels Küche. So, und jetzt gib ihm die Papiere. Frau Wilderle, Sie haben absolut richtig gehandelt. Wenn alle Bürger so aufmerksam und umsichtig wären wie Sie, dann gäbe es weitaus weniger Verbrechen.«

Die alte Schachtel strahlte. »Das haben Sie schön gesagt, Herr Kommissar. Wollen Sie ein Stückchen Kuchen und einen Kaffee?«

Der Herr Kommissar, der in Wirklichkeit ein Herr Polizeiobermeister war, lehnte dankend ab. »Sehr liebenswürdig, Frau Wilderle. Aber wir sind im Dienst, nicht wahr?«

»Schade.«

Beim Abschied flüsterte sie Klaus etwas zu, so laut, dass alle es hörten. »Sie sollten Ihrem Mitarbeiter eine gute Anti-Pickel-Lotion schenken. Das hilft bestimmt.«

Mich würdigte sie keines Blickes, als ich das Haus verließ.

Nach diesem entwürdigenden Auftritt zog ich mich für ein Stündchen zurück. An der einige Hundert Meter entfernten Haltestelle der Regionalbahn wartete ein kleiner Kiosk auf Kundschaft. Er bot Zigaretten, Pornohefte und Flachmänner feil. Außerdem Zuckergetränke und Süßigkeiten. Ich kaufte eine Cola und zwei Snickers, setzte mich auf die Haltestellenbank, verzehrte mein Mahl und beobachtete die Bahn, die sich während meines Haltestellenaufenthalts in diese Einöde verirrt hatte.

Nur wenige Menschen stiegen ein und aus. Die meisten wackeren Südbadener saßen entweder zu Hause und fächerten sich Wind zu oder sie lagen im Schwimmbad. Auch Frau Merkel ließ sich nicht blicken. Immerhin flößte mir der Ausflug an den Schienenstrang neue Energie ein. Ich raffte mich auf, bereit zu neuen Heldentaten, gewappnet für die Suche nach der Katze. Insgeheim fürchtete ich, das Tier irgendwo tot am Straßenrand zu entdecken. Aber das hatte ich Trudi gegenüber nicht erwähnt. Sie hätte es sowieso nicht geglaubt.

»Wissen Sie«, hatte sie gesagt, als ich im Flur ihres Häuschens stand, »ich habe heute schon mit einer Frau telefoniert, die eine Verbindung zu verschwundenen Tieren aufbauen kann. Und die hat gesagt, dass Frau Merkel lebt. Leider war die Verbindung zu schwach, sodass sie nicht sehen konnte, wo genau sie sich befindet.«

»Natürlich«, sagte ich.

»Ja, aber immerhin wissen wir jetzt, dass sie lebt. Vielleicht ist sie verletzt und sendet deshalb nicht so stark. Oder sie versteckt sich irgendwo, wo die Gedanken nicht frei fließen können. Sie wissen schon, so eine Art Funkloch.«

»Klar, ein Funkloch.«

Bevor sie mir noch mehr Katzenmedium-Fantasien antrug, bat ich sie, mir ein Foto ihres geliebten Tieres zu zeigen.

»Abzug oder per Mail?«, fragte sie.

Weil ich mir nicht ernsthaft vorstellen konnte, dass die zwar pfiffige, aber eben doch recht alte Frau mit einem Mailprogramm umgehen konnte, bat ich um einen Abzug. Sie schlurfte zur Schrankwand und kam mit dem Abzug zurück. Genau genommen mit einem Fotoalbum voller Abzüge. Fein säuberlich hatte sie auf jede Seite vier Bilder ihrer Katze gepappt. Sie hatte rötliches Fell und einen unheimlichen Blick. Um ehrlich zu sein: Ich fand Frau Merkel nicht sonderlich attraktiv.

Auch das sagte ich nicht.

Ich entdeckte Frau Merkel schließlich am späten Nachmittag des zweiten Tages, kaum drei Stunden, nachdem ich die Haltestelle wieder verlassen hatte. Mittlerweile zog der Abend auf und mit ihm annähernd erträgliche Temperaturen.

Vor mir lag ein Stück Brachland, das aus unerfindlichen Gründen noch nicht bebaut worden war. Metallgitter lagen zwischen überwucherten Hügeln herum, achtlos weggeworfener Müll und jede Menge Rohre: Plastikrohre, Betonrohre, Metallrohre. Schmale Rohre, breite Rohre, lange Rohre, kurze Rohre. Und noch viel mehr Rohre. Mein untrüglicher Instinkt sagte mir, dass das ein idealer Aufenthaltsort für das Viech war. Ich wusste nur nicht, wie es dort hingekommen sein sollte. Das unwirtliche Stückchen Erde lag jenseits einer vielbefahrenen vierspurigen Bundesstraße, die die Gegend teilte, etwa so wie Südkorea und Nordkorea. Und es war mindestens zwei Kilometer vom heimatlichen Fressnapf entfernt. Für kastrierte, verwöhnte Kätzinnen eine beachtliche Distanz.

Ich rannte über die Straße, ignorierte das Hupen erschrockener Autofahrer und versprach mir selbst, höchstens ein paar Rohre zu inspizieren und dann Feierabend zu machen. Danach bekäme Frau Merkel noch einen Tag Zeit, sich von mir finden zu lassen. Ansonsten müsste ich Trudi leider sagen, dass sie nur noch auf ein Wunder hoffen durfte.

Ich schlich also um Glasscherben und gebrauchte Kondome herum, fragte mich, wer um alles in der Welt an diesem gottverlassenen Ort den fleischlichen Freuden frönte, achtete darauf, keiner Ratte zu begegnen und lauschte, ob ich außer dem rauschenden Straßenverkehr noch etwas anderes hörte. Zum Beispiel das frohlockende Miauen einer Miezekatze. Vergeblich.

Zwanzig Minuten war ich durch die Vorstadtwildnis gestreift und hatte außer dicken Käfern und einer in der Abendsonne dösenden Eidechse nichts gefunden. Es war nicht einfach, in diesem Irrgarten von Hügeln und Gestrüpp die Übersicht zu behalten. Sah ja alles gleich aus. War ich dort vorne links schon gewesen? Oder da hinten rechts? Keine Ahnung.

Während ich darüber nachdachte, durchzuckte mich ein Gedankenblitz. Und der ging so: Zeit, abzuhauen und ein Feierabendbier zu trinken.

In diesem Augenblick drang ein klägliches Miauen an mein Ohr. Es war laut genug, dass kein Zweifel bestehen konnte. Das war kein Bellen, kein Grunzen, kein Muhen, kein Mähen, kein Blöken, kein Röhren, kein Zirpen. Sondern ein Miauen.

Nach diesen schrecklichen zwei Tagen meinte es das Leben gut mit mir: Ich musste nicht zwischen Dutzenden Rohren herumkriechen, um das Miauen zu orten. Das Katzengejammer tönte aus dem verrosteten Eisenrohr neben mir, dem einzigen im Umkreis von dreißig Metern.

»Frau Merkel? Bist du das?« Mit der linken Hand zog ich das Foto aus der Hosentasche, mit der rechten einige Katzenleckerli. Ich schlich zu dem Rohr. Bloß nicht das arme Tier erschrecken. »Frau Merkel ... kohomm ...«

Sie kam nicht.

Ächzend legte ich mich auf den Boden und guckte in die Rohröffnung. Zwei grüne Augen starrten mich an. Zwar konnte ich die Fellfarbe nicht erkennen, aber der Blick gehörte eindeutig zu Frau Merkel. Ein bisschen ängstlich zwar, aber verschlagen. Ich warf ihr ein Leckerli zu, es rollte vor ihre Füße. Sie fraß es. Ich warf ihr noch eines zu, diesmal nicht ganz so weit. Sie machte ein paar Schritte in meine Richtung, fraß es und zog sich wieder zurück. Blödes Vieh. So ging das einige Male hin und her, bis ich kein Leckerli mehr hatte. Frau Merkel saß noch immer im Rohr.

Trudi musste her. Ich rief sie an und verkündete die frohe Botschaft. Außerdem bat ich sie, zu mir zu kommen, am besten mit dem Auto.

»Ich habe kein Auto.«

»Dann mit dem Fahrrad.«

»Ich habe kein Fahrrad. Ich fahre immer Taxi.«

»Dann eben mit dem Taxi, aber bitte beeilen Sie sich. Vielleicht kommt Frau Merkel raus, wenn Sie sie erkennt. Außerdem brauche ich einen Katzenkorb.«

Ich erklärte ihr den Weg und sie versprach, sich zu sputen. Zum Abschied gab sie mir den Tipp, Frau Merkel mit einer Schnur zu locken. »Auf Schnüre reagiert sie sehr stark. Sie rennt hinterher und will sie zerfetzen.«

»Woher soll ich bitte eine Schnur nehmen?«

»Aus Ihren Schuhen? Ich habe genau gesehen, dass Sie Turnschuhe tragen. Ich persönlich finde diese aktuelle Turnschuhmode ja nicht sehr ansehnlich. Aber immerhin haben die Dinger Schnürsenkel, falls Ihnen das noch nicht aufgefallen ist, Herr Leonardo-Meisterdetektiv.«

Damit legte sie auf.

Mit einem Seufzer ging ich wieder in die Knie, öffnete meinen Schuh und zerrte an meinem Schnürsenkel. Ich hatte ihn fast herausgezogen, als aus dem Rohr ein seltsames Geräusch ertönte. Sekundenbruchteile später flog etwas Rötliches heran und verbiss sich in den Schnürsenkel sowie den Daumen meiner rechten Hand.

Ich schrie auf und wollte das Biest wegzerren, aber es ließ nicht los. Stattdessen knurrte es wie ein Hund und schüttelte den Kopf wild hin und her. Ich wusste, es gab Menschen, die glaubten, im falschen Körper geboren zu sein. Mit Schniedel und allem Drum und Dran, dabei fühlten sie sich als Frau. Von einer Katze, die eigentlich ein Hund sein wollte, hatte ich aber noch nie gehört.

Verzweifelt und unter Schmerzen versuchte ich, meinen Daumen zu retten. Doch wenn Frau Merkel sich mal entschieden hatte, sich auf etwas zu stürzen, ließ sie nicht mehr los. »Scheiße, du Mistvieh, lass los«, brüllte ich.

Doch auf diesem Ohr war Frau Merkel taub. Selbst das Klingeln meines Telefons ignorierte sie. Ich auch, bis mir einfiel, dass wahrscheinlich Trudi anrief, weil sie mich nicht fand. Ich brauchte sie aber dringend. Unter Verrenkungen kramte ich mein Handy hervor und drückte auf den grünen Knopf.

»Trudi? Sie müssen mir helfen.«

»Wer ist Trudi?«, fragte eine männliche Stimme.

Johann, mein bester Freund. Und Kriminalhauptkommissar.

»Nicht so wichtig. Ich habe gerade keine Zeit. Also, was willst du?«

»Fragen, ob du Hilfe brauchst bei der Katzensuche. Vielleicht könnte ich eine Hundertschaft auftreiben, die die Umgebung absucht.«

»Na toll, Klaus hat dich besucht.«

»Hat er. Die gesamte Polizeidirektion weiß Bescheid.«

»Schön für euch. Aber ich habe zu tun.« Ich drückte ihn weg und fluchte vor mich hin. Die doofe Katze hing immer noch an mir. Ihre spitzen Zähne bohrten sich in meinen Daumen.

Mit der freien Hand fummelte ich den Rest des Schnürsenkels aus dem Schuh und ließ ihn durch die Luft sausen. Sofort ließ Frau Merkel meinen Daumen los und stürzte sich auf die Schnur. Dass ich blutete wie Sau, nahm sie nicht einmal zur Kenntnis, die blöde Kuh.

Das Telefon klingelte schon wieder. Diesmal sah ich aufs Display. Wieder nicht Trudi, sondern Alex, ein verkommener Rechtsanwalt und Auftraggeber, der mich mit seinen Jobs über Wasser hielt. Ich nahm den Anruf an. »Was willst du?«

»Dir auch einen schönen Abend, mein lieber Leo. Und, wie geht es dir? Bist du noch auf Katzensuche?«

Woher wusste er das?

»Woher weißt du das?«

»Kontakte. Informationen sind in meinem Geschäft die härteste Währung.« An solche Sprüche glaubte Alex tatsächlich.

»Aber deswegen rufe ich nicht an. Ich möchte dir einen Job anbieten. Falls du abkömmlich bist und nicht von deiner kleinen Muschi in Beschlag genommen wirst.«

»Die kleine Muschi heißt Frau Merkel und ich habe den Fall bereits gelöst. Zu aller Zufriedenheit.« Ich betrachtete meinen verletzten Daumen.

»Das ist schön. Meinst du, wir können uns heute noch treffen?«

»Auf keinen Fall. Ich muss duschen, Luigi füttern, was essen, drei Bier trinken und ins Bett fallen.«

»Verstehe. Vorschlag zur Güte: Du duschst, fütterst deinen Kater, kommst zu uns nach Hause, wo ich den Grill anwerfe, dir so viel Bier spendiere, wie du willst, später zahle ich das Taxi für die Heimfahrt. Ellen hat sogar schon ihren berühmten Kartoffelsalat zubereitet.«

Den mochte ich tatsächlich. Ellen mochte ich auch, sie war Alex' Frau. Niemand wusste, wie der kleine, kugelrunde, faule Alex an eine kluge Schönheit wie Ellen geraten konnte. Er wusste es selbst nicht.

Ich dachte nach. »Wird Ellen eins ihrer scharfen Sommerkleidchen tragen?«

»Ellen, Leo will wissen, ob du eins deiner scharfen Sommerkleidchen tragen wirst.«

Er machte eine kurze Pause. »Sie sagt, dass sie alles trägt, was du willst.«

»Okay, in dem Fall komme ich. Kann aber ein bisschen dauern.« Ich warf einen Blick auf Frau Merkel, die einen großen Teil meines Schnürsenkels bereits zerfetzt hatte. »Ich muss noch ... ein paar Formalitäten erledigen.«

2

Alex wohnte in einem Dorf, ein paar Kilometer außerhalb der Stadt. Dort hatten er und Ellen das Haus ihrer Eltern bezogen, nachdem diese gestorben waren. Es war ein großes Haus, das Alex allein mit seinen juristischen Fähigkeiten niemals hätte bezahlen können. Ganz anders als Ellens verschiedener Herr Papa. Der war Richter gewesen, schließlich Direktor am Landgericht. Ein hoher Beamter mit üppigen Bezügen, die für einen Swimmingpool im Garten gereicht hatten.

Der gammelte nun in der Abendsonne vor sich hin; die Strahlen spiegelten sich in den sanften Wellen, nur durchbrochen vom Dreck, der an der Oberfläche schwamm.

»Wann hast du den Pool zum letzten Mal gereinigt?«

Alex zuckte mit den Schultern. »Kommt mir vor, als wäre es erst gestern gewesen. Kann aber nicht sein, oder?«

»Sieht nicht so aus. Ob ich mal Ellen fragen soll?«

Alex warf mir einen grimmigen Blick zu. »Wage es nicht. Sie liegt mir schon seit Monaten in den Ohren, dass ich das Ding saubermachen soll. Als ob ich für so etwas Zeit hätte. Ich meine, ich bin Anwalt. Hüter der Gerechtigkeit. Ich kann mein wertvolles Dasein nicht damit verschwenden, ein Schwimmbecken zu putzen. Da habe ich nun wirklich Wichtigeres zu tun. Apropos: Prost!«

Wir stießen an. Es war bereits das fünfte Bier. Ich war nicht mehr ganz nüchtern, obwohl ich ein halbes Schwein und einen Berg Kartoffelsalat vertilgt hatte. Grundlagen sollten also vorhanden sein. Ellen, die wie versprochen ein rattenscharfes Sommerkleidchen trug, war eben erst im Haus verschwunden. Alex hatte ihr gesagt, dass er mit mir

Geschäftliches zu besprechen habe, das sie garantiert langweilen würde.

»Du meinst, das wird noch langweiliger als euer Gerede über Fußball?«

»Viel langweiliger.«

»Okay. Ich schaue mal nach Julius.«

Julius war der Sohn der beiden. Fünf Jahre alt, übergewichtig, rothaarig, vorlaut und wehleidig. Ich hatte im Allgemeinen nichts gegen Blagen einzuwenden, aber Julius war der geborene Unsympath. Auch Alex konnte ihn nicht leiden. Das würde er nie zugeben, aber ich hatte schon oft seinen Blick gesehen, wenn sein unsympathischer Sohn nach Aufmerksamkeit, Gummibärchen oder einer Familienpackung Eis verlangt hatte.

Alex hatte mir den Gefallen getan, die Raubtierfütterung vorzuziehen und Julius mit gegrilltem Fleisch vollzustopfen, bevor ich das traute Heim betrat. Als ich endlich frisch geduscht ankam, war der kleine Racker schon verschwunden. Vermutlich saß er in seinem Zimmer, spielte irgendwelche Computerspiele, guckte Fernsehen und fraß eine Partydose Chips. Inklusive Verpackung. Ganz der Papa. Armes Kind. Ich konnte den Jungen trotzdem nicht leiden.

Ich schüttelte den Gedanken an den Mini-Terroristen ab, trank mein Bier aus und rülpste herzhaft.

»Noch eins?«, fragte Alex.

»Was soll die blöde Frage?«

Er fischte eine Flasche aus der Kühlbox, die er neben sich abgestellt hatte, und reichte sie mir. Er nahm sich ebenfalls eine Pulle und trank sie auf einen Zug zur Hälfte aus. Ich konnte förmlich sehen, wie sein Bauch anschwoll. Alex erzählte immer, dass er keine Ahnung habe, warum er so dick war. Er esse wie ein Spatz und fast nur gesunde Sachen. Für ihn war ein Big Mac gesund, weil Gürkchen zwischen all dem anderen Zeugs versteckt waren. Und

Pommes frites setzte er mit Kartoffeln gleich. Vor allem aber konnte er problemlos an einem Abend acht Halbe trinken. Trotzdem wunderte er sich, dass sein Bauch so prall und groß war wie einer dieser Gymnastikbälle, auf denen Menschen mit Rückenschmerzen versuchen, ihr Leiden in den Griff zu bekommen.

Außerdem war er kaum größer als Napoleon. Alles in allem hatte Alex eine frappierende Ähnlichkeit mit Dirk Bach, Gott hab ihn selig. Allerdings war er nicht annähernd so lustig.

Jetzt setzte er eine besonders ernste Miene auf.

»Ich habe einen Job für dich. Allerdings ziemlich anspruchsvoll, ich bin also nicht sicher, ob du wirklich dafür geeignet bist.«

»Warum sitze ich dann hier?«

Alex machte eine wegwerfende Handbewegung. »Weil du der einzige Privatdetektiv bist, den ich kenne. Jedenfalls der einzige, den ich bezahlen kann. Beziehungsweise, den meine Mandanten bezahlen können.«

Alex' Mandanten schwammen nicht gerade im Geld. Kleine Ganoven, die meisten waren wegen Körperverletzung angeklagt, manche auch wegen Raubs und ähnlich grundsoliden handwerklichen Tätigkeiten. Geld besaßen die wenigsten. Oder sie gaben es nicht zu. Das Ergebnis war dasselbe: Alex bekam einen Hungerlohn. Und ich auch, wenn er mich mal wieder beauftragte, die Unschuld eines seiner Schäfchen zu beweisen.

Wir hatten selten Erfolg. Das lag weniger daran, dass ich ein bestenfalls mittelprächtiger Detektiv war. Es lag nicht einmal an Alex, diesem lausigen Anwalt. Schuld waren die Mandanten selbst, diese kriminellen, dummen und vor allem schuldigen Vollpfosten. So einfach war das.

Die Sonne war untergegangen, ein Windhauch streichelte meinen geplagten Körper. Ich lehnte mich zurück ins weiche Polster des Gartenstuhls. »Also, was willst du? Hast du wieder einen besonders unschuldigen Mandanten? Einen, der niemals auf die Idee käme, alte Frauen auszurauben?«

Alex sah mich an. »Ich weiß genau, was du jetzt denkst. Aber ja: Diesmal glaube ich wirklich, dass mein Mandant unschuldig ist.«

Er griff nach seinem Smartphone, das neben seinem Teller lag und wie durch ein Wunder keinen Fettspritzer abbekommen hatte. Mit seinen Wurstfingern tippte und wischte er darauf herum, seine Zungenspitze hing aus dem Mundwinkel. »Wo hab ich es denn? Ah, da ist es.«

Er warf mir das Telefon zu. »Guckst du.«

Ich guckte. Auf dem Display leuchtete ein Foto auf, das eine Frau zeigte. Sie lag auf einem dunklen Holzboden, am Leib trug sie einen roten BH, einen roten Slip und rote Blutspuren.

»Sieht tot aus«, sagte ich.

»Ist tot«, sagte Alex.

3

Vor neun Tagen

Lena fühlte sich quicklebendig, so lebendig, wie noch nie in ihren 43 Lebensjahren. Sie betrachtete sich im Spiegel. Die rote Spitzenunterwäsche, die sie am Vormittag gekauft hatte und nun anprobierte, fühlte sich eigenartig an. Im Geiste war Lena eben immer noch Schwester Magdalena. Keusch und gottesgläubig. Lena war einst als Jungfrau in die Ehe mit Gott gegangen. Schon als Jugendliche hatte sie, anders als ihre Mitschülerinnen, ihr Glück nicht in wilden Knutschereien mit pubertierenden Jungs gesucht, sondern im stillen Gebet.

Und Gott war immer gut zu ihr gewesen. Er hatte sie geleitet, umsorgt, den Weg in das Karmelitinnenkloster im Schwarzwald gewiesen, wo sie mit ihren Mitschwestern ein glückliches, erfülltes, gottgegebenes Leben führte.

Manchmal hatte er ihr nachts verwirrende Träume geschickt und im Halbschlaf ihre Hand gelenkt, die sich in ihren Schoß stahl und Lena Momente des Glücks gewährte, die sie sonst höchstens aus dem tiefen Zwiegespräch mit Gott kannte. Nur anders.

Außerdem hatte Gott dafür gesorgt, dass sie auf ihren Körper achtete. Sie bewegte sich ausreichend an der frischen Luft, ernährte sich gesund, hielt sich mit Gartenarbeit fit. So blieb sie schlank und geschmeidig und sah selbst ungeschminkt und in der Ordenstracht jünger aus als 43. Sie rasierte sich Beine und Achselhaare, bändigte selbst das Gekräusel zwischen ihren Beinen. Davon erzählte sie freilich niemandem etwas. Nicht einmal Gott. Der sah das ohnehin. Obwohl sie nicht glaubte, dass er ein Interesse daran hatte, ihr zwischen die Beine zu gucken.

So war Lena das blühende Leben, gottesfürchtig, meist züchtig, dennoch von zwei bis drei Orgasmen im Jahr beglückt und mit nackter, zarter, wohlriechender Haut unter den Achseln.

So frisch, fromm und fröhlich stieg sie vor rund eineinhalb Jahren an einem sonnigen Herbstmorgen aus dem Bett, freute sich auf die Morgenmesse, das karge Frühstück sowie den späteren Gang in den Garten. Sträucher, Blumen und nicht zuletzt all die Beete, in denen die herrlichen Salate gediehen, die Gurken, Tomaten, Kartoffeln, Rote Bete, Kohlköpfe, Paprika, Möhren, Zucchini und was Gott sonst noch für die Schwestern bereithielt, mussten winterfest gemacht werden.

Die Morgensonne schien ihr auf den Rücken, ihre Hände wühlten in Mutter Erde, als sich Schritte näherten. Lena lächelte. Siggi, die alte Gartenhilfe kam. Die sehr alte Gartenhilfe. Sie konnte sich gut vorstellen, dass er schon bei der Gründung des Klosters im Jahre 1547 den Nonnen bei der Arbeit geholfen hatte. Siggi sah in der Tat aus, als weile er schon seit fünfhundert Jahren auf dem Planeten Gottes. Er sah so aus – und er bewegte sich so. Schlurfend, vorsichtig einen Fuß hinter dem anderen herziehend. Doch diese Schritte schlurften nicht, sie holten kräftig aus, voller Schwung, Elan und Energie. Wer mochte das sein? Lena drehte sich um, immer noch lächelnd. Sie war ohnehin von sonnigem Gemüt und an diesem Tage ganz besonders. Nicht zuletzt, weil Gott ihr kurz vorm Aufwachen wieder einen schönen Traum geschenkt hatte.

Vor ihr stand ein stattlicher Mann in grünen Hosen und grünem Hemd. In der rechten Hand hielt er ein ganzes Arsenal an Gartengeräten: Harken, Schaufeln, Rechen. So viel, dass Lena das alles nicht einmal mit beiden Händen hätte tragen können. Doch der Hüne hatte Pranken, groß wie Adlerschwingen.

»Guten Morgen«, sagte der Hüne. Seine Stimme war so tief und klar, als käme sie direkt aus dem Himmel.

Wow, dachte Lena, die sich nicht erinnern konnte, jemals zuvor so etwas wie »Wow« gedacht zu haben.

Sie stand auf. »Guten Morgen.« Ihr Kopf war nun auf Höhe seiner Brust. Sie sah nach oben, er nach unten. »Sie müssen Schwester Magdalena sein«, sagte er. »Ich heiße Daniel, aber alle nennen mich Danny. Ich soll Ihnen im Garten helfen, Siggi ist krank. Hat wohl die Herbstgrippe oder so.« Er blickte sich um. »Ist ja alles prima in Schuss hier. Siggi hat gesagt, dass Sie die gute Seele des Gartens sind. Beeindruckend, Schwester Magdalena.«

»Sagen Sie Lena zu mir«, sagte sie und sah mit einem scheuen Augenaufschlag nach oben.

Er lächelte sie an.

Wow.

Ein leises Kribbeln zog durch ihren Bauch. Und nicht nur durch den Bauch. Es erinnerte sie an das Kribbeln während ihres morgendlichen Traums.

Dieses Kribbeln ängstigte sie.

Und es gefiel ihr.

Was sie noch mehr ängstigte.

4

Siggi kam nicht mehr. Die Herbstgrippe entpuppte sich als Lungenkrebs. Dabei hatte Siggi zeitlebens nie geraucht. Doch Gottes Wege waren nun mal unergründlich. Siggi starb fünf Wochen später und Lena erfuhr, dass er nur vierundsechzig Jahre alt geworden war. Also doch nicht fünfhundert.

Obwohl Lena wusste, dass er nun an einem schöneren Ort weilte, weinte sie bittere Tränen. Siggi hatte seit vielen Jahren zu ihrem Leben gehört wie das tägliche Gebet. Sie trauerte – und freute sich zugleich auf jeden Tag, an dem Danny, der Hüne, auftauchte. Sie hatte damit gerechnet, dass er nur vorübergehend käme, dass er eine Art Aushilfe sein würde, aber keine dauerhafte Kraft für den Klostergarten.

Doch eines Morgens, der Herbst war schon weit vorangeschritten, strahlte er sie zur Begrüßung an wie noch nie zuvor. »Ich bin jetzt fest abgestellt für das Kloster, Lena. Ich bleibe. Ist das nicht schön?«

In Lenas Kopf blinkten die Warnsignale wie das Blaulicht auf einem Polizeiwagen. Doch der Rest von Lenas Körper jubilierte.

Das war gar nicht gut.

Es dauerte bis zum neuen Jahr, ehe sie sich endlich küssten. Wo anders als im Geräteschuppen hätte es geschehen können?

Es war Lenas erster richtiger Kuss und er war fantastisch. Sie hatte keine Ahnung, ob sie alles richtig machte, aber es fühlte sich richtig an. Nach einer gefühlten Ewigkeit ließen sie voneinander ab und sahen sich an.

»Was tun wir da?«, fragte Lena.

»Wir küssen uns.«

»Das weiß ich auch. Und ich weiß, dass das nicht geht. Ich bin Nonne, ich habe ein Gelübde abgelegt. Wir dürfen das nicht tun.«

»Ich darf alles«, sagte Danny, nahm ihr Gesicht in die Hände und küsste sie erneut. Sie hätte sich wehren müssen, davonlaufen, beten bis zum Umfallen. Aber sie küsste weiter und presste ihren Unterleib an seinen. Gott, wie gut sich das anfühlte. Verboten gut.

Wochen später, die ersten warmen Märztage kündeten vom nahenden Frühling, waren sie wie von Zauberhand gelenkt wieder im Geräteschuppen gelandet. Sie küssten sich, pressten ihre Körper aneinander und begannen, ihre Hände auf Wanderschaft zu schicken. Kein Weg schien Dannys Händen an diesem Tag zu steil, keine Klippe zu hoch. Sie erforschten ihren Busen, was Lena ein überraschtes Seufzen entlockte. Sie spazierten forsch zwischen ihre Beine, was Lena aufstöhnen ließ.

Der Hüne hob sie auf die Werkbank und schob ihre Ordenstracht nach oben. Ehe sie begriff, wie ihr geschah, war Lena vom Slip befreit, lehnte an die Holzwand und öffnete erwartungsvoll die Beine.

Danny entkleidete sich in rasender Eile. Sie erschrak ein wenig, als sie sah, was sich ihr entgegenreckte. Doch das war schnell vorbei. Er glitt in sie und zeigte ihr Wonnen, von denen sie nicht einmal geahnt hatte, dass es sie gab.

Wow.

So zogen die Wochen ins Land. Lena war völlig verwirrt. Das Gelübde gebrochen, Gott enttäuscht, sich selbst noch viel mehr. Sie schämte sich für ihre Sünden, wagte sie aber nicht zu beichten. Gleichzeitig freute sie sich jeden Tag auf Danny. Ach was, freuen, sie verzehrte sich nach ihm, danach, mit ihm vereinigt zu sein. Es war riskant, sie konnten jederzeit erwischt werden. Aber es ging nicht anders, sie musste ihn küssen, ihn berühren, ihn in diesen verdammten Schuppen locken und sich auf ihn setzen.

Jetzt fluchte sie bereits. So weit war es gekommen.

Ihre Mitschwestern bemerkten die Veränderung. Lenas Wangen seien so rosig, sie sehe gesund aus. Zugleich sei sie aber abwesend, gar nicht mehr die fröhliche Lena, die sie kannten, sagten ihr jene Nonnen, mit denen sie besonders vertraut war. Schwester Josefine zum Beispiel. Oder Schwester Nina. Nina war die Einzige, die von Lenas nächtlichen Träumen wusste. Sie hatte selbst welche.

»Wahrscheinlich haben alle solche Träume«, hatte Nina mal gesagt.

»Ja. Bis auf die Äbtissin«, hatte Lena geantwortet, und dann hatten sie gekichert wie kleine Mädchen.

Die Vorstellung, die strenge Schwester Maria könne so etwas wie Lust empfinden, war absurd. Außer der Lust am Befehlen natürlich.

Dabei war die Äbtissin, also Schwester Maria, gar nicht so streng. Tief im Herzen war sie eine gütige Frau, die einen Haufen frommer Hühner im Griff haben musste. Soll keiner glauben, es sei einfach, ein paar Dutzend Nonnen zu kontrollieren. Jeder Mensch hat Flausen im Kopf, egal, ob er sein Leben nun Gott verschrieben hat oder nicht. Maria liebte jede ihrer Schwestern wie ein eigenes Kind. Und wie das bei Kindern so ist, braucht es oft Güte, manchmal aber auch Strenge. Und immer Liebe, komme, was da wolle.

Deshalb fiel es ihr nicht schwer, Schwester Magdalena weiterhin zu lieben. Obwohl Maria ahnte, was da im Geräteschuppen geschah. Sie hatte längst die Blicke wahrgenommen, die sich Magdalena und dieser hünenhafte Gärtner zuwarfen. Sie hatte sich vorgenommen, genau aufzupassen, ob die Blicke tiefer würden. Doch dann war ihr etwas dazwischen gekommen.

Brustkrebs.

Sie hätte auf Gott vertrauen können, doch sie war der Meinung, Gott habe sich schon etwas dabei gedacht, der Menschheit die Kunst der Medizin zu schenken. Also ging sie zum Arzt und ließ sich das Leben retten.

Leider hatte sie deshalb keine Zeit, Schwester Lena vor den Verführungen der Wollust zu bewahren.

Nun war Maria zurückgekehrt. Mit neuer Energie und neuer Demut.

Zwei Wochen lang sah sie vom Fenster eines verlassenen Seminarraums zu, wie Lena und der Gärtner täglich gemeinsam im Schuppen verschwanden. Manchmal waren sie nur drei Minuten weg, manchmal fast eine halbe Stunde. Schwester Maria seufzte, während sie am Fenster stand. Ausgerechnet Lena musste der fleischlichen Begierde erliegen. Gewiss, Lena rasierte sich Achseln, Beine und vermutlich noch mehr. Doch Schwester Lena legte nicht nur einen ungesunden Wert auf Äußerlichkeiten, sie war auch zutiefst gläubig. Auf eine fröhliche Weise, die dem Kloster und den anderen Schwestern gut tat.

Lena trat aus dem Schuppen. Die Wangen rosig, die Augen leuchteten bis zum Fenster, an dem Maria stand. Schwester Lena lachte. Sie sah glücklich aus. Maria seufzte. Eine Woche würde sie Lena geben, eine Woche, in der die Schwester den Weg zurück auf den Pfad der Tugend und Gottestreue finden konnte. Dann würde Maria Lena zu sich rufen müssen.

Vier Tage später klopfte Schwester Magdalena an der Tür der Äbtissin. Es wurde ein ernstes Gespräch, an dessen Ende beide weinten. Lena würde das Kloster verlassen, zumindest vorübergehend. Schwester Maria hatte ihr mehr Brücken gebaut als jemals jemandem zuvor. Doch Lena blieb stur. Sie könne nicht mehr in Keuschheit leben, wolle nicht länger hinnehmen, dass ihre allzu menschlichen Bedürfnisse als Sünde gegeißelt würden. Sie wolle ein normales Leben führen. Mit Gott an ihrer Seite, aber eben auch mit einem Mann aus Fleisch und Blut. Nein, sagte sie mit bedrückender Ehrlichkeit, sie wisse nicht, ob dieser Mann Danny, der Gärtner, sein würde. Er habe ihr das Glück des Begehrens gezeigt. Wörtlich hatte Lena gesagt: »Dank ihm weiß ich, wie wundervoll Sex ist.«

Wem sagst du das, Kind?, hatte Schwester Maria da gedacht. Später, in ihrer Kammer, leistete sie sich den Luxus, nach vielen Jahren wieder einmal an ihre Jugend zu denken. An ihre erste große Liebe, die sie schnöde verlassen und in die Hände Gottes getrieben hatte.

Im Gegensatz zu Schwester Magdalena war Schwester Maria nicht unbefleckt ins Kloster eingetreten.

Schwester Lena zweifelte in der Tat, dass Danny der Mann ihres künftigen Lebens sein würde. Er bescherte ihr wonnige Momente, ja. Und er hatte ein umwerfendes Lächeln, keine Frage. Aber sie wusste nichts über ihn. Nicht, ob er weitere Frauen beglückte, nicht, ob er Kinder hatte, wie er seine Wochenenden verbrachte, nicht einmal, ob er in die Kirche ging. Sie wusste nicht, welche Bücher er las oder ob überhaupt, was er am liebsten aß, ob er Sport trieb (bestimmt, bei diesem Körper), wer seine Freunde waren.

Sie hatten nicht viel miteinander gesprochen, seit sie sich kannten. Es hatte ihnen gereicht, beisammen zu sein, nebeneinander auf der Erde zu knien und etwas zu erschaffen. Wenn sie sprachen, dann über Pflanzen, über Dünger, saure Erden, Regenwürmer und all solche Sachen. Jedoch nicht über persönliche Dinge. Wenn sie ehrlich war, dann musste sie eingestehen: Die Anziehungskraft, die Danny auf sie ausübte, beruhte vor allem auf Körperlichkeiten. Sie hatte ihm nicht einmal gesagt, dass sie das Kloster verlassen würde.

Am Abend verabschiedete sie sich unter Tränen von ihren Mitschwestern. Vor allem Nina heulte Rotz und Wasser. Als die Tränen versiegt waren, wechselte Ninas Stimmung ins Aggressive.

»Ich finde es zum Kotzen, dass du mich hier alleine lässt. Du lässt uns alle im Stich. Gott, die Äbtissin und vor allem mich. Du bist ein egoistisches Miststück. Ich will dich nie wieder sehen.« Mit diesen Worten verschwand sie.

»Sie wird sich beruhigen«, hatte die Äbtissin gesagt. »Hab Geduld mit ihr.«

Und tatsächlich: Als Lena am nächsten Morgen vor die Tür trat, wartete Nina auf sie.

»Entschuldige bitte. Ich habe meine Trauer in Wut umgewandelt, weil ich so besser mit dem Verlust umgehen konnte. Das war nicht recht.«

Die beiden Frauen fielen einander weinend um den Hals.

Schließlich löste sich Nina. »Ich gehe jetzt besser. Sonst wird alles noch schlimmer für mich.« Sie lief davon, in

Richtung der kleinen Kapelle am Rande des Klosterhofs, in der sie oft alleine saß und mit Gott im Zwiegespräch versank.

Lena nahm ihr Köfferchen und schlenderte über den Hof, der einsam vor ihr lag. Die anderen Schwestern waren entweder beim Gebet oder gingen ihren Arbeiten nach. Lena spazierte durch den mächtigen Torbogen, der zwei Jahrzehnte lang ihre Grenze zur Außenwelt war. Sie hatte die Klosteranlage nur selten verlassen – und dabei nichts vermisst. Die dicken Steinmauern waren ihr Heimat gewesen, sie hatten ihr Geborgenheit gegeben. Beides musste sie nun anderswo finden.

In die Außenmauer war eine Bank aus Stein eingelassen, auf der Lena sich niederließ. Die Frühlingssonne schien ihr ins Gesicht. Sie schloss die Augen, lehnte sich zurück und fühlte sich seltsam frei. In ein paar Minuten käme Julia, wie immer zu spät. Ihre fünf Jahre jüngere Schwester hatte sofort eingewilligt, Lena abzuholen und bei sich aufzunehmen. Sie hatte nie verstanden, dass Lena ins Kloster gegangen war. Sie glaubte nicht einmal an Gott, geschweige denn an irgendwelche Gelübde, Gebete oder Gebote.

Einige Minuten später brauste Julia heran. Sie hielt vor der Bank, sprang aus dem Auto und umarmte Lena lange. Dann trat sie einen Schritt zurück, um ihre Schwester zu mustern.

Julia zog die Augenbrauen hoch. »Ich freu mich ja, dass du diesem seltsamen Verein endlich den Rücken kehrst. Aber ehrlich: Wir müssen dringend für dich einkaufen gehen.«

»So schlimm?« Lena sah an sich herab. Ein rotes Sweatshirt, das zuletzt 1995 modisch gewesen war, dazu dunkelblaue Jeans und braune Oma-Schuhe. Mehr hatte ihr Kleiderschrank nicht hergegeben. Sie hatte sich nie um Kleidung kümmern müssen.

Das würde sich nun ändern. Wie so vieles.

Bei dem Gedanken daran, Geld verdienen zu müssen, Behördengänge zu erledigen, das alltägliche Leben zu meistern, bekam Lena Panik. Doch sie hatte sich entschieden – und sie würde es schaffen.

Auf der Heimfahrt lief ihr der kalte Schweiß den Rücken hinunter. Julia raste durch die kurvigen Schwarzwaldstraßen. »Musst du so schnell fahren?«

»Das ist nicht schnell. Du bist es nur nicht mehr gewöhnt, im Auto zu fahren.«

»Kann sein, aber mir wird schlecht.«

»Gewöhn dich lieber gleich daran, dass das Leben da draußen rasanter sein wird als in deinem Schwesternheim. So, und jetzt erzähl, warum du deinen heißgeliebten Gott endlich verlässt.«

»Ich verlasse Gott nicht. Niemals. Ich verlasse nur das Kloster.«

»Wie auch immer. Was ist passiert?«

Lena erzählte es ihr.

Als sie endete, hatten sie schon die Stadtgrenze erreicht. Julia klatschte mit der flachen Hand aufs Lenkrad und schüttelte den Kopf.

»Wow!«, sagte sie.

»Genau«, sagte Lena.

Die nächsten Wochen flogen an ihr vorbei. Es gab so viel zu tun, so viel zu erledigen. Und noch mehr zu erleben. Freiburg kam ihr im Vergleich zum Leben im klösterlichen Dorf abenteuerlich vor, ja, geradezu gefährlich. Mit großen Augen spazierte sie durch die Straßen, die vor vielen Jahren ihr Zuhause gewesen waren, ihr nun aber fremd erschienen.

Auch die Menschen waren so anders. Andauernd guckten sie in ihre Mobiltelefone. Julia hatte auch so ein Ding, so ein Smartphone. »Dieser ganze neumodische Schnickschnack ist entsetzlich«, sagte Lena am ersten Abend. Sie saßen gemütlich auf der Couch und sahen übers Internet einen Film an. Übers Internet! Julia tippte während des Films ständig auf ihrem Handy-Ding herum.

»Julia, du konzentrierst dich überhaupt nicht auf den Film. Okay, der ist sowieso ziemlich doof, aber warum entscheidest du dich nicht, eine Sache richtig zu machen?«

Julia lachte. »Ach Schwesterchen, du hast wirklich viel verpasst, da oben in deinem Kirchenloch. Du musst so vieles lernen. Als Erstes werden wir dir ein Smartphone besorgen. Ich garantiere dir, du wirst innerhalb weniger Tage süchtig nach dem Ding werden.«

»Das glaube ich nicht.«

»Wetten?«

»Ich wette niemals.«

»Das werden wir ebenfalls ändern. Wir werden vieles ändern. Ich werde dafür sorgen, dass du dich entspannst und Spaß hast. Vertrau mir.«

Was blieb Lena auch anderes übrig? Sie hatte sonst niemanden, dem sie vertrauen konnte. Zwischen Julia und ihr lagen zwar Welten, aber sie liebten einander. Das musste reichen.

Julia ging mit Lena shoppen. Geld war, wie sich herausstellte, kein Problem. Vor einigen Jahren waren die Eltern der Geschwister gestorben. Sie hatten ihren Kindern kein Vermögen hinterlassen, aber doch genug, um von dem Geld ein oder zwei Jahre leben zu können. Lenas Anteil lag auf einem Bankkonto, das Julia damals in ihrem Auftrag eröffnet hatte. Lena wollte seinerzeit darüber nachdenken, was sie mit dem Erbe machen sollte. Doch bald vergaß sie das Konto. Geld spielte in ihrem Leben keine Rolle. Zumindest bis vor wenigen Tagen. Jetzt half es ihr, sich völlig neu auszustatten.

Allerdings musste sie Julia bremsen. Die wollte ihr nur die kürzesten Röcke und die gewagtesten Oberteile kaufen. »Du kannst das tragen mit deinen schlanken Beinen und deinem großen Busen. Mensch Lena, du bist noch so jung, zeig das doch.«

»Ich bin nicht jung. Ich bin dreiundvierzig.«

»Du siehst aber jünger aus.«

Sie entschieden sich für einen Kompromiss. Sexy, aber nicht nuttig. Später gingen sie zum Friseur. Der war entzückt von Julias Haaren. Sie seien so stark in ihrer Struktur, ein Traum von Haar. Ihre Frisur entzückte ihn nicht. »Was ist das, Kindchen? Furchtbar, ganz furchtbar. Wer hat das verbrochen? Du solltest ihn verklagen.«

In den vergangenen Jahren hatte ihr Schwester Nina die Haare zweimal im Jahr geschnitten. Die meiste Zeit steckten sie ohnehin unter der Ordenstracht.

Der Friseur war außer sich: »Verborgen! Unter einer Haube! Wie schrecklich! Niemand darf diesen wundervollen Haaren so etwas antun. Aber ich werde dich retten, Chérie.«

Drei Stunden später war Lena ein neuer Mensch. Eben noch hingen ihr die Haare in langweiligen braunen Wellen bis weit über die Schultern. Jetzt sah Julia in den Spiegel und erkannte sich kaum wieder mit der rötlichen Tönung und den modernen Fransen, die sie in den vergangenen Tagen ein paar Mal auf verschiedenen Frauenhäuptern im Fernsehen gesehen hatte. Ja, sie gefiel sich.

Und sie schämte sich.

All die Jahre hatte sie gelernt, nicht auf Äußerlichkeiten zu achten. Nach innerer Reinheit zu streben, nach Seelenfrieden. Hübsche Kleider und sündhaft teure Friseurbesuche waren in ihrem Leben nicht vorgesehen. Oberflächlicher Blödsinn, der nur vom Wesentlichen ablenkte.

Und jetzt genoss sie diese bislang verpönten Oberflächlichkeiten. Ihr neues Leben verwirrte sie.

Manches aber änderte sich nicht. Lena erwachte noch immer jeden Morgen um halb sechs. Sie kniete vor das Kruzifix, das sie unter den kritischen Blicken ihrer Schwester an die Wand von Julias Rumpelkammer gehängt hatte. Die Kammer war kaum größer als ihre Kemenate im Kloster, doch das störte Lena nicht. Julia hatte den Raum vom Gerümpel befreit und für Lena als Gästezimmer hergerichtet. Das reichte vollkommen.

Nach einem frugalen Frühstück spazierte Lena zu einer kleinen Kirche, die sich ein paar Straßen weiter zwischen die Häuser duckte. Die Pforte war stets geöffnet, trotzdem verirrte sich morgens um sechs Uhr niemand in das Gotteshaus. Niemand außer Lena.

Allein mit sich und Gott betete sie, bat um Verzeihung, weil sie sich für ein weltliches Leben entschieden hatte, hoffte auf Vergebung, weil sie sich in kurzen Röcken so wohlfühlte – und weil sie noch immer unkeusche Träume hatte. Und das mittlerweile fast täglich.

Diese nächtlichen Momente der Lust erinnerten sie an Danny. Sonst vermisste sie ihn nicht sonderlich. Die wenigen Gespräche mit ihm waren weder tiefsinnig noch anregend gewesen. Danny war nett, auf seine Art liebenswert, doch Tiefgang kannte er nur, wenn er von Fußball oder dem richtigen Düngemittel für Rhododendren erzählte.

Aber seine Hände, seine Lippen, seine Zunge, sein ... ach, Lena durfte gar nicht daran denken.

Sie versuchte, die sündigen Erinnerungen zu verdrängen. Gewiss, ein Leben ohne Sex konnte sie sich nach den vergangenen Monaten nicht mehr vorstellen. Aber sie wollte Liebe, nicht nur Sex. Mit einem Mann zusammen sein bis zum Ende ihrer irdischen Tage. Sich an ihn lehnen, für ihn da sein, erfüllt vom tiefen Gefühl der Liebe.

Oben im Kloster hatte sie eine Zeitlang geglaubt, Danny wäre der Richtige dafür. Sie hatte es gehofft. Aber Lust und Liebe gehörten nicht zwangsläufig zusammen, das hatte sie gelernt.

In Zukunft würde das anders werden. Nie wieder Sex ohne aufrichtige Gefühle. Julia lachte sie deshalb zwar aus, aber ihre Schwester hatte schon immer eine andere Einstellung zum Austausch von Körperflüssigkeiten gehabt. Sehr freizügig. Wer ihr gefiel, den nahm sie mit in ihr Bett. Oder wohin auch immer.

Lena wollte davon nichts hören. Für sie stand fest: kein Sex mehr vor der Ehe. Fehlte nur noch der Mann für die Hochzeit, aber der würde sich schon finden lassen. Bis dahin: kein Sex!

5

»Autsch!« Ich schnellte hoch, aus dem Tiefschlaf gerissen, aus Träumen, die sicherlich schön waren, die ich aber schon wieder vergessen hatte. Elende Katze.

Mit einer müden Handbewegung versuchte ich, Luigi vom Bett zu scheuchen. Doch der kleine schwarze Teufel sah mich unternehmungslustig an. So, als wolle er sofort die nächste Attacke auf meinen leidgeprüften nackten Fuß reiten, der wie üblich aus meinem zu kurzen Bett ragte. »Ich warne dich, Luigi«, sagte ich und brachte meinen Fuß schnell unter der Decke in Sicherheit. Erschöpft ließ ich mich aufs Kissen sinken und schloss die Augen. Luigi schlich sich an mich heran und legte sich schnurrend in meinen Arm. Nett, aber ein Frieden, der nur kurz währen würde. Luigi hatte Hunger. Wenn er Hunger hatte, kannte er kein Erbarmen. Vor allem dann nicht, wenn ich verkatert im Bett lag. Es war spät geworden, gestern bei Alex. Ich erinnerte mich dunkel daran, dass irgendwann nach Mitternacht das unsympathische Kind aufgetaucht war und dicke Tränen über die Wangen kullern ließ, weil es nicht schlafen konnte.

»Schokolade«, hatte es gequengelt. »Will Schokolade.«

»Du bist doch sowieso schon zu dick. Ein richtiger Moppel.« Das war mir so rausgerutscht. Musste am Alkohol liegen.

Ui, da hatte Julius erst richtig angefangen zu heulen. Alex warf mir einen bösen Blick zu und versuchte unbeholfen, sein unsympathisches Kind zu trösten. Es misslang, Julius heulte nur noch lauter.

Das machte den Bengel zwar nicht sympathischer, sorgte aber immerhin dafür, dass Ellen sich noch einmal zu uns gesellte. Sie hatte sich bereits ins Bett verabschiedet und tauchte nun verschlafen wieder auf. Am Leib trug sie einen Hauch von Nichts, der knapp unter der Schamgrenze endete und obenrum ziemlich durchsichtig war. Sie hatte wirklich viel zu bieten. Ehrlich, ich würde gern wissen, wie Alex sie rumgekriegt hatte.

Während sie den dicken Julius in den Arm nahm, musterte ich sie ungeniert. Alex trat mir unterm Tisch gegen das Schienbein.

»Meins«, sagte er.

»Ich guck doch nur.«

»Was guckst du?«, fragte Ellen.

»Dich an.«

»Ach so.« Es war ihr offensichtlich egal.

»Mama, der hat gesagt, ich bin dick. Moppel hat er gesagt.« Das dicke Kind zeigte mit dem Finger auf mich. Hatte es denn nicht gelernt, dass man das nicht macht?

Die Mama warf mir einen scharfen Blick zu. »Ist das wahr?«

Hm. Sie schien sauer zu sein. »Na ja, kann schon sein, dass es mir so rausgerutscht ist. Er bettelte um Schokolade und da wollte ich ihm halt klarmachen, dass das nicht so gesund ist. Möglicherweise habe ich die falschen Worte gewählt.«

Der nächste scharfe Blick. Ich versuchte, mich kleiner zu machen und im Gartenstuhl zu verschwinden. Keine Chance.

Ellen drückte den Moppel an ihre Brust. »Du bist nicht dick. Du hast nur schwere Knochen.« Das unsympathische Kind schniefte und rotzte auf das entzückende Hemdchen seiner Mutter.

»Komm, Schatz, ich bring dich ins Bett. Und dort bekommst du dann deine Schokolade, ja?«

Zustimmendes Schluchzen.

Als sie sich umdrehten, warf ich noch einen Blick auf Ellens entzückenden Po. Als hätte sie es geahnt, wandte sie sich mir zu. »Leo, du gehst jetzt besser.«

»Yes, Ma'am.«

Kopfschüttelnd stieg sie die Treppe nach oben, den Jungen am Arm.

»Ist sie sauer?«, fragte ich Alex.

Der zuckte mit den Schultern. »Kann sein.«

»Wird sie mich jemals wieder mögen?«

»Glaub schon. Soll ich dir ein Taxi rufen?«

»Glaub schon.«

Wir schwiegen einen Moment, wie nur betrunkene Männer schweigen können. Behaglich, freundschaftlich, entspannt. Bis mir etwas einfiel.

»Euer Sohn ...«

»Julius.«

»Genau. Also, Julius ... er ist aber schon zu dick, oder? Muss er von dir haben, der arme Kerl.«

Alex seufzte. »Glaub schon.« Dann stand er auf und rief mir ein Taxi.

Luigi strich um meine Beine, während ich eine Dose öffnete. Nachdem er gefressen hatte, verschwand der Kater durch die Katzenklappe über den Balkon nach draußen. Der Blick auf die Küchenuhr bewies, was ich ohnehin schon geahnt hatte: Es war kurz nach sechs. Luigis übliche Zeit, mich zu quälen. Ich schleppte mich zurück ins Bett und schlief sofort wieder ein.

Diesmal weckte mich keine beißende Katze, sondern das schrille Klingeln des Telefons. Es war der Geschäftsapparat. Ich ließ ihn klingeln. Meine inoffiziellen Geschäftszeiten begannen frühestens um neun. Und heute erst um elf.

Der Anrufbeantworter schaltete sich ein. Nach dem Piepston nahm ich ein unsicheres Schnaufen wahr. Dann eine Stimme: »Hallo? Hallooo? Wer ist denn da? Ist denn da niemand? Ist das wieder so ein blödes Dings, so ein Anrufbeantworter? Herr Leonardo? Hallo?«

Trudi.

»Diese Maschinen sind wirklich unschön. Sehr unschön, Herr Leonardo. Ich finde es nicht nett von Ihnen, dass Sie mich zwingen, auf so einen Apparat zu sprechen. Ich bin überzeugt, dass Sie anwesend sind in Ihrem Detektivbüro.«

Schweigen. Knacken. Knistern.

»Hier ist übrigens die Trudi. Also, was ich Ihnen sagen wollte: Vielen Dank noch einmal, dass Sie mir Frau Merkel zurückgebracht haben. Ich wusste sofort, dass Sie ein vorzüglicher Katzendetektiv sind. Wenn Sie mir die Rechnung schicken, werde ich unverzüglich die Bank aufsuchen und die fragliche Summe überweisen. Und ich werde Sie gerne weiterempfehlen. Möglicherweise ergibt sich bald ein weiterer Fall für Sie. In meinem Bekanntenkreis geschehen nämlich manchmal sehr seltsame Sachen, die einer Aufklärung harren. Vielleicht später mehr. Aber eines sage ich Ihnen gleich, Herr Leonardo, auf dieses doofe Ding spreche nicht mehr. Beim nächsten Mal geben Sie mir Ihre Handynummer.«

Knacken. Knistern.

»Also. Auf Wiedersehen.«

Knacken. Sie hatte aufgelegt.

Und ich war wach. Ganz toll. Mein Schädel brummte, außerdem musste ich schiffen wie ein Brauereipferd. Ich quälte mich aus dem Bett und schlurfte aufs Klo. Dieser verdammte Alex mit seinem noch verdammteren Alkohol. Mir fiel ein, dass er irgendwann bevor das unsympathische Kind um Schokolade gebettelt hatte, mit einer Schnapsflasche aufgetaucht war, an deren Inhalt wir uns gelabt hatten. Kaum dachte ich daran, machte sich der scharfe Geschmack des Kirschwassers in meinem Mund breit. Widerlich. Unter dröhnenden Kopfschmerzen bewegte ich mich zurück zum Bett und kramte aus meiner Nachttischschublade zwei Aspirin hervor. Dann wieder in die Küche. Die Wege kamen mir endlos vor. Erstaunlich in einer Drei-Zimmer-Wohnung von rund fünfundsiebzig Quadratmetern.

Nachdem ich die Tabletten mit zwei Gläsern Wasser hinuntergespült hatte, setzte ich mich nur mit einer Unterhose bekleidet an den Schreibtisch. Dort dachte ich darüber nach, wie schön es doch wäre, ein Büro zu besitzen. Also eins in einem anderen Haus, nicht in der eigenen Wohnung. Mit eigenem Eingang und allem, was dazugehört. Dort dürfte das Telefon läuten, so oft es will und wann es will. Es würde mich niemals wecken. Höchstens nachmittags, wenn ich auf dem büroeigenen Designersofa ein Nickerchen hielt.

Aber das konnte ich vergessen. Vor vielen Jahren, ich arbeitete damals als Beamter auf Probe bei der Polizei, erreichte mich die traurige Nachricht vom Dahinscheiden einer Tante. Ich hatte sie so lange nicht mehr gesehen, dass mir ihre Existenz tatsächlich entfallen war. Peinlich. Vor allem wenn man bedenkt, dass ich als ihr einzig lebender Verwandter ein kleines Vermögen erbte. Ich kaufte von einem Teil des Geldes die Wohnung, in der ich jetzt meinen Kopfschmerz bekämpfte, den Rest legte ich am Neuen Markt an. Internetaktien waren seinerzeit, um die Jahrtausendwende, der letzte Schrei. Ich machte immense Gewinne und träumte von einem Leben in Saus und Braus – und ohne Arbeit.

Weil es gerade so gut lief, kündigte ich bei der Polizei. Pfeif auf Sicherheit und Pension. Meine Zukunft lag im Aktiengeschäft.

Dann platzte die große Blase und mit ihr mein Depot. Ein Schneemann im Hochsommer hatte mehr Widerstandskraft als mein Aktienvorrat. Mein Reichtum schmolz nicht dahin, er wurde regelrecht weggespült. Am Ende blieben mir nur meine Wohnung sowie ein paar Tausend Euro. Und die glorreiche Idee, mein in der Polizeiausbildung erworbenes Wissen dafür zu nutzen, ein erfolgreicher Meisterdetektiv zu werden.

Klappte natürlich nicht. Also, Detektiv wurde ich schon, aber weder meisterlich noch erfolgreich. Es kam gerade so viel Geld herein, dass Luigi und ich davon leben konnten. Allerdings nur unter der Voraussetzung, dass ich meine kleine Detektei in meiner Wohnung unterbrachte. Das war mitunter eng, andererseits geriet mein Weg zur Arbeit angenehm kurz. Man muss immer das Positive sehen, nicht wahr?

Während ich am Schreibtisch über mein trauriges Schicksal nachdachte, ein überraschendes Erbe angetreten zu haben, war ich wieder eingeschlafen. Diesmal weckte mich die Katzenklappe, Luigi marschierte herein und sprang auf meinen Schoß. Seine Krallen bohrten sich in meinen Oberschenkel. Ich schrie auf. Katzen sind wirklich ein steter Quell der Freude. Mein von Bier und Schnaps gequälter Magen meldete so etwas wie Hunger an. Ich hob den Kater hoch, der zum Abschied noch einmal die Krallen ausfuhr und sich dann aufs Kissen trollte, wo er ein wenig ruhen würde. Als ich mit einem Teller, zwei Scheiben Nutellatoast und meiner Unterhose aus der Küche zum Schreibtisch schlurfte, hörte ich einen Schlüssel, der sich an meiner Wohnungstür zu schaffen machte.

Kurz darauf standen eine Frau und ein riesiger Hund in meinem Büro.

»Ist ja ekelhaft«, sagte die Frau und starrte mich an. Der Hund lief schwanzwedelnd zu mir, um mir nacheinander Hand und Gesicht abzulecken. »Guten Morgen, Mandy«, sagte ich und kratzte mich am Hintern.

»Kannst du dir bitte etwas anziehen?«

Ich sah an mir hinab. »Es ist Sommer«, sagte ich.

»Sommer ist kein Grund, mir Augenkrebs zu verursachen.«

Nur nicht auf das Geschwätz eingehen. »Was machst du hier?«, fragte ich.

»Das ist mein Arbeitsplatz. Heute ist Freitag, falls du das vergessen haben solltest.«

Mandy war meine Tippse, auch wenn sie sich hochtrabend Assistentin schimpfte. Sie und ihre gefühlten dreitausendfünfhundert Gesichtpiercings kamen an drei Tagen pro Woche zu mir, kümmerten sich um Papierkram, telefonierten mit Klienten und ihren Freundinnen und halfen mir manchmal bei den Ermittlungen. Internetrecherchen und so Zeugs.

Zum Ausgleich bezahlte ich Mandy ein paar Euro. Außerdem passte ich manchmal auf Samson auf. Samson war ihr Irischer Wolfshund, groß wie ein Kalb und gar nicht mal so doof, wie er aussah. Er lief ins Schlafzimmer, um Luigi zu begrüßen. Wie üblich gab ihm der Kater eins auf die Nase. Samson schien das zu entzücken, er hörte jedenfalls nie auf, sich seine morgendliche Ohrfeige abzuholen. Vielleicht war er doch so doof, wie er aussah.

Der erste Gang meiner, nun ja, Assistentin, führte in die Küche zum Kaffeeautomaten, den ich zu Zeiten meines persönlichen Börsenbooms für den Preis eines Kleinwagens gekauft hatte. Ich konnte nur hoffen, dass das Ding niemals kaputt ging. Sonst ginge ich kaputt. Und Mandy auch. Die Maschine spuckte und sprutzelte vor sich hin, während Mandy auf einem Hocker saß und versuchte, ihre Mundwinkel entsprechend ihrer Laune nach unten zu ziehen. Vergeblich, mehrere Piercings verhinderten Gesichtsregungen effektiver als jede Botoxspritze.

Ich bedeckte meinen Astralkörper mit einem Shirt und Jeans, die ich mangels sauberer Textilien aus der Box für Dreckwäsche fischen musste. Derweil flößte die Tippse sich einen doppelten Espresso ein. Als ich zurückkehrte, empfing Mandy mich mit einem strahlenden Lächeln, einem Espresso und einer Packung Billig-Prinzenrolle aus dem Discounter.

»Hab für Nachschub gesorgt.« Sie wusste, dass ich mich tagsüber zu großen Teilen von Doppelkeksen mit

Schokoladenfüllung ernährte – oder von Snickers, falls mir die Kekse aus den Ohren rauskamen. Diese Ernährungsgewohnheit hatte in den vergangenen Jahren dafür gesorgt, dass mein Astralkörper nicht mehr ganz so astral war. Aber wir werden schließlich alle nicht jünger.

»Danke«, sagte ich und griff zu.

»Kann ich sonst noch etwas für dich tun?« Wölfe fraßen im Märchen Kreide. Mandy trank Kaffee. Die Wirkung war bei beiden gleich: Sie waren wie verwandelt. Bei Märchenwölfen die Stimme, bei Mandy die Stimmung. »Ja, du kannst die Rechnung für Frau Winterberg fertig machen.«

In den Augen meiner Tippse blitzte etwas auf. War es Überraschung, dass ich ihr etwas zu tun gab? Freude über einen gelösten Fall? Oder doch eher Unmut, weil ich sie ausnahmsweise mit einer Aufgabe behelligte? Ich hoffte auf Freude.

»Kannst du das nicht selbst machen?« Doch keine Freude.

»Ich Detektiv, du Bürokraft. Ich löse Fälle, du machst Büroarbeit. Ganz einfach, oder?«

Sie seufzte so laut wie eine Laienschauspielerin im Schultheater. »Okay, ich mache es. Dafür musst du dich um Samson kümmern. Das kann ich nicht auch noch erledigen. Er hat heute übrigens noch nicht gekackt.«

Das war eindeutig eine schlechte Nachricht. Wenn um diese Zeit sein Darm prall gefüllt war, zeitigte das üblicherweise unschöne Nebenwirkungen. Ich warf einen Blick ins Schlafzimmer, wo er vor dem Bett lag und Luigi bewachte. Kaum sah ich hin, sprang der Kater auch schon auf und raste durch die Katzenklappe nach draußen, als sei eine Monstermaus hinter ihm her.

Tatsächlich flüchtete das arme Tier nicht vor einem Riesennager, sondern vor einer Duftwolke, die aus Samsons Hinterteil geschossen war, und sich nun ihren Weg zu uns bahnte.

»Boah, Samson, das ist eklig.« Ich sah Mandy an und versuchte dabei ein möglichst böses Gesicht aufzusetzen. »Das geht nicht. Du kannst nicht deinen Hund hierher bringen, wenn er Blähungen hat. Das ist unzumutbar.«

Meine Bürofachkraft zuckte mit den Schultern. »Wärst du mit ihm Gassi gegangen, wäre das nicht passiert.«

»Hey, das ist dein Hund.«

»Mein Hund? Aha. Aber wenn er dir hilft, deine Fälle zu lösen, dann ist er wieder recht. Toll, wirklich. Ganz toll. Ich will dir mal was sagen: Das ist ein Bürohund. Also auch deiner. Und weil ich jetzt meinem Job nachgehen muss, ist es eben deine Aufgabe, unserem Hund Erleichterung zu verschaffen.«

»Ich denke gar nicht dar ...«

In diesem Moment tönte ein langgezogener Trompetenlaut aus dem Schlafzimmer, gefolgt von der nächsten Mief-Explosion.

Ohne ein weiteres Wort zu verlieren, griff ich nach der Leine. Samson sprang mit wedelndem Schwanz zu mir und lachte mich an. Gleichzeitig pupste er erneut.

»Du solltest dich beeilen«, sagte Mandy.

Das tat ich.

Zwei Stunden verbrachte ich mit dem Hund im Wald. Ich dachte an den gestrigen Abend. Also nicht an Ellens entzückendes Nachthemd, nicht einmal an das unsympathische Kind. Sondern an die Geschichte, die Alex mir erzählt hatte. An Dannys Geschichte.

6

Danny hatte nie vor, ein Arschloch zu werden. Es war irgendwie passiert. Einfach so.

Dabei lagen die besseren Zeiten noch gar nicht so lange zurück: Danny war ein glücklich verheirateter Mann. Einmal die Woche akzeptabler Sex, drei Kinder, die auch nicht mehr nervten als andere Gören, eine nette Mietwohnung mit großem Balkon für wenig Geld, Freitag Fußballtraining mit der Altherrenmannschaft vom TuS, danach drei, vier, vielleicht fünf Bier. Ein guter Job in der Gärtnerei; nichts, womit man reich werden konnte, aber es genügte für ein anständiges Leben. Dazu noch ein bisschen Schwarzarbeit. Von dem Geld kaufte er sich Fernseher, Playstation, Smartphone – was ein Mann halt so braucht.

Doch, sein Leben war okay. Seine Ehe auch.

Dachte er.

Bis er eines Tages früher nach Hause kam und Babsi stöhnen hörte. Er wusste sofort, was das zu bedeuten hatte, noch bevor er die Tür zum Schlafzimmer aufriss und seiner Frau ins verschwitzte Gesicht sah. Sie kniete auf allen Vieren auf dem Bett, hinter sich ein behaartes Männlein mit Schmerbauch, das Danny nach wenigen Sekunden als Hans-Jörg identifizierte. Ein Versicherungsvertreter aus der Parallelstraße, Tennisspieler dazu. Danny hatte ihn bislang für eine Schwuchtel gehalten. War wohl ein Irrtum.

Die Zeit stand still. Das sagte man doch so, oder? Die Welt um ihn herum fror ein, als hätte sich die Temperatur schlagartig um 80 Grad gesenkt. Dann löste sich die Erstarrung, quälend langsam. Babsi hob den Kopf, Hans-Jörg wischte sich das klebrige Haar aus der Stirn und sah ihn fragend an. So, als sei Danny unerlaubterweise in das

Leben eines fremden Paares eingedrungen. Dabei war es Hans-Jörg, der in eine fremde Frau eingedrungen war.

Seine Frau!

Danny ballte die Fäuste und bewegte sich durch das eisige Zimmer nach vorn. Er sagte kein Wort.

Hans-Jörg rückte von Babsi ab, die Überreste einer jämmerlichen Erektion schienen Danny höhnisch anzugrinsen. Ekelhaft.

Babsi kniete noch immer auf dem Bett. Sie hatte keine Modellmaße mehr, doch Danny hatte das Volle, das Weiche an ihr immer gemocht. Jetzt widerte ihn der Anblick an. Und er tat weh.

»Danny.« Hans-Jörg hob abwehrend die Hände und drückte sich an das gepolsterte Kopfteil des Ehebettes. »Lass uns in Ruhe reden.« Ein winselnder Welpe. Erbärmlich.

Dann ging alles ganz schnell. Danny sprang an seiner nackten Frau vorbei auf Hans-Jörg zu und donnerte ihm die Faust erst in den feisten Wanst und dann mitten ins Gesicht. Die feige Sau fiel um wie ein Sandsack, legte sich auf die Seite, zog die Beine an, hob die Arme schützend vors Gesicht und wimmerte. »Hör auf, hör bitte auf.«

Danny hörte den Versicherungs-Scheißer kaum, weil Babsi so laut schrie. Sie hüpfte ihm auf den Rücken, er spürte ihren erhitzten Körper. Ihre vom Schweiß feuchten Unterarme legten sich um seinen Hals.

»Lass ihn in Ruhe, verdammt noch mal! Lass ihn! Du machst alles nur noch schlimmer.«

»Noch schlimmer?« Danny fuhr herum, Babsi rutschte von seinem Rücken und landete halb auf dem winselnden Würstchen. Danny hätte kotzen können vor Wut.

»Was soll bitte noch schlimmer werden? Du hast dich von diesem Wichser ficken lassen wie die allerletzte Schlampe. Oder willst du mir jetzt erzählen, dass es nicht so ist, wie es aussieht? Das sagen sie doch immer in den

Filmen. ›Es ist nicht so, wie es aussieht, Liebling‹. Wie ist es denn dann, verdammte Scheiße?«

Noch am selben Abend zog Babsi aus. Sie hatte zunächst Danny beruhigt, Hans-Jörg an ihrem Mann vorbei aus der Wohnung bugsiert und dann ihre Koffer gepackt.

»Was machst du da?«, hatte Danny gefragt.

»Nach was sieht es denn aus?«

»Findest du nicht, du bist mir eine Erklärung schuldig? Ich komme nach Hause, erwische dich mit einem anderen Mann im Bett, und noch am selben Tag packst du deine Koffer ohne ein Wort der Erklärung. Das ist doch abartig.«

»Kann schon sein.« Babsi packte ungerührt weiter. Kaum hatte sie den einen Koffer geschlossen, zerrte sie den nächsten unter dem Bett hervor und schmiss wahllos Klamotten hinein.

Danny packte sie am Arm. »Hör auf damit, verdammt noch mal. Rede mit mir.«

»Du willst reden? Auf einmal? Sonst bekommst du den Mund doch auch nicht auf. Du redest nicht mit mir, du unternimmst nichts mit mir, du interessierst dich einen Scheißdreck für mein Leben. Wann hast du eigentlich das letzte Mal gefragt, wie es mir geht? Wann hast du mich zum letzten Mal in ein Restaurant eingeladen? Und ich meine nicht den McDonald's an der Autobahn, wenn wir zu deiner Mutter fahren. Und überhaupt, wir waren seit Jahren nicht mehr im Urlaub, seit unserer verdammten Hochzeitsreise. Weiter als bis Stuttgart zu deiner Mami traust du dich ja nicht. Ich hab dich so oft gebeten, mal wieder mit mir wegzufahren. Nur wir beide oder mit den Kindern, egal. Hauptsache weg. Und was machst du? Du vertröstest mich auf den nächsten Sommer. Und das machst du seit zwölf Jahren. Seit zwölf Jahren!«

Babsi hatte ihren Arm losgerissen und war laut geworden. Nun senkte sie die Stimme wieder. »Unsere Ehe ist am Ende, schon lange. Du hast das nur nicht gemerkt, weil du gar nichts mehr merkst. Hin und wieder rutschst du über mich drüber, schläfst direkt danach ein und glaubst, dass damit deine Pflicht getan ist. Ich will nicht mehr und ich kann auch nicht mehr.«

»Was soll das heißen?« Danny spürte, wie die Übelkeit in ihm nach oben kroch. Er lehnte sich an den Schrank, der unter dem Gewicht knarrte und ein wenig nachgab. Sollte er doch zusammenbrechen. Wenn sein ganzes Leben zusammenklappte wie ein Kartenhaus, kam es auf einen alten Kleiderschrank auch nicht an.

»Was das heißen soll?« Babsi legte eine Jeans in den Koffer, richtete sich auf und pustete sich eine ihrer vorwitzigen blonden Strähnen aus dem Gesicht. »Das heißt, dass es vorbei ist. Auf immer und ewig. Tut mir leid, dass das für dich so plötzlich kommt und dass du es auf diese Art erfahren musstest. Es war nicht beabsichtigt, dass du siehst, wie Hans-Jörg und ich ... na ja ... das wollte ich jedenfalls nicht. Kann auch schon sein, dass ich nicht fair war, dass ich dich irgendwann mal hätte warnen sollen. Aber mal ehrlich, was hätte das gebracht?«

»Moment mal – früher warnen? Wie lang geht das schon mit euch beiden?«

»Ach Danny.« Babsi setzte sich auf die Bettkante. »Du hattest nicht einmal den Hauch einer Ahnung, oder? Dir ist gar nichts aufgefallen. Nicht, dass ich abends häufiger weg war, nicht, dass ich Sex mit dir ausgewichen bin, nicht, dass ich spätabends in der Küche telefoniert habe und mit einem glücklichen Lächeln zurückkam. Wenn es nicht so traurig wäre, könnte man glatt drüber lachen. Mehr als ein halbes Jahr, Danny. Hans-Jörg und ich, wir sind schon seit mehr als einem halben Jahr zusammen.«

Ein halbes Jahr? Danny ließ sich am Schrank entlang nach unten gleiten, bis er auf dem Laminatboden saß. Ein halbes Jahr? Und er hatte nichts bemerkt, gar nichts. Er nahm die Hände vors Gesicht und schüttelte den Kopf. Er fühlte sich so unendlich müde.

»Und wie lange hätte das noch gehen sollen?«, fragte er mit gedämpfter Stimme.

Sie zuckte mit den Schultern. »Ich weiß es nicht. Nicht mehr lange. Hans-Jörg und ich, wir sprechen schon seit Wochen davon, endlich zusammenzuziehen. Ich wollte nur noch den richtigen Moment abwarten.« Babsi stieß ein Lachen aus, es klang mehr wie ein Husten. »Aber der kommt wohl nie, der richtige Moment. Wahrscheinlich war ich zu feige. Zwölf Jahre Ehe wirft man nicht so einfach weg. Aber es wurde von Tag zu Tag schwieriger. Meine absolute Deadline war mein Geburtstag. Den hätte ich auf keinen Fall mehr hier gefeiert.«

Drei Wochen also. Höchstens. Danny hatte sich noch keine Gedanken über ihren Geburtstag gemacht, weder dieses Jahr noch in den Jahren zuvor. Er wusste gar nicht mehr, wie lange es schon her war, aber irgendwann hatten sie beschlossen, sich gegenseitig nichts mehr zu schenken. Nicht zum Geburtstag, nicht zu Weihnachten. War doch sowieso nur rausgeschmissenes Geld, fand Danny.

Doch jetzt konnten diese drei Wochen eine Chance sein. Er würde alles anders machen, ihr den tollsten Geburtstag des Lebens schenken. Mit ihr nach Paris fahren oder nach Venedig oder so.

»Dann gib mir, gib uns noch diese drei Wochen. Gib uns eine Chance. Du hast vorhin gesagt, zwölf Jahre Ehe wirft man nicht einfach so weg. Halte dich daran. Wirf sie nicht weg.«

Babsi stand auf und kam auf ihn zu. Sie lächelte bitter. »Vergiss es«, sagte sie. »Und geh bitte zur Seite, ich muss an den Schrank.«

»Das kannst du nicht machen.«

»Doch. Ich muss sogar. Ich muss hier raus. Sonst ersticke ich.«

»Und was ist mit den Kindern? Wo sind die überhaupt?«

»Bei meinen Eltern, das ganze Wochenende über. Wir haben darüber gesprochen, aber du hörst ja nie zu. Die

Kinder kommen mit mir, was sonst? Du kannst doch sowieso nichts mit ihnen anfangen. Warst du mal mit ihnen im Zoo? Auf dem Fußballplatz? Oder hast mit ihnen gespielt? Sie stören dich, sobald sie den Raum betreten und etwas von dir wollen. Weißt du, Danny, dass du als Ehemann versagst, hätte ich vielleicht noch hingenommen. Aber dein Versagen als Vater nicht. Und ich habe dich nun wirklich oft genug gebeten, mehr Zeit mit den Kindern zu verbringen.«

»Das ist doch Mist, was du sagst. Erst neulich hab ich sie mit zum Einkaufen genommen.«

»Ja, toller Ausflug. Aber erstens ist das schon Monate her und zweitens hast *du dir* ein Handy gekauft und damit angegeben. Am Abend hat Jill gefragt, warum du dir so etwas Tolles schenkst und sie sowie Jim und Joe nie etwas bekommen. Na, klingt das nach einem gelungenen Vater-Kind-Abenteuer?«

Jill, Jim und Joe. Babsi hatte auf amerikanischen Namen bestanden. Sie hatte schon immer davon geträumt, in die USA auszuwandern. Oder zumindest ein paar Wochen lang durchs Land zu touren. Natürlich blieb es bei einem Traum. Amerika – so ein Irrsinn. Viel zu teuer. Als ob sich ein Gärtner und eine Krankenkassenangestellte in Teilzeit so etwas leisten könnten.

Und so blieben Jill, Jim und Joe eine stete Erinnerung an geplatzte Träume. Vielleicht konnte er deswegen nicht so viel mit den dreien anfangen. Aber das würde sich ab sofort ändern. Er erhob sich und sah auf seine Frau hinab. Ihre blonden Locken hatte sie zu einem Dutt gebändigt. Er mochte diese Frisur nicht, damit sah sie so streng aus. Unnahbar.

»Die Kinder bleiben hier!«, sagte er.

Babsi versuchte, ihn zur Seite zu schieben. »Sei nicht albern. Und lass mich endlich an den Schrank.«

Er machte einen Schritt zur Seite. »Sie bleiben.«

Die Temperatur im Raum fiel. Nicht so krass wie am Nachmittag, als er seine Frau beim Fremdficken erwischt hatte, aber spürbar. Danny hatte nicht oft erlebt, dass Babsi so eisig wurde. Aber wenn, dann gefiel ihm das nicht. Ja, es machte ihm Angst. Dieses kleine Wesen, keine einssechzig groß, konnte zu einem bedrohlichen Riesen werden.

Vor einigen Jahren hatte er vom Ersparten einen Neuwagen gekauft. Ohne vorher mit Babsi zu sprechen. Es sollte eine Überraschung werden. Die wurde es auch. Sie hatte ihn mit diesem tödlichen Blick angesehen. Danny war sofort zum Händler gefahren und hatte den Kauf rückgängig gemacht.

Jetzt sah sie ihn wieder so an.

»Zwei Möglichkeiten, Danny: Entweder, wir regeln das vernünftig und zum Wohl der Kinder. Dabei ist es scheißegal, wie sehr ich dich verletzt habe. Es geht um Jill, Jim und Joe, nicht um dich, nicht um mich. Oder« – sie machte eine Pause – »oder es gibt Krieg. Den wirst du verlieren. Und er wird dir mehr Schmerzen bereiten als alles andere zuvor in deinem Leben. Dagegen war dein Schmerz heute Mittag, als du das Schlafzimmer betreten hast, eine Wellness-Behandlung. Und damit noch eins klar ist: Egal, wofür du dich entscheidest – die Kinder kommen mit mir. Heute und auch in Zukunft.«

Danny sagte nichts mehr. Er ging stumm aus dem Zimmer, hörte, wie Babsi in den Schränken rumorte, streichelte gedankenverloren Lilly, die altersschwache Katze, die ihnen kurz nach dem Einzug vor zehn Jahren zugelaufen war, wartete, dass seine Frau ihn verließ.

Bald schlug die Wohnungstür zu. Sie ging ohne ein Wort. Die Frau, mit der er sein Leben verbringen wollte, die er liebte, aber doch vernachlässigt hatte.

Was auch immer die Zukunft bringen würde, so etwas, schwor er sich, würde ihm nicht noch einmal passieren.

Dann kamen endlich die Tränen.

Die kommenden Wochen verbrachte Danny wie in Trance. Jedes zweite Wochenende kamen die Kinder, er ging mit ihnen in den Zoo, ins Schwimmbad, ins Kino. Doch je häufiger sie kamen, desto öfter verzichtete Danny auf solche Ausflüge. Stattdessen setzte er sie vor die Playstation und holte abends Fast Food für sie. Pizza, Burger, Döner, immer schön abwechselnd. Bald besuchten sie ihn seltener. Obwohl Danny Jill, Jim und Joe einerseits vermisste, erleichterte es ihn andererseits, sich seltener um sie kümmern zu müssen.

Das Interesse an seinen Kindern nahm im selben Maß ab, wie sein Interesse an anderen Frauen wuchs. Danny hielt sich erstaunlich kurz mit seiner Trauer auf. Die Ehe mit Babsi war, das fiel ihm erst jetzt auf, schrecklich langweilig gewesen, das Leben bot so viel mehr Reize. Dass Hans-Jörg und Babsi nun zusammenlebten und sich gemeinsam langweilten, geschah den beiden nur recht.

Fast auf den Tag genau zwei Monate nach Babsis Auszug lernte Danny die Freuden des nachehelichen Lebens kennen.

Sein Chef schickte ihn zu den Maier-Windecks. Er Professor, sie die Mutter seiner Kinder und zwanzig Jahre jünger. Danny sollte den Garten komplett umgestalten, und zwar genau so, wie es der Herr Professor und Dannys Chef gemeinsam erarbeitet hatten. Der Auftrag nahm mehrere Tage in Anspruch – und das bei schönstem Wetter.

Bald zog Danny sein T-Shirt aus. Er fühlte sich wohl, so halbnackt. Seine Besuche im Fitnessstudio zeitigten erste Erfolge, wer wollte, konnte seine Muskeln deutlich sehen.

Und Frau Maier-Windeck wollte. Stundenlang saß sie auf der Terrasse und beobachtete Danny bei der Arbeit. Sie brachte ihm morgens Kaffee, mittags Limonade und kleine Leckereien, abends Bier und belegte Brote. Am zweiten Tag bot sie ihm das Du an.

»Ich bin die Sabine«, sagte sie und küsste ihn auf die Wange.

Am dritten Tag fragte sie, ob der Azubi denn immer dabei sein müsse, oder ob Danny nicht lieber allein arbeiten wolle.

Sie strich über seine Oberarmmuskeln. »Stark genug bist du ja.«

Am vierten Tag erschien Danny allein. Es war ein heißer Tag im Mai, so heiß, dass Sabine sich im Bikini auf der Terrasse sonnte. Bald legte sie das Oberteil ab. Derart spärlich bekleidet servierte sie Danny die mittäglichen Leckereien. Der vernaschte alles. Erst die kalte Platte, dann die heiße Sabine. Zwei Stunden lang wälzten sie sich im Bett, Danny verwöhnte die Frau Professor nach allen Regeln der Kunst. Er streichelte sie, bis es ihr kam, er benutzte seine Zunge, bis Sabine schrie, er rammte sein üppiges Geschlechtsorgan in sie, bis sie vor Lust zusammenbrach. Als er zwei Stunden später längst wieder im Garten Samen verteilte, lag sie noch immer erschöpft im Bett.

Drei weitere Arbeitstage – und orgiastische Mittagspausen – später, hatte Danny sämtliche Auftragsarbeiten erledigt. Er verabschiedete sich am letzten Abend mit einem Quickie auf dem Esszimmertisch, bei dem eine antike Vase, ein Erbstück von des Herrn Professors Großmutter, zu Bruch ging. Als er ging, lag Sabine noch immer inmitten der Scherben.

Danny dachte, dass sich mit dem Auftrag auch das Techtelmechtel mit Sabine erledigt hatte. Doch er irrte sich. Noch am Wochenende erhielt er eine WhatsApp-Nachricht von ihr. »Muss dich treffen. Bin schon feucht.«

Die Nachricht machte Danny so heiß, dass er keine Sekunde mit der Antwort zögerte.

Und so wurde Sabine seine erste sexuelle Daueraffäre.

Sie blieb nicht die einzige.

7

Das Telefon riss mich aus dem Spätnachmittagsschlaf, in den ich nach dem Spaziergang mit Samson gefallen war. Mandy hatte sich längst verabschiedet. Das machte sie immer so, wenn sie keine konkreten Arbeitsanweisungen erhielt. Aber wie soll man seiner Tippse im Schlaf Anweisungen erteilen?

Ich ließ es klingeln, sollte sich der Anrufbeantworter drum kümmern. Doch der sprang nicht an.

Mandy! Hatte mal wieder vergessen, den AB zu aktivieren. Irgendwann würde ich sie feuern.

Das Telefon klingelte endlos, da hatte es jemand besonders wichtig. Nicht mein Problem. Ich drehte mich um und stülpte mir das Kissen über den Kopf. Nichts und niemand würde mich von meinem Schönheitsschlaf abhalten.

Das Klingeln hörte auf. Na also. Ich nahm das Kissen wieder vom Kopf und bettete meinen armen Schädel darauf.

Das Telefon klingelte wieder.

»Ja Herrgottssakrament, was ist das für ein Arschloch?« Ich fluchte vor mich hin, quälte mich mühsam in eine aufrechte Position und stand auf. Musste ohnehin schiffen wie ein Teeniemädchen nach vier Bier.

Luigi lag auf dem Schreibtisch neben dem Telefon und zuckte nicht einmal mit den Ohren.

Ich nahm ab. »Ja!?«, bellte ich in den Hörer.

»Na endlich. Ich dachte schon, du liegst im Schnapskoma und ich muss den Notarzt rufen«, sagte Alex.

»Lass die Sprüche. Was willst du? Und warum rufst du mich nicht auf dem Handy an? Das liegt neben meinem

Bett. Wegen dir musste ich aufstehen. Echt, du regst mich auf.«

»Ich hab dich auf dem Handy angerufen. Das hat ins Leere geklingelt. Wahrscheinlich ist mal wieder der Akku leer.«

Ach verdammt, das passierte mir ständig.

»Ich will«, sagte Alex, »dass du unter die Dusche springst, dich wäschst, Zähne putzt, deine Wampe in ein sauberes T-Shirt zwängst und deinen breit gewordenen Arsch zu mir trägst.«

»Ich hab keine Wampe. Und mein Arsch ist auch nicht breit.« Das war gelogen. Mein einstiger Vorzeigekörper hatte sich im Laufe der vergangenen Jahre in etwas verwandelt, das böse Zungen als eine Mischung aus Hängebauchschwein und Blauwal bezeichnet hätten. Im selben Maße, indem mein Haar lichter wurde, nahm mein Körperumfang zu. Mittlerweile verteilten sich 130 Kilo auf zwei Meter zwei.

»Mach dir doch nichts vor. Bald bist du so fett wie ich. Nur hässlicher und ärmer.«

»Im Gegensatz zu dir kann ich meinen Schwanz noch sehen, wenn ich an mir hinabsehe.« Genau das tat ich in diesem Moment. Bis eben war mir gar nicht aufgefallen, dass ich nackt war. Alles in Ordnung, ich konnte ihn wirklich sehen.

»Du stehst jetzt aber nicht nackt am Schreibtisch und guckst an dir runter?«

»Doch. Sieht gut aus.«

»Ist ja widerlich.«

»Ellen sieht das anders.«

»Bei Ellen bist du untendurch. Schon vergessen?«

Stimmt, da war was. Das unsympathische Kind und die eine oder andere Bemerkung, die man unter Umständen als unsensibel hätte bezeichnen können.

»Erinnere mich nicht daran. Wie kommst du überhaupt auf die Idee, mich einzuladen? Ellen hasst mich.«

»Das tut sie, ja. Aber es handelt sich um eine geschäftliche Verabredung, das wird sie schon verstehen. Ich will, dass du jemanden kennenlernst.«

»Wen? Wie sieht sie aus?«

»Wirst du dann schon sehen.«

»Und warum erledigen wir das nicht im Büro?«

»Weil Freitag ist, später Nachmittag, und ich um die Zeit nicht mehr in der Kanzlei rumhocke. Außerdem hab ich im Garten was zu erledigen. Also quatsch jetzt nicht, widme dich deinen Körperreinigungsarbeiten und komm her.«

»Meinetwegen. Aber ich trinke keinen Tropfen Alkohol, damit das klar ist.«

»Völlig klar.«

8

Die Gummihandschuhe gaben der ganzen Angelegenheit eine leicht perverse Note. Sie reichten Alex bis zu den Ellenbogen seiner Arme, die so dick und mächtig waren wie ein Kochschinken beim Metzger. Nur kürzer.

Die Hände am Ende der Arme wuselten wieselflink umher, während sie eine Wurzelbürste hielten, die hektisch über das graue Holz strich.

»Sieht interessant aus«, sagte ich. »Was gibt das?«

»Frag nicht«, sagte Alex. »Eine Strafarbeit, die Ellen mir aufgetragen hat. Ich muss unsere Gartenmöbel vom Grünspan befreien.«

»Strafarbeit wofür?«

Alex zuckte mit den Schultern. »Keine Ahnung.« Er bürstete weiter in einem Tempo, das ich seinem kugelrunden Körper gar nicht zugetraut hätte. Etwa die Hälfte hatte er schon geschafft. Diese Hälfte glänzte goldbraun in der Nachmittagssonne, die andere wartete mattgrau auf Erleuchtung. Alle dreißig Sekunden tauchte Alex die Bürste in einen Eimer mit einer undefinierbaren braunen Brühe, die ich kritisch musterte.

»Wasser mit Soda«, sagte Alex. »Wirkt Wunder. Der Dreck verschwindet fast von selbst. Behauptet jedenfalls Ellen.«

Er tauchte die Bürste ein weiteres Mal in die Brühe, Schweiß tropfte von seiner Stirn, seiner Unterlippe, seinem Hemdkragen. Das Zeugs schoss ihm gemeinsam mit schlechter Laune aus allen Poren. »Fast von selbst, dass ich nicht lache. Ich bürste mich hier zu Tode. Zum Ausgleich kann ich heute Abend nicht einmal meine Frau bürsten, weil ich in einen komatösen Zustand fallen werde, sobald die Sache hier erledigt ist.«

»Apropos unbefriedigt: Wo ist Ellen überhaupt?« Ich war am Haus vorbei in den Garten spaziert und wegen des perversen Gummihandschuhmanns noch nicht dazu gekommen, die Dame des Hauses zu begrüßen. Oder mich vor ihr in Sicherheit zu bringen, je nachdem.

»Mit Julius im Schwimmbad.«

»Und was ist damit?« Ich nickte in Richtung des Pools.

»Zu dreckig, behauptet Ellen. Außerdem trifft sie sich im Schwimmbad mit ihren Freundinnen.«

»Sehen die alle so scharf aus wie dein Weib? Falls ja, wäre ich echt sauer, dass du den Pool nicht vorbereitet und die Damen zu uns eingeladen hast. Ich hätte ihnen gern den Rücken eingecremt. Oder auch alle anderen schutzbedürftigen Körperteile.«

Alex schüttelte den Kopf. »Du bist ein sexistisches Macho-Arschloch.« Er grinste. »Und genau das mag ich an dir. In diesem speziellen Fall solltest du mir aber dankbar sein. Wenn Ellen hier wäre, dann wäre auch Julius hier. Mit seinen Freunden.«

»Er hat Freunde?«

Ups, böser Blick. Zeit für den Rückzug. »Sicher hat er Freunde«, sagte ich. »Magst du ein Bier?«

Die Kaltgetränke lagerten wie üblich in der amerikanischen Kühlbox auf der Terrasse. Aus dem Teil hätte man eine ganze Garnison Marines verpflegen können, die gerade im Irak, Afghanistan oder Vietnam unterwegs waren – oder wo sich die Amis sonst als Weltpolizist versuchten. Ich machte es mir in einer Liege bequem und schaute dem schrubbenden Kugelfisch zu.

Der sah mich mit zusammengekniffenen Augen an. »Fühlst du dich wohl?«

»Absolut. Danke der Nachfrage.«

»Sag mal, Leo, dir ist nicht zufällig langweilig oder so? Falls doch: Auf dem Stuhl liegt noch ein Paar Gummihandschuhe. Und ne Bürste.«

»Nee. Lass mal. Wirklich nicht nötig.«

»Ich wollte es nur gesagt haben.«

»Danke, nett von dir.« Ich trank meine Flasche leer, griff neben mich, öffnete routiniert die Kühlbox und schnappte mir das nächste Bier. »Ein schöner Tag, nicht wahr?«

»Sehr schön«, knurrte Alex.

»Ich mag es, wenn ich die Muße hab, mich ein wenig zurückzulehnen, nachzudenken, über Fragen zu sinnieren, die die Welt bedeuten. Das ist detektivische Schwerstarbeit, musst du wissen. Auch wenn es nicht so aussieht.«

»Klar.«

Dieses Bier tat wirklich gut. Es rann meine trockene Kehle hinunter wie Toilettenwasser nach dem Drücken der Spülung durch die Leitungsrohre.

Okay, vielleicht kein so passender Vergleich.

»Jedenfalls«, sagte ich, nachdem ich die halbleere Flasche abgesetzt hatte, »frage ich mich im Zuge meines Denkprozesses, warum du mich zu dir bestellt hast. Wolltest du, dass ich dich bei der Arbeit bewundere? Das mache ich gerne, es ist wunderbar, wie du den Gartentisch säuberst. Der Grünspan hat keine Chance gegen dein rasantes Bürsten. Wirklich, du machst das großartig und ich könnte dir noch stundenlang zusehen. Aber mich dünkt, du hattest am Telefon erwähnt, mir jemanden vorstellen zu wollen. Sicherlich eine junge Frau. Attraktiv, heißblütig, dürstend nach Liebe und Zärtlichkeit von einem gutaussehenden, erfahrenen Mann. Dazu kann ich nur sagen: Ich bin bereit. Also, wo ist sie?«

Alex hielt inne, das erste Mal, seit ich den Garten betreten hatte. Bisher hatte er gebürstet wie eine Maschine. Aber jetzt – Stillstand. Stattdessen richtete er sich zu seiner vollen Größe auf – was immer noch ziemlich mickrig war –, sah zu mir herüber, zog die Augenbrauen hoch und schwieg. Nach einem kurzen Moment des Überlegens sagte er: »Leo, du redest gequirlte Scheiße.«

Ich ließ das mal unkommentiert so stehen und wartete, ob Alex etwas Konstruktives zu sagen hatte.

Er hatte.

»Unser Gast müsste gleich kommen. Wie spät ist es?«

Ich warf einen Blick auf die Uhr. »Kurz nach fünf.«

»Ist bestimmt gleich da. Und nein, keine junge Frau. Überhaupt keine Frau. Ich weiß sowieso nicht, was dieses ständige Geschwätz von Weibern soll. Was ist denn mit dieser kleinen Dunkelblonden, die du immer mal wieder mitgeschleppt hast? Wie heißt sie? Manu? Marnie?«

»Marie.«

»Richtig, Marie. Die ist doch super. Okay, viel zu hübsch für dich und zu intelligent und eigentlich auch zu jung. Keine Ahnung, was die von dir will. Aber solange sie noch nicht gemerkt hat, was für ein Loser du bist, solltest du dich an ihr erfreuen und nicht ständig von anderen Weibern faseln wie ein Teenie in der Brunftzeit.«

»Teenies haben keine Brunftzeit.«

Alex winkte ab. »Du weißt, was ich meine. Also, was ist mit dieser Marie?«

»Schwieriges Thema.« Ich trank die zweite Flasche aus und holte mir die dritte.

»Inwiefern?«

Zum Glück klingelte es in diesem Augenblick an der Haustür. Ich hatte keinen Bock, über Marie zu reden. Lieber über Fußball. Oder über die Feuerqualle im Wandel der Jahrtausende. Zur Not sogar über einen Fall. Aber nicht über Marie.

»Das wird er sein. Machst du bitte auf? Du siehst ja, ich kann nicht.« Alex hob die gummibehandschuhten Arme und sah aus wie eine Domina auf Koks.

»Jaja, schon klar, mein Herr und Gebieter. Ich eile.«

Ich schlurfte durchs Wohnzimmer und den Flur. Alles ziemlich stylisch. Wenig Möbel, dafür viel Weiß und ein paar bunte Farbtupfer an den Wänden, die es schafften, der kühlen Atmosphäre ein Stück Heimeligkeit zu schenken.

Alles Ellens Werk. Alex hatte mit der Einrichtung so viel zu tun, wie das ZDF mit hippem Fernsehen.

Vor der Glastür erhob sich ein riesiger dunkler Schatten.

Der Yeti kommt, schoss es mir durch den Kopf. Trotzdem öffnete ich mit dem Heldenmut des Unerschrockenen. Ein Hüne ungeheuren Ausmaßes stand vor mir. Kam mir jedenfalls so vor. Ich treffe selten Leute, die fast so groß und kräftig sind wie ich.

»Hallo«, sagte der Hüne und lächelte. »Ich bin Danny.«

Ein paar Minuten später lag ich wieder an meinem angestammten Platz, ein Bier in der Hand, Alex auf der Liege neben mir. Danny stand am Gartentisch und bürstete. Ich konnte dem Grünspan förmlich zusehen, wie er durch die Gegend flog.

»Er macht das nicht schlecht«, sagte ich zu Alex gewandt. »Noch besser als du.«

»Ist ja auch sein Job.«

Danny hatte kurz zuvor den Garten betreten, Alex etwa zehn Sekunden zugesehen und ihn dann in den Schatten geschickt. »Ihr macht euren Job, ich übernehme das hier«, hatte er gesagt. Und in meine Richtung: »Weißt du, ich bin Gärtner. Und bei älteren Kunden oder solchen, die eher mit dem Kopf arbeiten und nicht mit den Händen, übernehme ich auch solche Arbeiten. Fällt mir kein Zacken aus der Krone, im Gegenteil.« Dazu hatte er wieder sein Lächeln aufgesetzt, das mir meine Knie hätte weich werden lassen, wenn ich schwul gewesen wäre. Was ich aber meines Wissens nicht war, weshalb meine Knie hart wie Kruppstahl blieben. Aber lächeln konnte er schon ganz gut, der Danny. Musste ich neidlos anerkennen. Na ja, vielleicht nicht ganz neidlos.

Während Danny die Gartenmöbel reinigte, erzählte Alex, warum der Hüne uns Gesellschaft leistete. Im Grunde hatte er mir das alles schon am Vorabend verklickert. Aber weil ich besoffen war, hatte ich die Hälfte schon wieder vergessen. Deshalb war ich nicht undankbar für die Wiederholung. Umständlich, wortreich und gespickt mit juristischen Fachausdrücken machte Alex mir klar, dass Polizei und Staatsanwaltschaft Danny verdächtigten, eine Frau umgebracht zu haben.

»Und warum sitzt er dann nicht in U-Haft, sondern übernimmt die Strafarbeit, die Ellen dir aufgetragen hat?«

Es folgte ein weiterer Wortschwall juristischen Geseiers, dessen Quintessenz sich auf diesen Satz reduzieren lässt: Die Beweise reichten nicht aus.

»Die werden niemals reichen«, rief Danny zu uns herüber. »Ich war es nämlich nicht.«

»Das sagen sie alle.«

Vielleicht hätte ich das besser nicht erwähnt. Danny knipste sein Lächeln aus und schaltete eine böse Miene ein.

»Willst du sagen, ich lüge?«

»Nein, niemals. Ich will sagen, dass die meisten anderen Verdächtigen lügen, spätestens, wenn sie einen Anwalt benötigen.«

»Dann ist ja gut. Ich lüge nämlich nie.« Er überlegte. Dann sagte er: »Stimmt nicht, ich lüge sogar ziemlich oft. Oder ich verschweige anderen etwas, was ja auch irgendwie lügen ist. Aber das sind eher Notwehr-Lügen. Was diese Sache angeht, diesen Mord, lüge ich nicht. Ich war es nicht.« Er bürstete weiter.

Und ich glaubte ihm.

9

Vor acht Tagen

Im Badezimmer herrschte eine Luftfeuchtigkeit wie im brasilianischen Regenwald. Lena liebte es, heiß zu duschen. Im Kloster war warmes Wasser eine rare Ware gewesen, die Duscherei kein sinnliches Vergnügen, sondern ein purer Akt der Reinigung.

Seit einigen Monaten lebte sie hier draußen auf dem Land, am Rande des Kaiserstuhls. Sie mochte die Menschen, diese zunächst etwas distanzierten, misstrauischen Eingeborenen, die sich bei der erstbesten Gelegenheit öffneten und ihre Hilfe anboten, wann immer sich eine Chance dazu ergab.

So war sie auch an ihren Job in der Gärtnerei gekommen. Moni, ihre Vermieterin, hatte ihr die Stelle nach einem feuchtfröhlichen Abend vermittelt. Moni und ihr Mann wohnten im Erdgeschoss. Nachdem die Kinder ausgezogen waren, hatten sie den Dachboden zu einer Zwei-Zimmer-Wohnung umgebaut und vermietet. Lena war die erste Mieterin und Moni fühlte sich einsam. Ihre drei Kinder hatten sich in die weite Welt verabschiedet und Moni brauchte jemanden, den sie bemuttern konnte. Lena kam ihr gerade recht.

Das Zusammenleben mit Julia war immer schwieriger geworden, zu unterschiedlich die Lebensentwürfe der Schwestern. Bevor die schwesterliche Beziehung in endlosem Zank versank, suchte Lena sich eine kleine Wohnung außerhalb der Stadt, wo es ruhig zuging und sie mitten in der Natur leben konnte. Außerdem waren dort die Mieten bezahlbar, sodass das Erbe ihrer Eltern eine Zeitlang reichen würde, selbst wenn sie keinen Job fand.

Doch sie blieb nicht lange arbeitslos. An jenem Abend bei Moni erzählte Lena ausgiebig von sich, sie breitete ihr

Leben vor der fremden Frau aus. Es tat gut, mit jemandem zu reden, der sie nicht kannte und nicht über sie urteilte. Monis Augen wurden immer größer, sie seufzte und sie lachte und sie verdrückte sogar ein paar Tränen, als Lena ihren Auszug aus dem Kloster schilderte.

»Das ist alles so rührend«, sagte sie mit erstickter Stimme und goss noch ein Glas Weißherbst nach. Sie widmeten sich bereits der zweiten Flasche, Lena war ziemlich angesäuselt, doch Moni trank das Zeug weg wie andere Menschen Apfelsaftschorle.

»Und nun bist du hierher gezogen, Kindchen, um ein neues Leben anzufangen, eins ohne Gott?«

»Niemals werde ich ein Leben ohne Gott führen«, sagte Lena.

»Das ist gut. Das ist sehr gut.« Die kugelrunde Vermieterin nickte vor sich hin und bekreuzigte sich. »Aber sag, Kindchen, wovon willst du leben? Nur von deinem Ersparten? Wie lange wird das reichen? Und ist das auf Dauer nicht langweilig? Ich meine, jeder braucht doch eine Aufgabe.« Sie blickte in die Ferne. »Seit Simmi weg ist, weiß ich gar nicht, wie ich die Tage rumbekommen soll. Ich hab Manfred schon vorgeschlagen, so einen Hofladen aufzumachen, du weißt schon, unten an der Straße. Da halten die Touristen dann an und kaufen unsere Kartoffeln, unsere Äpfel, unser Gemüse.«

Nun machte Lena große Augen. »Das baut ihr alles an?«

»Nein«, sagte Moni. »Das ist ja das Problem.« Sie stand auf. »Magst du auch einen Schnaps? Kirsch. Direkt vom Schwiegervater.«

»Lieber nicht, ich hab schon genug.«

»Ach was, wir haben doch noch gar nicht angefangen.« Moni schenkte beiden ein Schnapsglas voll, sie tranken es auf Ex.

Lena wurde schwindelig. »So betrunken war ich noch nie, glaube ich.«

»Na, da wird es aber höchste Zeit, Kindchen.« Moni kicherte. »Mein Manfred und ich trinken gern mal einen Kirsch. Spült durch und macht den Kopf klar.«

»Meiner ist überhaupt nicht klar.« Lena hatte das Gefühl, als würde ihre Zunge Purzelbäume schlagen.

»Aber meiner. So klar, dass mir jetzt wieder einfällt, was ich längst vergessen hatte. Du bist doch gut im Gärtnern, oder?«

Lena nickte schwerfällig.

»Dann ruf ich jetzt den Wilderle Peter an, der sucht nämlich einen neuen Gärtner für seinen Betrieb. Hat mir die Yvonne, das ist dem Peter seine Frau, erst vorgestern erzählt. Sie wollte wissen, ob das nicht was für die Simmi sein könnte, aber die ist ja weg, an der Uni.« Monis Augen schimmerten schon wieder feucht. »Aber für dich, für dich wäre das doch perfekt.«

»Ich weiß nicht, ich hab doch gar keine Ausbildung.«

»Das ist doch egal. Du bist Gärtnerin, mit oder ohne Ausbildung. Basta! Wart, ich ruf ihn gleich mal an, den Peter, und sag ihm, dass du morgen kommst.«

»Nein, Moni, nicht, ich muss da erstmal drüber nachdenken. Mit klarem Kopf.«

Aber Moni hatte schon ihr Handy aus den Tiefen der Schürze gekramt und mit ein paar schnellen Bewegungen getippt. Ihr rundes Gesicht bebte vor Aufregung.

»Peter, bisch du's? Hör emol, i hätt e neie Gertneri für eich. S'Lena, sell isch üsere neii Miederin. Die isch subber. I schicksere dir morge vorbei. Wa isch's no recht? Um achti? Kei Probblem, odr?« Sie blickte fragend zu Lena. Doch die reagierte gar nicht.

»Achti basst. Subber Peter. Mach's guet. Un e guet's Nächtle.«

Am nächsten Morgen stand Lena mit dröhnendem Schädel und hochschwappendem Mageninhalt pünktlich um kurz vor acht vor den Toren der Gärtnerei Wilderer. Ein Jugendlicher mit grünem Gärtneroverall und Pickeln, die sich übers gesamte Gesicht verteilten, öffnete die quietschenden Tore. Vermutlich ein Azubi. Oder Wilderle Junior.

»Wo finde ich denn den Peter Wilderle?«

»De Chef? Dert hinde im Bürro.« Er deutete auf ein flaches Gebäude, das sich neben ein halbes Dutzend Gewächshäuser duckte.

Lena ging die paar Meter, setzte vorsichtig einen Fuß vor den anderen. Dieser elende Schnaps hatte ihr gestern den Stecker gezogen. Noch war der Lebenssaft nicht in ihren Körper zurückgekehrt. Sie hoffte nur, nicht allzu sehr nach Alkohol zu stinken.

Die Bürotür stand offen, ein Mann von Mitte fünfzig mit mächtigem Schnauzbart und ebenso mächtigem Oberkörper saß an einem Schreibtisch. Auch er trug Gärtnerkleidung. Lena klopfte an die Tür, der Mann sah auf und guckte sie mürrisch an.

»Was isch?«, bellte er.

»Äh, ich bin Lena. Lena Freiwald.«

»Ah, die Mieterin von der Moni.« Er erhob sich von seinem Stuhl und reichte ihr lächelnd die Hand.

»Ich bin der Peter.« Alles Unfreundliche war von ihm angefallen. Dann schnupperte er.

»Hat die Moni dich gezwungen, von Schwiegervaters Schnaps zu trinken?«

Lena wurde knallrot und bekam keinen Ton heraus.

Wilderle brach in Lachen aus. »Der Moni entkommt niemand, weiß jeder im Ort. Also alles kein Problem. Und es spricht für dich, dass du trotzdem hier auftauchst, obwohl du vermutlich einen Höllenkater hast. Also setz dich und erzähl von dir. Wo hast du bisher gearbeitet?«

»Also so richtig gearbeitet habe ich eigentlich nicht.« Lena hielt sich mit ihren feuchten Händen an den Stuhllehnen fest. »Ich war halt im Kloster und dort zusammen mit dem Gärtner für alles zuständig, was wir angebaut haben.«

Peter klatschte sich mit der flachen Hand gegen die Stirn. »Ich Depp, stimmt ja, du bist die Nonne. Du bist hier im Dorf schon eine echte Sensation, weißt du das?«

»Wie, Sensation? Reden die Leute über mich?«

»Klar reden die über dich. Aber mach dir nix draus, das ist normal auf dem Dorf.«

»Und was reden die so?«

»Nix Schlimmes. Sie sind halt neugierig, du kennst doch die Menschen. Nach ein paar Wochen wird sich das legen. Und wenn du erstmal hier bei uns angefangen hast, gehörst du sowieso zur Dorfgemeinschaft. Und für den Rest sorgt die Moni.«

»Aber Sie wissen doch noch gar nicht, ob ich hier anfange. Ich meine, ich habe nicht einmal eine Ausbildung.«

»Also erstens duzen wir uns hier. Und zweitens: Wer in einem Kloster, noch dazu oben im Schwarzwald, in der Lage ist, für die Verpflegung zu sorgen, braucht keine Ausbildung. Ich brauche Gärtner, die wissen, was sie tun. Und die das, was sie machen, mit Liebe erledigen. Ich bin sicher, du hast die Gartenarbeit im Kloster geliebt, oder?«

»Mehr als alles andere.« Lena hielt sich erschrocken die Hand vor den Mund. »Also natürlich nicht mehr als Gott.«

Peter lächelte. »Natürlich nicht. Wann kannst du anfangen?«

Die Arbeit in der Gärtnerei gefiel Lena. Nicht nur, dass sie es liebte, an der frischen Luft zu sein und dabei zu helfen, Leben entstehen zu lassen. Nein, sie lernte auch viel von Peter und den anderen Kollegen.

Auch sonst genoss sie ihr neues Dasein. Den Fernseher, den Julia ihr zum Einzug geschenkt hatte, benutzte sie fast nie. Stattdessen las sie viel. Über Gott, über den Glauben, aber auch über Gartenarbeit und manchmal, direkt vorm Einschlafen, schnulzige Liebesromane.

Sie stand früh auf, ihre innere Uhr weckte sie noch immer morgens um halb sechs. Manchmal spazierte sie dann durch die einsamen Dorfstraßen, grüßte die wenigen Nachbarn, die ihre Hunde Gassi führten, und strebte der kleinen, weißen Kirche in der Ortsmitte entgegen. Dort betete sie ungestört und bedankte sich bei Gott, der ihr dieses wunderbare Leben geschenkt hatte.

Bisweilen vergaß sie die Zeit und so kam es, dass sie regelmäßig dem Pfarrer begegnete. Er betreute diese und die Nachbargemeinden erst seit zwei Jahren, sein Vorgänger hatte der Kirche im Ort siebenunddreißig Jahre lang gedient. Bald kamen sie ins Gespräch, sprachen über Gott, aber auch über die Welt, und nach einigen Wochen des Kennenlernens auch über ihre Nöte und Ängste. Und sie tauschten Blicke aus, die so tief waren wie der Mariannengraben. Blicke voller Sehnsucht und Verlangen. In den vergangenen Tagen hatten sich Blicke und Situation zugespitzt. Es war alles so schrecklich kompliziert.

Und nun, da sie aus der Dusche stieg, sich eincremte, in ihre neue Wäsche schlüpfte, sich im Spiegel bewunderte und dieses erregende Kribbeln im Unterleib spürte, während sie all dies tat, wurde ihr immer klarer, welchen Schritt sie als nächstes gehen musste.

10

Vor sieben Tagen

Pfarrer Lukas Ebert gehörte nicht jener Garde jüngerer Priester an, die ihr Heil in einer Wiederkehr der konservativen Lehre suchten. Den Abschied von Papst Benedikt hatte er mit einer leisen Hoffnung auf Reformen begleitet; nach der Wahl von Papst Franziskus wuchs diese Hoffnung. Doch Lukas machte sich nichts vor: Er würde, obwohl erst achtunddreißig Jahre alt, nicht mehr erleben, dass die katholische Kirche sich nachhaltig änderte. Er sah es als seine Aufgabe an, das Beste aus der schwierigen Lage zu machen.

Solchen Gedanken hing er nach, als er an diesem ungewöhnlich warmen Spätfrühlingsabend in der Küche des Pfarrhauses am Fenster saß und sein Abendessen zu sich nahm.

Vollkornbrot mit Diätmargarine und Magerquark, dazu Fencheltee. Nichts fürs Gemüt, aber etwas für die schlanke Linie. Die hatte er mit den Jahren verloren. Mochte der Beruf des Dorfpfarrers in früheren Zeiten angenehm und vergleichsweise stressfrei gewesen sein, so hatte sich das rapide geändert.

Die Seelsorgeeinheiten wuchsen mangels Kirchgängern und Pfarrernachwuchs unaufhörlich. Ihm waren bereits Gerüchte zu Ohren gekommen, dass es für die Nachbargemeinde keine Nachfolgeregelung geben sollte, wenn der alte Pfarrer in den Ruhestand ginge. Drei Jahre noch, dann war es so weit. Und Lukas fürchtete bereits, dass er von da an nicht mehr nur für drei Dörfer, sondern gleich für sieben zuständig sein würde. Dabei waren bereits jetzt Zwölf-Stunden-Tage an der Tagesordnung, sieben Tage die Woche.

Mit einem Seufzer biss Lukas in sein Brot. Er sehnte sich nach einer Scheibe Speck und fettem, wohlriechendem Käse, dazu ein frischer Bauernlaib. Gute Butter drauf, ein paar Tomaten noch, ein kühles Bier und schon wäre das Festmahl fertig.

Stattdessen kaute Lukas lustlos auf seiner Vollkornscheibe herum und nahm einen Schluck von dem widerwärtigen Tee, den ihm die aufdringliche Frau Meyerle geschenkt hatte. Sie gab vor, es gut mit ihm zu meinen, schließlich habe sie schon den alten Herrn Pfarrer Rübenacker betreut – Gott hab ihn selig.

Lukas hatte Pfarrer Rübenacker nie kennengelernt, der Mann starb bei den Vorbereitungen einer Totensonntagspredigt, aber er hatte viel Gutes von ihm gehört. So viel Gutes, dass er sich unmöglich vorstellen konnte, sein Vorgänger habe die Gesellschaft von Frau Meyerle länger als ein paar Minuten ertragen können.

Er seufzte abermals, würgte den Rest seines kargen Mahls hinunter und verzog sich ins Arbeitszimmer. Er musste dringend an der Predigt für die Trauerfeier von Margarete Schneider arbeiten. Morgen würde die alte Frau zu Grabe getragen – und das ganze Dorf inklusive der Nachbargemeinden würde ihm zuhören. Frau Schneider war die Dorflehrerin gewesen, damals, als es noch eine Schule im Ort gab. Sie war, so hatten ihm alle Angehörigen und Bekannten versichert, streng aber gerecht gewesen. Er selbst hatte sie nur noch in ihren letzten Tagen kennengelernt, in denen sie dem Tod näher war als dem irdischen Leben. Die Jahre zuvor hatte Frau Schneider in der Abgeschiedenheit der Demenz im fortgeschrittenen Stadium verbracht. Lukas konnte also nicht beurteilen, ob sie wirklich streng und gerecht war.

Seiner Erfahrung nach stimmte zumindest das Attribut »streng«. Weil das aber stets ein wenig hart klang und die Menschen dazu neigten, Tote in rosigem Licht darzustellen, fügten sie eilig hinzu, dass sie eben auch gerecht gewesen sei. Streng und gerecht – dagegen konnte nun wirklich niemand etwas sagen.

Kopfschüttelnd setzte sich Lukas an sein Manuskript. Er mochte Beerdigungen nicht. Ihn störte nicht die aufrichtige Trauer der Hinterbliebenen, sondern die ständige Heuchelei, die selbst im Angesicht des Todes nicht enden wollte. Vermutlich war Frau Schneider eine schreckliche Lehrerin gewesen. Lukas sah vor seinem inneren Auge eine Frau mit streng nach hinten gekämmtem Dutt und einer scharf gebogenen Nase. Eine Frau, die Kinder anherrschte, mit dem Rohrstock drohte und bei jeder Gelegenheit zuschlug. Wäre sie eine gute Lehrerin gewesen, hätten die Angehörigen sie anders beschrieben. Als warmherzig vielleicht. Als liebevoll zu den Kindern. Geduldig. Humorvoll. Mit viel Verständnis. Solche Sachen eben. Aber nein: Frau Schneider galt als streng und gerecht.

Abermals schüttelte Lukas den Kopf. Diesmal über sich selbst. Es stand ihm nicht zu, über andere zu urteilen, schon gar nicht über Menschen, die er im Grunde gar nicht kannte. Seine Aufgabe war es, für ein würdevolles Begräbnis zu sorgen, die Tote zu ehren und die Angehörigen zu trösten. Das alles wusste er. Er wusste aber auch, dass ihm heute nichts Vernünftiges einfallen würde. Nicht nur, weil ihm die Arbeit mit einem Glas Rotwein wesentlich leichter von der Hand gegangen wäre, er sich aber selbst versprochen hatte, mindestens einen Monat lang keinen Tropfen Alkohol zu trinken. Sondern auch, weil er mit seinen Gedanken woanders weilte.

Bei Lena.

Da, schon wieder stahl sie sich in sein Bewusstsein. Wie sollte er so arbeiten? Sie hatten sich zunächst regelmäßig morgens in der Kirche getroffen. Zu Beginn waren es Zufallsbegegnungen, doch nach einiger Zeit ertappte sich Lukas dabei, frühmorgens nach ihr Ausschau zu halten. Er stand sogar extra eine halbe Stunde zeitiger auf, um sie nicht zu verpassen.

Manchmal plauderten sie nach dem sonntäglichen Gottesdienst miteinander, einige Male auch auf Festen. Bald engagierte Lena sich in der Kirchenarbeit, sie formulierte Briefe für ihn, organisierte ein Kinderfest und ein großes Ostereier-Suchspiel. Letzteres sorgte zwar im überalterten Kirchengemeinderat für Kritik. Doch die verstummte, als sich herausstellte, dass die Kirche sonntags immer voller wurde. Die Menschen in der Gemeinde fassten Vertrauen. Und sie fühlten sich wohl. Lukas wusste, dass das durchaus sein Verdienst war. Aber eben auch das von Lena.

Als Dank für ihr Engagement hatte er sie vergangene Woche zum Abendessen eingeladen, in ein Restaurant im Elsass. Weit genug entfernt, damit niemand sie entdecken und dadurch Gerede entstehen konnte. Und für Gerede gab es schließlich keinen Grund, oder?

Lukas hatte sich in seinen Anzug gezwängt und Lena an der Bushaltestelle im Nachbarort abgeholt. Wie gesagt, sie wollten kein Gerede. Und wie hätte das denn ausgesehen? Der Pfarrer im feinen Zwirn holt abends eine attraktive Frau ab und führt sie aus. Noch dazu eine Frau, die, wie Lukas feststellen musste, wusste, wie sie ihre Reize zur Geltung brachte. Der Abend war wunderschön, so wunderschön wie Lena. Und Lukas wusste tief im Innern, dass er ein Problem hatte.

Am nächsten Morgen saß Lena wieder in der Kirche. Ungeschminkt, in Jeans und T-Shirt – und immer noch wunderschön. Lukas setzte sich zu ihr.

»Wir müssen aufhören«, sagte er.

Sie sah ihn an. »Womit?«, fragte sie mit einem Augenaufschlag, der ihn sofort nervös machte.

»Du weißt, womit. Wir können uns nicht mehr treffen, nicht abends, nicht morgens in der Kirche, nicht allein in meinem Büro. Das geht einfach nicht mehr.«

»Warum?«

»Mach es mir doch nicht so schwer, Lena. Du weißt, warum.«

Ihre Augen funkelten wütend. »Ich will es aber von dir hören. Ich will, dass du aussprichst, warum du mich verrätst und dich selbst gleich dazu. Ich will, dass du wenigstens diesen Mut aufbringst, wenn du schon zu feige bist, zu dir selbst zu stehen.«

Die Worte hallten unter dem Kirchendach nach. Dann herrschte Stille. Lukas versuchte verzweifelt, die Tränen zurückzuhalten. Sagen konnte er nichts. Was hätte er auch tun sollen? Das Undenkbare aussprechen?

Auch Lena schwieg. Sie stand auf und ging den Mittelgang entlang zum Portal.

»Lena, bitte.«

Sie ignorierte ihn, öffnete die Tür.

»Lena! Ich ... ich habe mich in dich verliebt.«

Nun blieb sie stehen, regungslos. Schließlich drehte sie sich um. »Ich weiß. Ich mich auch in dich.«

Dann ging sie.

Für den Rest des Tages hatte Lukas sich krankgemeldet und alle Termine abgesagt. Das hatte er noch nie getan, aber darauf kam es nun auch nicht mehr an.

Er grübelte, er betete, grübelte weiter, betete. Solle keiner glauben, katholische Geistliche seien asexuelle Wesen, die sich nicht verlieben können. In jungen Jahren, bevor es ihm verboten war, hatte Lukas die eine oder andere Freundin gehabt. Mit zwei der Mädchen hatte er geschlafen. Er mochte den Sex, die Berührungen, das Gefühl, mit jemandem zu verschmelzen. Es war ihm damals so ernst, wie es einem sechzehn- oder siebzehnjährigen Jungen nur sein kann: Er glaubte an die große Liebe, aber er glaubte auch an Spaß und Freiheit.

Und er glaubte an Gott. Hatte stets dieses unbestimmte Gefühl, von IHM berufen worden zu sein. Nicht zu

Höherem, nein, derlei Hybris kannte Lukas nicht. Berufen, IHM zu dienen, SEINE Botschaft zu verbreiten.

Nach einigen Monaten des Überlegens gab es keinen Zweifel mehr: Er wollte Pfarrer werden, Seelsorger, den Menschen im Namen Gottes helfen. Leichten Herzens ließ er einen Teil seines alten Lebens hinter sich, entsagte den körperlichen Freuden und ließ sich ganz auf seine Beziehung zu Gott ein.

Versuchungen gab es seither viele. Ministrantinnen neigten dazu, sich in den Pfarrer zu verlieben, Kirchgängerinnen ohnehin – und weiß Gott nicht nur die älteren, verkniffenen Damen, die den Pfarrer als Obrigkeit verehrten. Vor allem jüngere, attraktive Frauen machten es sich immer wieder zur Aufgabe, Lukas von den Fesseln des Zölibats zu befreien. Er bildete sich nichts darauf ein, wusste, dass es sich um eine Art Wettbewerb handelte. Wer schafft es, den Pfarrer unkeusch werden zu lassen?

Keine schaffte es. Nicht eine Sekunde des Zweifels, nicht ein Moment, in dem er überlegte, der Versuchung nachzugeben.

Bis Lena auftauchte.

Verzweifelt saß Lukas auf der harten Kirchenbank, die Hände vorm Gesicht. So sehr er auch grübelte, am Ende landete er doch immer wieder nur bei jener Frage, die er sich seit gestern Abend stellte:

Was sollte er nur tun?

Am nächsten Morgen stand er noch früher auf als sonst, in der Nacht hatte er kaum Schlaf gefunden. Er spazierte die paar Schritte hinüber zur Kirche und kniete vor Jesus nieder. Hoffte auf eine Eingebung. Vergeblich.

Und er wartete auf Lena.

Doch die kam nicht.

Auch am darauffolgenden Tag erschien sie nicht in der Kirche, am übernächsten ebenfalls nicht. Anstatt erleichtert zu sein, dass sie ihm die Entscheidung abnahm, wuchs die Verzweiflung in Lukas.

Ständig sah er Lenas Gesicht vor Augen, wollte sie streicheln, wollte sie küssen. Wollte bei ihr sein, sie im Arm halten, mit ihr reden, lachen, weinen. Wenn sie jetzt auftauchte, wüsste er, was er zu tun hätte.

Am vierten Tag kam sie.

11

Auf dem Anrufbeantworter blinkte eine große, grelle 3. Das konnte ein gutes Zeichen sein, ein neuer Großauftrag zum Beispiel, ein Millionär, der seine Frau überwachen lassen wollte und dafür Tagessätze von zehntausend Euro bezahlte.

Oder Marie, die einen Besuch ankündigte.

Doch meistens waren es schlechte oder belanglose Nachrichten, die auf mich warteten. Diesmal auch. Zwei Werbeanrufe, die ich sofort löschte.

Bei der dritten Stimme, die ertönte, zuckte ich zusammen. Gleichzeitig war mir in der Gegend unterhalb des Bauches seltsam blümerant zumute.

»Leo«, hauchte die Stimme, die den Charme eines Reibeisens hatte, »wir haben uns lange nicht gesehen. Ich komme heute Abend vorbei. Um neun. Auf ein Spiel. Und wenn du nicht da bist, wird dir das leidtun. Sehr leid.« Aufgelegt.

Svenja war noch nie eine Frau großer Worte gewesen. Sie ließ lieber Taten sprechen. Ein Blick auf die Uhr zeigte mir, dass mir dreißig Minuten blieben. Nur wofür? Mich mittels einer Dusche auf das vorzubereiten, was Svenja für mich bereithielt? Oder zu fliehen?

Nach drei Sekunden reiflichen Überlegens sprang ich unter die Dusche. Schon zum zweiten Mal binnen weniger Stunden. Was tut man nicht alles für die Erotik.

Die schwierigste Aufgabe stand mir aber noch bevor: Was sollte ich anziehen? Svenja hatte ihre Polizistenstimme benutzt, deshalb entschied ich mich für einen Gangsterlook oder das, was ich dafür hielt. Zerschlissene Lederjacke, hautenge, hellblaue Jeans – die mir auch schon mal besser gepasst hatten, verdammt –, ein kurzärmliges Kapuzenshirt und Stiefel aus Straußenleder, die so prollig aussahen, dass sogar RTL-II-Zuschauer schreiend davongelaufen wären.

Ich betrachtete mich im mannshohen Spiegel, der im Flur an der Garderobe hing. Sah gut aus. Selbst der Schmerbauch, den ich erst vor Kurzem bemerkt hatte, passte zu meinem Outfit. Und dass ich mich fünf Tage lang nicht rasiert hatte, machte die Illusion fast perfekt. Nur meine Haare waren seltsam indifferent. Entweder raspelkurz oder lang und fettig hatten sie für meine Rolle zu sein. Doch meine Ich-bin-so-jugendlich-wie-Mario-Götze-und-Marco-Reus-zusammen-Frisur kam eindeutig zu brav rüber. Ich sah weder aus wie ein Gangsta-Rapper noch wie ein verkommener Kleindealer. Sondern wie ein Justin-Bieber-Fan.

Etwas fehlte. Ich kramte in der Schublade des Garderobenschranks. Irgendwo musste ich doch noch so ein Ding haben – ah, da war es. Ich setzte die verspiegelte Sonnenbrille auf und wartete.

In exakt sieben Minuten würde Svenja klingeln. Oder die Tür eintreten, so genau konnte man das bei ihr nie wissen. Sicher war nur: Svenja kam pünktlich. Immer.

Wir hatten uns in der Polizeischule kennengelernt. Sie war damals ein schüchternes, kleines Mädchen mit Pony gewesen. Also auf dem Kopf, nicht im Stall. Dazu eine große, runde Nerd-Brille, die unter ihrem Pony noch dämlicher wirkte, als sie es ohnehin getan hätte. Sie trug eine rosa Sekretärinnenbluse, langweilige Jeans und einen naiven Blick, der über alles staunte, was in der Welt geschah.

Zumindest dachten das Johann und ich.

Wir trafen sie am ersten Tag unserer Ausbildung. Gleich morgens bei der großen Eröffnungsveranstaltung saßen wir zufällig neben ihr.

Svenja hing den Tag über an uns wie eine Motte an der Klebefalle. Sie stellte ständig Fragen, die sie sich auch hätte selbst beantworten können, guckte uns penetrant mit bewunderndem Augenaufschlag an, wenn wir ihr banale Dinge verrieten. Etwa, wo die Mensa sich verbarg. Mit anderen Worten: Sie nervte.

Aber wir wurden sie nicht los. Am Abend zogen wir mit einigen anderen Anwärtern um die Häuser und landeten in der einzigen Kneipe, die man dem Augenschein nach betreten konnte, ohne gleich auf Kakerlaken und Ratten im Dutzend zu treffen.

Sie saß neben mir, nippte an ihrer Apfelsaftschorle und drehte gedankenverloren an ihrem Ehering. Der war mir vorher gar nicht aufgefallen. Ich meine, wie alt konnte Svenja sein? Höchstens 21. Und schon verheiratet? Wer bitte heiratete freiwillig so ein langweiliges, naives Mauerblümchen?

Einen schrecklichen Moment lang überlegte ich, sie danach zu fragen. Zum Glück war mein Hirn schneller als mein Mund und ich hielt die Klappe. Ich hatte nicht die geringste Lust, mich mit ihr über ihre öde Ehe zu unterhalten.

Ich wandte mich der anderen Tischhälfte zu. Johann unterhielt sich mit einer schwarzhaarigen Schönheit, die bei jedem zweiten Satz, den er sagte, den Kopf in den Nacken legte und lachte. Er hatte sie im Sack. Ich fragte mich noch immer, wie er das machte.

Wir waren im selben Dorf aufgewachsen, in dieselbe Klasse gegangen, hatten zusammen den Führerschein und das Abitur gemacht und gemeinsam unseren Abschied aus der Einöde im Hochschwarzwald beschlossen. Ich kenne niemanden auch nur annähernd so gut wie Johann. Und trotzdem bleibt mir sein Erfolg bei Frauen bis heute ein Rätsel. Er sieht nicht schlecht aus, auf eine affige Art. Seit der elften Klasse rennt er in Anzug und Krawatte herum, nur am Wochenende oder wenn er mal den Revoluzzer raushängen lassen will, verzichtet er auf den Schlips. Die Nase zu groß, das schwarze Haar zu widerspenstig, die strahlend blauen Augen zu durchdringend. Finde ich. Doch die Weiber fahren darauf ab.

Jedenfalls: An jenem ersten Abend in der Polizeischule hatte Johann sein Opfer an der Angel – das ihm, wie sich herausstellen sollte, die kommenden Monate versüßte. Der Rest der bunten Anwärter-Truppe unterhielt sich angeregt über kommende Einsätze, Schusswaffentraining und sportliche Erfolge beim Eignungstest. Nur ich saß gelangweilt da. Neben Svenja.

Die Langeweile endete schlagartig, als sich eine Hand auf meinem Oberschenkel legte und in zackigem Tempo ihren Weg nach oben bahnte, ins Zentrum meiner Lust.

Gleichzeitig näherte sich meinem Ohr ein warmer Atemhauch, braune Haare kitzelten meinen Lauscher.

»Was hältst du davon, Leo, wenn wir verschwinden und auf meine Bude gehen?«, sagte Svenja. »Ich hab wahnsinnigen Bock zu ficken.«

Keine Ahnung, ob ich etwas gesagt habe. Ich weiß nur noch, dass mein kleiner Leo schneller parat stand als die Schweizergarde bei einem Angriff auf den Papst. Und ich weiß, dass wir binnen kürzester Zeit den Ort wechselten, um – tut mir leid, ich muss es so deutlich sagen – zu ficken wie die Karnickel.

Seit jenem Abend haben wir hin und wieder Sex miteinander. Mal mehrmals die Woche, mal zwei Jahre lang gar nicht. In jüngster Vergangenheit war mir aufgefallen, dass Svenja sich häufiger meldete und manchmal nicht nur Sex wollte, sondern hinterher noch reden. Zum Beispiel über ihren Mann Waldemar. Sie nennt ihn Waldi. Schlimm, ich weiß. Er ist Professor für provinzialrömische Archäologie an der Uni. Klingt öde, bringt aber regelmäßige Reisen an historische Grabungsstätten mit sich. Was wiederum bedeutet, dass Svenja oft die Gelegenheit zu außerehelichem Nahverkehr hat. Waldemar ist, sagt Svenja, ziemlich langweilig. Trotzdem sind sie schon seit fünfzehn Jahren verheiratet.

Sie war neunzehn, als sie sich das Jawort gaben, er einunddreißig. Und nun dümpeln sie vor sich hin.

Eifersucht spielte zwischen Svenja und mir nie eine Rolle. Mir waren ihr Waldemar und ihre wechselnden Liebhaber so gleichgültig wie der Speiseplan der Kanzlerin. Und Svenja interessierte sich nicht dafür, mit wem ich gerade schlief oder stritt. Das änderte sich erst, als sie vor einigen Monaten von Marie erfuhr.

Eine Faust hämmerte gegen die Tür. »Aufmachen, Polizei!«

Ich gehorchte schleunigst. Man will ja nicht bei den Nachbarn ins Gerede kommen. Kaum hatte ich die Tür geöffnet, schubste mich eine kräftige Hand zurück in den Flur. Ich taumelte, stolperte über ein Paar Laufschuhe, Größe 48, und fiel hin.

»Waschlappen!«, zischte eine mir wohlbekannte Reibeisenstimme.

Svenja hatte sich über mir aufgebaut, mein Kopf hing sozusagen zwischen ihren Beinen. Sie trug ein viel zu weit geöffnetes Polizeihemd mit grüner Krawatte, einen kurzen Polizeirock, den sie auf dem Wühltisch billiger Fastnachtskostüme ergattert haben musste, schwere Polizeistiefel, Strapse und weder Slip noch Schambehaarung. Auf dem Kopf thronte eine Polizeimütze, darunter eine verspiegelte Sonnenbrille. Super, unsere Brillen spiegelten um die Wette.

»Du guckst mir zwischen die Beine?«

Wohin denn sonst?, dachte ich, sagte aber lieber nichts.

»Das ist sexuelle Belästigung, noch dazu einer Beamtin. Das wird dir leidtun. Los, steh auf, du Drecksau!« Sie versetzte mir einen viel zu kräftigen Tritt in die Rippen.

Ehrlich, es gab Zeiten, da fand ich Svenjas Rollenspiele richtig gut. Ihre Krankenschwesternummer war dermaßen heiß, Hammer! Oder ihr Auftritt als Prostituierte. Ja, ich gebe es zu, ich mochte es auch, wenn sie als Internatsschülerin auftauchte. Bislang war selbst die böse Polizistin eine nette Abwechslung gewesen. Doch diesmal machte sie mir Angst.

»Hör mal, Svenja«, sagte ich, während ich mich aufrappelte, »lass uns doch einfach mal wieder nett vögeln, ohne das ganze Theater. Mhm, was meinst du?«

Die Sonnenbrille guckte mich böse an. Noch ehe ich böse zurückgucken konnte, hatte Svenja mich am Kragen hochgezogen, umgedreht und gegen die Wand im Flur gedrückt.

»Noch so ein Spruch, und ich mach dich fertig, Freundchen.« Im nächsten Augenblick bog sie meine Arme grob nach hinten – und schon klickten die Handschellen.

»Verdammt, Svenja, das tut weh.«

»Schnauze!« Noch ein Stoß in die Rippen.

Sie schubste mich ins Schlafzimmer und warf mich aufs Bett. Was durchaus bemerkenswert ist bei einer Frau, die ungefähr 1,65 Meter groß ist und so dünn, dass sogar Heidi Klum sich Sorgen machen würde. Normalerweise lasse ich mich nicht so schnell umwerfen. Zwei Meter Körpergröße und einhundertdreißig Kilo Lebendgewicht müssen sich ja irgendwie bezahlt machen.

Doch Svenja bestand nur aus Sehnen, Muskeln und eisernem Willen. Sie öffnete eine der Handschellen – aber nur, um sie am Bettpfosten festzumachen. Aus ihrer Gürteltasche holte sie ein weiteres Exemplar. Damit befestigte sie meine andere Hand am Bettpfosten. Mit weit ausgebreiteten Armen lag ich wie Jesus auf dem Bett, dieser Verrückten hilflos ausgeliefert.

Was sie gnadenlos ausnutzte.

Wie gerne hätte ich mich verweigert. Aber der kleine Leo reckte sich der bösen Polizistin entgegen wie eine Sonnenblume der Sonne. Verräter.

Svenja ritt auf mir, als gäbe es kein Morgen. Dabei beschimpfte sie mich unentwegt. Zwischendurch scheuerte sie mir sogar eine.

»Hast du zu viel ›Shades of Grey‹ geguckt, oder was?«, japste ich.

»Halt die Fresse«, sagte sie und knallte mir gleich noch eine. Ich will jetzt nicht sagen, dass mich die Ohrfeigen antörnten. Aber zumindest verhinderten sie nicht, dass ich mich langsam aber sicher einem veritablen Orgasmus entgegenreiten ließ.

»Na, willst du kommen, du Schwein? Willst du kommen?«

»Na ja, das wäre vielleicht keine schlechte Idee.«

»Herrgott«, schrie sie. »Du sollst nicht schwafeln, du verdammtes Weichei. Willst du kommen, du blödes Arschloch?«

»Jaaaa«, brüllte ich.

Das Telefon unterbrach mein Freudenfest. Die Furie über mir änderte ihren Rhythmus, mein Orgasmus verhungerte irgendwo zwischen Hirn und Eichel.

Der Anrufbeantworter sprang an. »Hey Sherlock, hier ist deine Lieblings-Miss-Marple. Ich wollte mal wieder deine Stimme hören, wenigstens auf dem AB. Du hörst dich immer noch nach zwei Metern praller Erotik an. Da wird die kleine Marie gleich ganz wuschig. Was hältst du davon, wenn ich dich am Wochenende besuche? Nur du, ich und das Bett? Gib mir Bescheid, damit ich mich gebührend darauf vorbereiten kann, von dir mit detektivischer Genauigkeit untersucht zu werden. Und wer weiß, vielleicht kann ich mich sogar dazu durchringen, dich künftig häufiger zu besuchen.«

Kurze Pause. »Im Ernst, ich glaube, du fehlst mir. Also melde dich.« Sie legte auf.

All das Blut, das sich in den vergangenen Minuten zum fröhlichen Halleluja in meiner Körpermitte versammelt hatte, floss zurück in die üblichen Adern und Venen, wo es unter Svenjas Blick gefror.

»Was ist? Warum guckst du so? Svenja? Ehrlich, du machst mir Angst.« Ich lachte ein Lachen, das selbst in meinen eigenen Ohren so unsicher wirkte, wie ein Engländer beim Elfmeterschießen.

Sie stieg von mir herunter, wie zufällig rammte sie dabei ihr knochiges Knie in mein schlaffes Gemächt. Ich glaube nicht an solche Zufälle. Schweigend knöpfte sie ihre Bluse zu – mehr musste sie nicht tun, sie hatte sich gar nicht erst die Mühe gemacht, sich auszuziehen –, schweigend griff sie nach ihrem Polizeiknüppel, den sie in meine Kronjuwelen stieß. Wieder wie zufällig. Ich glaube immer noch nicht an solche Zufälle.

Schweigend verließ sie das Schlafzimmer. Ich konnte nicht sehen, was sie in meinem Büro trieb, aber es hörte sich brutal an – so als ob Anrufbeantworter und Telefon zum Opfer einer wütenden Polizistin wurden.

»Svenja, bitte, was hast du denn?«

Schweigen.

Nur das Krachen eines Knüppels, der auf Elektrogeräte knallt.

»Findest du das nicht ein bisschen übertrieben? Svenja?«

Das Krachen hörte auf und einen schrecklichen Augenblick lang fürchtete ich, Svenja würde ihre Wut nicht mehr an meiner Telefonanlage auslassen, sondern an mir. Unwillkürlich zog ich die Beine an.

Doch sie kehrte nicht zurück. Stattdessen hörte ich polternde Polizeistiefelschritte, die sich der Wohnungstür näherten, nur unterbrochen vom Sirren des sausenden Knüppels und einem ohrenbetäubenden Klirren, das vom Wandspiegel im Flur stammen musste.

»Svenja, bitte!«

Die Wohnungstür öffnete sich.

»Du kannst mich doch nicht so hier liegen lassen. Mach mich los, bitte. Und dann lass uns reden wie erwachsene Leute. Bitte. Bitteeee!!!«

Die Wohnungstür schloss sich.

Ich lauschte, ob sich Polizeistiefelschritte näherten. Doch nichts näherte sich. Gar nichts. Ich war allein.

Allein – und ans Bett gefesselt. Ich zerrte an den Handschellen, doch das Zeugs war echte Polizeiware. Nicht so komischer Schmuse-SM-Kram aus dem Sexshop, sondern gemacht für richtige Kriminelle. Vielleicht könnte ich ja die Bettpfosten abreißen? Konnte ich natürlich nicht.

Keine Ahnung, wie lange ich mich bemühte, meiner misslichen Lage zu entkommen, ich weiß nur, dass ich kläglich scheiterte. Und so lag ich da, mit einer Sonnenbrille auf der Nase, einer Lederjacke am Leib und Jeans sowie einem dämlichen Stringtanga, die mir an den Waden hingen, direkt über meinen Prollstiefeln. Meine Arme schmerzten mittlerweile mit den Handgelenken um die Wette und pinkeln musste ich auch. Das Leben konnte ein echter Scheiß sein.

An die folgende Nacht habe ich kaum Erinnerungen. Habe ich alles verdrängt. Ich weiß nur noch, dass irgendwann spät am Abend mein Handy klingelte. Es lag auf dem Nachttisch neben meinem Bett, keinen halben Meter von meinem Kopf und meiner Hand entfernt – und doch unerreichbar. Ich erinnerte mich dunkel daran, dass diese neuen Smartphones auf Sprachbefehle reagieren konnten. In der mir eigenen überheblichen Ignoranz hatte ich mich nie mit diesem neumodischen Kram befasst. Das rächte sich nun.

»Siri, ruf Johann an!«, sagte ich.

»Siri, tu es!!«, schrie ich.

»Siri, du Schlampe, ruf endlich an!!!«, brüllte ich.

»Hey Google, hilf mir«, schmeichelte ich.

»Google, einfach nur Johanns Nummer wählen, den Rest erledige ich«, bat ich.

»Googelchen, bitte, mach es für mich«, säuselte ich.
Schließlich gab ich auf.

Ich wachte auf, weil die Wohnungstür klapperte.

»Luigi, bist du es?«

»Ja«, sagte eine Frauenstimme. »Ich bin eine Katze, habe mir den Schlüssel genommen, bin ums Haus herumspaziert und habe die Tür aufgesperrt. Wollte ich schon immer mal machen. Sag mal, was ist denn hier los, warum liegt dein Spiegel zersplittert am Boden?«

Mandy streckte den Kopf ins Schlafzimmer – und zog ihn sofort wieder zurück. »Das ist ja widerlich. Zieh dir bitte was an. Und du musst dringend lüften.«

»Würde ich ja gern, aber ich bin gefesselt, falls dir das entgangen sein sollte.«

Langsam schoben sich mehrere Piercings, gefolgt von einer Nase und zwei Augen ins Zimmer. »Stimmt, du bist gefesselt.« Mandy musterte mich. »Hast du versucht, mit dir selbst SM-Spielchen zu machen? Das ist krank, Leo, ehrlich.«

Sagt ausgerechnet sie, die sich von oben bis unten mit Metall durchbohrt.

»Quatsch nicht, sondern mach mich los.«

»Wie denn? Soll ich die Handschellen durchbeißen? Oder die Bettpfosten?«

Ich stöhnte auf. Wenn Svenja die Schlüssel mitgenommen hatte, würde ich jemand anderen zu Hilfe rufen müssen. Die Feuerwehr zum Beispiel. Oder die Polizei. Egal wie: Mandy wäre dann nicht die Einzige, die mich in diesem Zustand zu Gesicht bekäme.

»Vielleicht liegen sie ja irgendwo hier rum. Auf dem Nachttisch, in der Schublade, unter dem Bett, was weiß ich. Bitte such sie. Und mach schnell, mir sterben langsam die Arme ab.«

Vorsichtig kam Mandy näher. »Nicht hinschauen, nicht hinschauen«, sagte sie wie ein Mantra vor sich hin.

»Bitte, es ist mir egal, wo du hinschaust, nur finde diesen verdammten Schlüssel.«

»Tut mir leid, ich kann nicht.« Sie drehte sich um und rannte raus. Sekunden später kam sie zurück, ein Handtuch in der Hand, das sie mir über den Schritt warf.

»Puh, gleich viel besser. Aber noch immer nicht gut.« Sie zog den Rollladen hoch und riss das Fenster auf. Theatralisch fächerte sie sich Frischluft zu. Sie übertrieb es total. Wenn diese ganze Nummer vorbei war, würde ich sie feuern.

»So, dann wollen wir uns mal auf die Suche machen.« Sie durchwühlte beide Nachttische, kniete sich auf den Boden, zwang mich, meinen Rücken anzuheben, um die Matratze abzutasten – und zog ihre Hand so schnell wieder zurück, als hätte sie in einen Haufen Rattenscheiße gefasst.

»Was ist das? Warum ist es da so nass? Leo! Warum ist es da unten so nass? Oh bitte, das kann doch nicht wahr sein! Du hast ins Bett gemacht und ich habe reingefasst. Echt, ich kann das nicht mehr. Ich glaube, ich werde kündigen müssen. Oder dich anzeigen. Oder beides. Du kannst mich doch nicht für deine perversen Spielchen missbrauchen.« Als ob ich was dafür kann, wenn ich ans Bett gefesselt bin und mein Wasser nicht mehr halten kann.

Mir fehlte die Kraft, mit ihr zu streiten. »Bitte, Mandy, such die Schlüssel. Sobald ich frei bin, werde ich dir alles erklären, versprochen. Aber du musst mir helfen.«

Musste sie wirklich. Langsam machte sich nämlich mein Darm bemerkbar.

Mandy seufzte. »Na gut. Aber nur unter Protest.«

Wie sich herausstellte, lag der Schlüssel neben dem demolierten Anrufbeantworter. Mandy befreite mich. »Was hättest du eigentlich gemacht, wenn ich nicht gekommen wäre?«, fragte sie, während sie versuchte, den Schlüssel im Schloss zu versenken.

»Keine Ahnung.«

»Aber du weißt schon, dass heute Samstag ist? Ich bin samstags nie im Büro.«

Genau genommen war sie auch an den anderen Tagen nicht richtig im Büro. Höchstens körperlich.

»Und warum bist du heute da?«, fragte ich müde.

»Weil du heute Samson nehmen musst. Ich hab dir ne Nachricht geschrieben, aber du reagierst ja nicht. Samson wartet übrigens im Auto, ich hol ihn gleich.«

»Echt, Mandy, ich bin müde, mir tut alles weh und ich habe viel zu tun. Du musst dir jemand anderen suchen.«

»Muss ich das? Mhm, lass mich nachdenken, Leo. Vielleicht musst du dir in diesem Fall auch jemand anderen suchen, der dich befreit.« Sie legte den Schlüssel auf den Nachttisch. »Ich muss jetzt los, einen Hundesitter auftreiben.«

»Nein, warte, ich mach es ja. Ich kümmere mich um Samson. Nur schließ jetzt bitte diese Dinger auf.«

Mandy strahlte mich an. »Du bist ein Schatz!«

Dann befreite sie mich endlich.

12

Diese verdammte Telefonanlage. Warum sind diese idiotischen Elektronikkonzerne eigentlich nicht in der Lage, die Dinger so zu bauen, dass man ein Kabel – meinetwegen auch zwei – in die Wand steckt und alles funktioniert? Der Typ im Fachmarkt hatte kackdreist behauptet, es sei ein Kinderspiel, die Anlage in Betrieb zu nehmen. Seiner Oma hätte er das gleiche Modell gekauft und die hätte es ohne seine Hilfe angeschlossen. Nun sei sie total glücklich.

Den Scheiß konnte er seiner Großmutter erzählen!

Der Ausflug zum Telefonanlagenhändler war nur ein kleiner Teil in meiner Aufgabenagenda dieses beschissenen Samstags.

Ich duschte, fegte die Reste meines Spiegels zusammen, ging mit Samson Gassi, versicherte Marie per WhatsApp, dass ich mich auf sie freute, kaufte im Hofladen Rindfleisch für mein berühmtes Gulasch, schloss die verdammte Telefonanlage an und badete in Selbstmitleid.

Zwischendurch rief ich Frau Winterberg alias Trudi an, um ihr zu sagen, dass ich keine Zeit habe, weitere Katzensuchfälle zu übernehmen. Sollte ich gar nicht, versicherte mir Trudi. Weil: Es gehe um teure verschwundene Schmuckstücke. Und zwar in der gesamten Nachbarschaft. Mehrere reiche Senioren wollten mich engagieren. Stattlicher Lohn sei mir gewiss.

Ich packte Samson ins Auto und machte mich auf den Weg ins Rentnerparadies.

»Was ist das?« Trudi und Samson starrten sich an, die beiden befanden sich fast auf Augenhöhe.

»Das ist Samson, ein Irischer Wolfshund. Ein bisschen groß, ich weiß. Aber total lieb. Er gehört meiner Assistentin, sie hat mich gebeten, auf ihn aufzupassen.« Ich lachte linkisch: »Was macht man nicht alles, um seine Mitarbeiter bei Laune zu halten.«

»Mhm«, sagte Trudi. »Frisst er Katzen?«

»Nein, er mag Katzen. Also als Mensch, nicht kulinarisch.«

»Als Mensch?«

»Als Mensch im Sinne von: als Katze.«

»Mhm.« Sie versuchte sich am Kopf zu kratzen, blieb aber an der Krempe ihres wagenradgroßen rosafarbenen Sonnenhuts hängen. »Ich weiß nicht, ob Frau Merkel so begeistert davon ist, ihr Revier mit einem Wolf teilen zu müssen.«

»Wolfshund. Kein Wolf.«

Trudi winkte ab. »Papperlapapp. Wolf, Wolfshund, wo ist der Unterschied?«

»Na ja, also ...«

Ein scharfer Blick schnitt mir das Wort ab. »Es könnte sein, dass Frau Merkel ihn angreift. Ich will nicht, dass dem Wölfchen was passiert.« Sie tätschelte Samsons Kopf, was seltsam wirkte, weil sie dazu ihren Arm heben musste. »Wissen Sie, Herr Leonardo, Frau Merkel vermittelt den Eindruck, lammfromm zu sein. Ein sanftmütiges Engelchen.«

Von wem sprach sie? Von der Frau Merkel, die mir fast den Daumen abgebissen hatte?

»Aber«, fuhr Trudi fort, »das täuscht. Also nicht, dass Sie mich missverstehen, Frau Merkel ist herzensgut, liebenswert, intelligent, verschmust und hat auch sonst viel Ähnlichkeit mit ihrer Namensgeberin. Aber manchmal kann sie auch ein wenig, wie soll ich es ausdrücken? Zickig sein? Wenn ihr etwas nicht gefällt, macht sie aus ihrem Missmut keinen Hehl.«

Das glaubte ich aufs Wort.

»Und es ist durchaus möglich, dass ihr Samson, der Wolf, nicht gefällt. Wenn das so ist, kann ich nicht die Hand dafür ins Feuer legen, dass der Wolf diesen Besuch unbeschadet übersteht. Deshalb wäre es zumindest bedenkenswert, Samson vielleicht doch im Auto zu lassen.«

Auch ich hatte meine Zweifel, dass Samson eine Attacke von Frau Merkel überleben würde. Aber ich musste das Risiko eingehen. »Sehen Sie, Frau Winterberg, Trudi, ich kann Samson nicht im Auto lassen. Nicht bei diesen Temperaturen. Er wäre binnen kurzer Zeit tot, weil sich der Wagen aufheizt wie ein Backofen. Das kann ich ihm nicht antun, oder?«

»Mhm.« Sie kratzte erneut an ihrer Sonnenhutkrempe. »Nein, das können Sie wohl nicht. Also riskieren wir es. Aber ich gehe voraus. Und passen Sie bitte auf, dass Ihr Wolf nichts umwirft.«

Leichter gesagt als getan. Schon der Flur war überfüllt mit allerlei Tand. Engelchen aus Keramik, Porzellan, Holz, Stoff, Silber, Gips und sonstigen Materialien, die ich nicht kannte. In allen Größen und Formen ruhten sie auf Schränken, Kommoden, Regalen. Keine Ablage ohne Engel.

Im niedrigen Wohnzimmer – mein Kopf berührte fast die Decke – wurde es noch schlimmer. Die Engel stapelten sich. Die Kissen auf dem unbequem wirkenden Biedermeiersofa zeigten Engel, die Bilder an der Wand zeigten Engel, die Glasmalerei auf dem Lampenschirm: Engel. Trudis Engel-Vorliebe war mir zwar schon beim ersten Besuch aufgefallen, aber so krass hatte ich es nicht in Erinnerung. Vielleicht lag es daran, dass sie damals in Tränen aufgelöst war, weil ihre Katze sich nicht auffinden ließ. Oder das Engelaufkommen hatte sich seither vervielfacht.

»Da ist ja mein Engelchen«, sagte Trudi. Tatsächlich, zwischen drei Plüschengeln blitzten die grünen Augen von Frau Merkel hervor.

»Schau mal, ich habe jemanden mitgebracht. Den Herrn Leonardo, den kennst du ja, der hat dich gerettet. Und den Samson. Das ist ein Wolf, aber ein ganz lieber. Wir wollen ihm nichts tun, ja?«

Frau Merkel sagte nichts, sie starrte mich aus ihren fiesen Augen an und gab mir zu verstehen, dass ich meinen Daumen in Sicherheit bringen sollte. Samson zog den Schwanz ein, sein Blick flackerte unruhig zwischen Katze und Engeln hin und her. Der Arme wusste gar nicht, wohin er gucken sollte. Schließlich setze er sich neben mich und tat das, was er in Stresssituationen gerne tut: Er furzte herzhaft.

»Was war das?«, fragte Trudi. »Eine Flatulenz?«

»Äh, ja, ich fürchte schon. Ich muss mich entschuldigen.«

»Ach was. Frau Merkel hat auch manchmal Blähungen. So sind Tiere halt.« Sie schnupperte. »Ich muss allerdings schon sagen, dass Samson eine ganz neue olfaktorische Qualität bietet.«

Jetzt roch ich es auch. Puh.

Im nächsten Moment hatte sich die Duftwolke ihren Weg durch die Engelarmee zu Frau Merkel gebahnt. Das Katzenvieh sprang auf, raste die Treppe hoch und ward nicht mehr gesehen. Ich schätze, sie wünschte sich in ihr Rohr zurück, in dem ich sie gefunden hatte.

Zu meiner Überraschung lachte Trudi, dass die Engel wackelten. »Gut gemacht Samson. Biologische Waffen eingesetzt. Fies, aber ungefährlich.«

Diese Frau hatte mehr Facetten als Griechenland Schulden.

»Kommen Sie, Herr Leonardo, wir setzen uns auf die Terrasse. Wollen Sie etwas trinken?«

Ich bat um ein Glas Wasser und ließ mich in einem der gepolsterten Gartenstühle nieder. Eine Wohltat.

Trudi erschien mit einem Tablett, auf dem sie einen Krug mit Wasser, Gläser, Teller und eine Platte mit Erdbeerkuchen balancierte. Samson bekam eine eigene Schüssel mit Wasser. Das war der Moment, an dem ich zum ersten Mal so etwas wie Frieden mit diesem Samstag schloss.

Die Sonne brannte hier draußen am Kaiserstuhl noch heißer vom Himmel als in der Stadt. Doch unter Trudis Markise fühlte ich mich wie in einem kühlen Paradies. Was auch daran gelegen haben mochte, dass dies die einzig engelfreie Zone war, die ich bislang gesehen hatte.

»Also, was kann ich für Sie tun«, fragte ich, nachdem ich das dritte Stück Kuchen verdrückt hatte.

»Einer meiner Engel ist verschwunden. Der wertvollste. Er ist groß und dick wie ein Buddha und aus schwerer Bronze. Mein Mann hatte ihn mir zum vierzigsten Hochzeitstag geschenkt, kurz bevor er starb. Ist nun auch schon wieder dreiundzwanzig Jahre her. Es ist mein Ur-Engel, mit ihm habe ich meine kleine Sammlung gestartet. Ich weiß nicht, ob es Ihnen aufgefallen ist, aber ich sammle Engel.«

Sie ließ ein Stück Kuchen auf den Boden fallen, das Samson in Sekundenschnelle vertilgte. »Ich möchte, dass Sie meinen Engel wiederfinden.«

»Ich werde mein Bestes tun. Sie haben am Telefon gesagt, dass auch einige Ihrer Freunde bestohlen wurden.«

»Ja. Gerhild vermisst eine Brosche, Walther eine Kuckucksuhr, Elisabeth eine goldene Kette, Antonia einen Silberteller und Erika ihren Ehering.«

»Ihren Ehering? Der wurde ihr einfach so vom Finger gezogen?«

»Natürlich nicht. Erika hat sich schon vor Jahrzehnten scheiden lassen, weil ihr Mann sich kurz nach der Hochzeit als untreuer Nichtsnutz entpuppte. Stellen Sie sich vor, der hat es sogar bei mir versucht, obwohl ich damals frisch verheiratet war. Sie müssen wissen, dass ich ein ziemlich heißer Feger war, wie man seinerzeit so sagte. Ich war hübsch und nicht auf den Mund gefallen. Das gefiel den jungen Männern.«

Sie trank einen Schluck Wasser. »Das viele Reden macht eine ganz trockene Kehle, finden Sie nicht auch? Obwohl, Sie sagen ja fast nichts. Mein Rolf war auch der eher schweigsame Typ. Aber ich hatte nie einen anderen als ihn. Na gut, fast nie, aber das geht sie nichts an. Der Mann von Erika, ich glaube, er hieß Waldemar ...«

Ich verschluckte mich fast.

»Was ist? Ist Ihnen nicht gut?«, fragte Trudi.

»Doch, alles in Ordnung. Das erinnert mich nur an einen anderen Waldemar, den ich vom Hörensagen kenne, und der etwas seltsam ist.«

»Vielleicht ist es derselbe?«

»Eher nicht. Der, den ich meine, war in den 50er-Jahren noch nicht geboren.«

»Ach so. Dann kann er es nicht sein. Wäre ja auch ein komischer Zufall gewesen, nicht wahr? Waldemar also hat es bei mir versucht, am Rande eines Hochzeitsfests. Damals wurde viel geheiratet, das gehörte sich so, nicht so wie heute. Ich finde es ja heute besser. Verstehen Sie mich nicht falsch, ich habe meinen Rolf geliebt, aber so ein bisschen rumprobieren ohne Verpflichtungen, das wäre schon nicht schlecht gewesen. Ihr jungen Leute habt es echt gut.«

»Na, ich weiß nicht.« Ich dachte an Svenja.

»Doch, doch, glauben Sie mir. Aber den Waldemar, den hätte ich auch abblitzen lassen, wenn ich nicht verheiratet gewesen wäre. Das war so ein Schleimer. Kam aus gutem Hause, hatte Geld in einer Zeit, in der schon ein Auto absoluter Luxus war. Anders als heute. Waldemar glaubte, was Besseres zu sein. Und er wusste, dass er gut aussah.

Dachte, er kriegt jede. Aber mich nicht. Ich war immer treu.« Sie schlug die Augen nieder. »Fast immer.«

»Selbstverständlich«, sagte ich. »Erika hat also Waldemar abserviert, aber den Ring behalten?«

»Genau. Das war so ein teurer Ring, wie gesagt, Waldemar war reich. Mit Diamant und so. Erst hat sie ihn aufbewahrt, um ihn verkaufen zu können, falls sie mal knapp bei Kasse sein sollte. Später wollte sie ihn nicht weggeben, weil er zum Sinnbild für ihren Triumph über Waldemar geworden war. Der hat nämlich seither noch fünfmal geheiratet, aber keine war so hübsch und klug wie Erika damals. Sagt Erika.«

»Dann muss es ja stimmen.«

»Stimmt auch. Ich habe drei der Nachfolgerinnen gekannt. Alle ziemlich doof. Bekommt der Hund noch ein Stück Kuchen?«

Ich erlaubte es mit einer gönnerhaften Handbewegung, der kurz darauf wohliges Schmatzen folgte.

»Wer wusste von dem Ring?«

»Alle. Also alle Freunde und Freundinnen von Erika. Und das sind viele. Alle halt, die ihr Leben hier im Ort verbracht haben. So wie ich.«

»Und die anderen Diebstahlopfer? Sind das auch Menschen, die ihr Leben im Ort verbracht haben?«

»Ja, ich denke schon. Wir sind so etwas, was man früher mal eine Clique nannte. Eine Rentnergang.« Sie kicherte wie ein junges Mädchen. »So hat uns Walther mal genannt. Das trifft es ganz gut, finde ich.«

»Können Sie mir mal aufschreiben, wer alles zu Ihrer Gang gehört?«

»Sicher, das mache ich. Jetzt gleich?«

»Das wäre gut.«

»Moment, ich hole etwas zu schreiben.«

Sie stieg über Samson hinweg und kehrte nach fünf Sekunden wieder zurück, ein Tablet-PC in der Hand.

»Warum starren Sie mich so an? Noch nie eine alte Frau mit so einem Wischdings gesehen?«

»Eher selten, ehrlich gesagt.«

»Hab ich von meiner Enkelin zum Geburtstag bekommen. Sie sagt immer, ich müsse mit der Zeit gehen, sonst roste ich ein. Da ist was dran, finde ich. Außerdem sind die Dinger praktisch. Man kann damit sogar ins Internet, immer und überall.«

»Ich weiß.«

»Ich weiß, dass Sie das wissen. So etwas setze ich voraus, sonst hätte ich Sie niemals engagiert. Noch etwas zu trinken?«

»Danke, ich nehme mir selbst.« Ich goss mein Glas voll.

»Wir machen es so: Ich tippe die Namen da rein und schicke Ihnen die Liste als Mail. Meine Handschrift könnten Sie sowieso nicht lesen. Und einen Zettel könnten Sie verlieren, eine Mail ja wohl hoffentlich nicht.«

»Das hoffe ich auch.«

»Soll ich alle aufschreiben? Die Besetzung wechselt nämlich. Einerseits, weil einige wegsterben, andererseits, weil es immer mal wieder Eifersüchteleien gibt.«

»Eifersüchteleien?«

Ihr strenger Blick gab mir zu verstehen, dass mein Nachhaken nicht angemessen war. »Selbstverständlich. Glauben Sie, junger Mann, das Leben und Lieben hört auf, wenn man mal die Fünfzig überschritten hat? Oder die Siebzig? Oder, wenn wir schon dabei sind, die Achtzig? Dann irren Sie sich gewaltig. Neid, Missgunst und Liebesleid enden nie. Und deshalb verabschieden sich manche zwischenzeitlich beleidigt aus unserer Gang, andere kehren zurück und die nächsten gehen. Es ist ein steter Wechsel, abgesehen von vielleicht fünf oder sechs Hartgesottenen, die sich durch nichts mehr erschüttern lassen. In aller Bescheidenheit möchte ich hinzufügen, dass ich zu diesem harten Kern gehöre.«

»Ehrlich, Trudi, alles andere hätte mich auch gewundert. Machen Sie es doch so: Schreiben Sie alle auf, die noch leben und fit genug sind, bei der Gang mitzumachen. Und notieren Sie bitte, wer außer Ihnen dem harten Kern angehört.«

Trudi nickte, beugte sich über ihr Tablet und begann zu schreiben.

Beim Abschied ließ sich Frau Merkel immer noch nicht blicken. Samson hatte das arme Tier nachhaltig in die Flucht gebläht.

»Schön, dass sich unsere Tiere so gut verstanden haben«, sagte Trudi. Sie streichelte Samson, er legte zum Dank seinen Kopf an ihre Schulter. Ein süßes Bild.

»Werden Sie meinen Engel wieder finden? Und den Rest des Diebesguts?«

»Ich werde es versuchen. Und ich glaube, unsere Chancen stehen nicht schlecht. Machen Sie sich mal keine Sorgen.«

»Oh, das besorgt mich nicht sehr. Sicherlich, es ist nicht schön, bestohlen zu werden. Aber es gibt Schlimmeres. Gerade bei uns im Ort. Ich lebe ja nun bereits seit fünfundachtzig Jahren hier. Und ich habe schon so manches Unglück erlebt, auch die eine oder andere schlimme Straftat, das bleibt nicht aus. Aber der Tod dieser jungen Frau diese Woche – der war schrecklich.«

»Eine junge Frau ist gestorben?«

»Lesen Sie denn keine Zeitung? Sie wurde ermordet. Angeblich war es einer aus dem Dorf. Ein ehemaliger Gärtner. Zumindest hat die Polizei den Mann schon mehrfach vernommen. Festgenommen wurde er aber nicht.«

Möglicherweise fiel mir in diesem Augenblick die Kinnlade runter. Zumindest muss irgendetwas mit meinem Gesicht passiert sein.

»Herr Leonardo, alles in Ordnung? Sie gucken so komisch.«

»Äh, ja, alles klar. Sagen Sie, Trudi, kennen Sie den Verdächtigen?«

»Selbstverständlich. Das ist der Danny. Danny Bauer. Ein netter Kerl, auch wenn er schon geschieden ist. War ein bisschen durch den Wind, nachdem sich seine Frau von ihm getrennt hat. Sie ist mittlerweile mit diesem schrecklichen Hans-Jörg zusammen, dem Sohn von den Maierhubers. Ein furchtbar schmieriger Typ, der mir immer Versicherungen andrehen will, die man in meinem Alter sowieso nicht mehr braucht. Doch von dem kaufe ich nichts. Von dem nicht!«

Ein Cabrio fuhr vorbei, am Steuer saß ein Mann mit wehendem weißen Haar. Er hupte und winkte uns zu. Trudi winkte zurück. »Das war Walther. Sie wissen schon, das ist der, dem die Diebe eine Kuckucksuhr gestohlen haben. Ich fand das Ding ja immer schrecklich. Vor allem wenn das blöde Vieh morgens um sieben krähte und mich aus dem Bett schmiss.«

»Wieso aus dem Bett? War die Uhr in Ihrem Besitz?«

Ihre Augen leuchteten auf: »Aus Walthers Bett natürlich. Ich sagte Ihnen doch schon, Sie sollen die Alten nicht unterschätzen. Auch wir haben unsere Bedürfnisse. Walther kennt den Danny übrigens gut. Oder vielmehr Dannys Vater. Der war nämlich mal Azubi bei Walther, damals, Anfang der 60er-Jahre. Ist dann bis zur Rente im Autohaus geblieben, das Walther damals gegründet hat. Erst war's eine einfache Werkstatt, dann hat er Mercedes verkauft, später Fiat und Ford, zum Schluss dann BMW. Ging immer gut, der Laden. Mittlerweile ist er pleite. Die Jungen haben einfach keinen Geschäftssinn.«

Trudi setzte ihren Sonnenhut ab und fuhr sich mit der Hand durchs silbergraue Haar. »Ich fürchte, ich neige heute ein wenig zur Geschwätzigkeit. Das muss an der

Hitze liegen. Oder an meinem Geschlecht.« Sie kicherte. »Wenn es Ihnen zu viel wird, müssen Sie es sagen.«

»Keine Sorge, ich könnte Ihnen stundenlang zuhören.«

»Schleimer.«

Wir lachten beide. Samson gähnte. Ihm war warm.

»Sagen Sie, Trudi, wo wohnt Walther? Ich würde ihn gern besuchen und mit ihm über die Kuckucksuhr reden. Und vielleicht auch über Danny.«

»Warum das? Sie werden in dem Fall wohl kaum ermitteln, das macht doch schon die Polizei. Außerdem hätten Sie sonst ja schließlich wissen müssen, dass die Frau bei uns im Ort ermordet wurde.«

Stimmt, das hätte ich wissen müssen. Wahrscheinlich hatte Danny oder Alex das Dorf gestern sogar erwähnt. Aber diese verfluchte Handschellennacht muss wohl Teile meines Gehirns dauerhaft vernichtet haben.

»Ich bin nur neugierig. Berufskrankheit. Außerdem kann es sein, dass ich den Anwalt von diesem Danny kenne.«

»Dann sagen Sie ihm mal, er soll sich anstrengen. Bei uns glaubt nämlich kaum jemand, dass Danny die Frau getötet hat. So ist er nicht, der Danny. Aber wie gesagt, dazu kann Ihnen Walther mehr erzählen. Grüßen Sie ihn von mir. Und sagen Sie ihm, dass er sich schon mal geschmeidig machen soll. Ich werde ihn heute Abend besuchen.«

Ich grinste. »Dann mal viel Spaß.«

Sie grinste zurück. »Den werden wir haben.«

13

Vor vier Tagen

Nichts konnte so bequem sein wie dieser herrliche Lesesessel. Lena fühlte sich von dem weichen Polster umarmt, geborgen wie ein Baby in Mutters Schoß.

Deshalb überlegte sie einen Moment, ob sie die Tür öffnen sollte, als es klingelte. Sie erwartete niemanden. Vielleicht Lukas? Sie hatte ihm nach vier Tagen Sendepause heute Morgen gesagt, was sie zu sagen hatte. Jetzt lag der Ball in seinem Spielfeld, er musste sich entscheiden.

»Du bist in mich verliebt und ich in dich«, hatte sie gesagt. Sie sah ihm seine Überraschung an, aber auch, dass er sie am liebsten sofort geküsst hätte. Doch das ließ sie nicht zu. Sie hatte sich nicht einmal neben ihn gesetzt. Sie wollte keine Berührungen, keine Küsse, keine tiefen Blicke. Sie wollte Klarheit – und dazu brauchte es einen klaren Kopf. Lukas brauchte einen klaren Kopf.

»Ich werde morgen früh wieder hier sein. Denk nach, über dich, über uns, über deine Gefühle. Und darüber, wie du deine Zukunft gestalten willst. Ich für meinen Teil möchte mit dir zusammen sein, will mit dir leben. Aber nicht im Geheimen, nicht versteckt und voller Schuldgefühle.« Sie hielt inne, sah in seine Augen, die in diesem Moment Offenheit signalisierten, die Bereitschaft, das gesamte Leben über den Haufen zu werfen.

»Mir ist klar, dass ich viel verlange, wer wüsste das besser als ich«, fuhr sie fort. »Doch deshalb weiß ich auch, dass dieser Schritt machbar ist. Du musst ihn nicht tun, es ist deine freie Entscheidung. Eine Entscheidung, die schwierig ist, aber die ich dir nicht ersparen kann.«

»Lena, ich ...«

Sie unterbrach ihn. »Sag jetzt nichts. Nimm dir diesen einen Tag Zeit. Du wirst ihn benötigen.« Mit diesen Worten ging sie. Als sie das Kirchenportal erreichte, gestattete sie sich ein Lächeln. Sie ahnte, wie seine Entscheidung ausfallen würde. Sie hatte es in seinem Gesicht gelesen.

Und nun? Stand Lukas vor der Tür, weil er nicht bis morgen warten konnte? War das ein gutes Zeichen? Ein Schlechtes? In ihrer Magengrube macht sich ein Gefühl breit, als hätte dort jemand heimlich Wackersteine eingenäht.

Lena stand auf und zwang sich zu einem Lächeln. Noch drei Schritte bis zur Tür, noch zwei, noch einer. Sie öffnete.

Das Lächeln rutschte ihr aus dem Gesicht.

»Du?«

»Hallo Lena. Ich hoffe, ich störe nicht. Darf ich reinkommen?«

»Ich ... ich ... ich weiß nicht.« Sie seufzte. »Na gut, komm rein. Aber nicht lange, ich bin müde.«

»Danke.« Danny trat ein und folgte ihr ins Wohnzimmer. Die Flasche Wein, die er in der Hand hielt, stellte er auf dem mit Büchern übersäten Holztischchen ab. »Schön hast du es.«

»Warum bist du hier?«

»Das ist mein Heimatdorf. Hier bin ich aufgewachsen.«

»Bist du nicht!«

»Doch!«

»Du willst mir also weismachen, dass ich mir von all den Dörfern, die es gibt, ausgerechnet das ausgesucht habe, in dem du gelebt hast?«

Danny lachte. »Du tust so, als sei das eine Schreckensnachricht. Wo ist das Problem? Hast du Angst, ich bin sauer, weil du dich nicht mehr gemeldet hast? Bin ich nicht.«

»Ich habe keine Angst.« Das stimmte nur halb. Sie fürchtete, Danny könnte ihr seine Liebe gestehen und sie zwingen, ihm weh zu tun.

Er lächelte. »Doch, hast du. Ich sehe es dir an.«

»Wie hast du mich gefunden?«

»Purer Zufall. Genau genommen habe ich dich gar nicht gesucht. Vor ein paar Tagen habe ich mit meinen Eltern telefoniert, meine Mutter erzählte mir, dass bei Moni eine ehemalige Nonne eingezogen ist, die vorher oben im Kloster gelebt hat. Ob ich sie kenne, sie heißt Lena. Sie hat mir auch erzählt, dass du beim Wilderle arbeitest.« Danny hielt inne und setzte sein strahlendstes Lächeln auf, dass Lena früher immer direkt in den Unterleib geschossen war. Es zeigte immer noch Wirkung. Das konnte doch nicht wahr sein.

»Na und? Arbeite ich halt beim Wilderle. Stört dich das?« Sie ärgerte sich selbst über ihren aggressiven Tonfall.

»Nö. Warum? Beim Wilderle habe ich über zehn Jahre lang gearbeitet, bis ich nach der Scheidung gekündigt habe und weggezogen bin.«

»Du willst mich auf den Arm nehmen.«

»Ach Lena.« Er lächelte schon wieder. Verdammt. »Du bist ganz blass. Weißt du was? Wir trinken jetzt die Flasche Wein, die ich mitgebracht habe, und dann verschwinde ich. Okay?«

»Danny, ich muss früh raus. Und ich mag auch keinen Alkohol trinken.«

»Komm, eine Flasche, das ist doch nicht viel. Nach ner Stunde bin ich weg.«

Sein Blick ging ihr durch Mark und Bein. Lena wusste, dass sie ihn höflich, aber bestimmt aus ihrer Wohnung komplimentieren sollte.

»Na gut. Aber nur die eine Flasche.«

»Versprochen.«

Eine Stunde später saß sie nackt auf ihm. Zehn weitere Minuten später kam es ihr zum ersten Mal in dieser Nacht.

Lena wachte in den frühen Morgenstunden auf. Was hatte sie nur getan? Sie liebte Lukas und schlief mit Danny. Lukas durfte von dieser Nacht nie erfahren. Sie stand auf und putzte die Wohnung. Sie musste etwas tun, sich ablenken. Danny schlief weiter, er schnarchte wie ein Bär. Sie weckte ihn erst, als alles blitzeblank war.

Drei Stunden später war sie tot.

14

Walther entpuppte sich als netter älterer Herr mit langen weißen Haaren, der in Trudi verknallt war. Zu Danny konnte er mir allerdings nicht viel sagen.

»So etwas würde er nie tun.« Der Standardsatz von Menschen, in deren Bekanntenkreis jemand unverhofft zum Mörder geworden war.

»Was genau würde Danny nie tun?«

»Ich bitte Sie, Herr Buchfink. Er würde niemals jemanden umbringen, schon gar keine Frau. Danny mag mitunter ein wenig ungeschliffen daherkommen. Aber das ist nicht ungewöhnlich auf dem Dorf. Bei uns ticken die Uhren anders, es geht nicht darum, möglichst distinguiert aufzutreten und sich eloquent auszudrücken.«

»Dann sind sie aber eine große Ausnahme.«

Walther lächelte. »Man muss sich ja nicht in allem anpassen, nicht wahr? Nun, Danny hat das Herz auf dem rechten Fleck. Die Trennung von seiner Frau hat ihm zunächst zugesetzt, aber wem wäre das anders ergangen? Er hat sich, so munkelt man, bald erholt und seinem Leben einen neuen Sinn gegeben.«

»Welchen?«

»Nun ja, finden Sie nicht auch, Herr Buchfink, dass Frauen wunderbare Geschöpfe sind?«

»Ja. Doch. Sicher.« Ich dachte an Marie. Dann dachte ich an Svenja. »Meistens jedenfalls.«

»Nicht meistens. Immer. Man muss sie nur richtig behandeln. Sie ehren. Sich in jedem Moment des Daseins vor ihnen verneigen. So zumindest habe ich das stets gehalten, und so halte ich das heute noch.«

»Zum Beispiel bei Trudi?«

Er führte den Zeigefinger seiner rechten Hand zum Mund. »Zur Verneigung gehört auch die Schweigsamkeit im rechten Moment.«

»Was hat das alles mit Danny zu tun?«

»Wie ich höre, verneigt auch er sich vor den Frauen. Er geht womöglich ein wenig anders vor als ich, direkter vielleicht. Aber das ist auch immer eine Frage des Publikums. Es mag sein, ja, es ist sogar anzunehmen, dass Dannys Zielgruppe sich von meiner unterscheidet. Nicht nur im Alter, sondern auch im Intellekt. Und das bitte ich nicht despektierlich zu verstehen.«

»Auf keinen Fall. Und Danny verneigt sich vor den Frauen? Im Klartext heißt das doch, er verführt sie, versucht sie ins Bett zu bekommen.«

»So wie Sie das ausdrücken, klingt das geradezu verwerflich. Nein, ich ziehe vor, Danny als jemanden zu sehen, der Frauen glücklich macht. Ihnen das Gefühl gibt, begehrenswert zu sein, wertvoll. Das mag sich seltsam anhören. Doch Menschen wie Danny sind ein Geschenk. Sie geben Liebe und Zärtlichkeit. Sie töten nicht, sondern sie machen glücklich. Ja, sie zaubern rosige Lebendigkeit auf die ergrauten Wangen trauriger Frauen.«

»Und Sie sind auch so ein Mensch, so ein Geschenk?«

Walther nestelte am Kragen seines weißen Hemdes, bis er wieder richtig saß. »Ich war es. Doch diese Zeiten sind vorbei.«

»Weil Sie Ihren Hafen gefunden haben?«

»Das klingt ein wenig rustikal in meinen Ohren, aber wenn Sie es so ausdrücken wollen: ja.«

»Bei Trudi.«

Er lächelte und schwieg.

»Sie hätten es schlechter treffen können.«

»Ich weiß, junger Mann. Ich weiß.«

15

Auf dem Heimweg stoppte ich an einem kleinen Bach, der sanft durch den Breisgau plätscherte und nur darauf wartete, von einem Hund in Kalbsgröße ausgesoffen zu werden. Ich spazierte ein halbes Stündchen mit Samson an dem Bachlauf entlang und dachte über das nach, was ich gehört hatte. Die Beschreibung von Danny hörte sich zwar ein wenig eigentümlich an, passte aber zu dem, was ich schon am Vorabend dachte: Danny war ein freundlicher Mensch, vielleicht ein wenig einfach gestrickt, und gewiss nicht so selbstlos, wie Walther ihn darzustellen versuchte. Aber ein Mörder? Einer, der aus enttäuschter Liebe zuschlug? Eher nicht. Allerdings reichte mein Bauchgefühl kaum aus, einen Tatverdächtigen zu entlasten.

Andererseits hatte offenkundig auch die Polizei Zweifel. Sonst hätte sie längst einen Haftbefehl ausstellen lassen. Von einer dünnen Beweislage ließen sich die Herren in Grün ganz sicher nicht abhalten.

Samson legte sein vorabendliches Drachenei und verpestete die gute Weinbergluft. Höchste Zeit, zu fliehen. Ich hatte ohnehin noch viel zu tun, bevor Marie mich beehrte.

»Du hältst mich wohl für blöd? Bin ich aber nicht.« Samson ignorierte meinen tadelnden Blick, er hatte nur Augen für die Rindfleischtüte, die auf der Arbeitsplatte lag.

»Mir ist nämlich klar«, fuhr ich fort, »dass du nur darauf wartest, dass ich die Küche verlasse, damit du zuschlagen kannst. Aber nicht mit mir, mein Lieber.« Ich hob die Rindfleischtüte auf einen der Hängeschränke, den selbst ich nur mit ausgestrecktem Arm erreichen konnte.

Sogar ein Riesenhund wie Samson musste vor dieser schwindelerregenden Höhe kapitulieren.

Das verfressene Vieh legte sich hin und schielte zur Tüte, aus der es verheißungsvoll duftete. Dabei legte er so viel Traurigkeit in seine Augen, dass selbst der Teufel höchstpersönlich Mitleid bekommen hätte. Nur ich blieb cool. Ich kannte die Masche schon.

Während ich aufräumte, rief ich Johann an.

»Leo! Was willst du?« Nette Begrüßung.

»Mal wieder mit meinem besten Freund plaudern.«

»Worüber? Katzenjagd? Oder Hasenjagd? Auf die begebe ich mich nämlich nachher. Mein armes Bett hat schon völlig vergessen, wie es sich anfühlt, eine Frau in sich liegen zu haben. Ist lange her.«

»Wie lange? Eine Woche?«

»Nein. Zwei. Vergangenes Wochenende hatte ich Dienst und keine Zeit für schnellen, schmutzigen Sex. Nicht einmal für sauberen. Ich sag doch, totaler Entzug. Ich muss dringend mal wieder weibliche Haut unter meinen Händen spüren. Du hast Glück, dass du mich erreichst. In fünf Minuten lege ich mich in die Badewanne, um mein Pflegeprogramm zu starten.«

»Pflegeprogramm? In der Wanne? Klingt sehr männlich.«

»Ist es auch. Vorausgesetzt, man hat genügend Mumm, sich den üblichen Männerklischees zu widersetzen und das zu tun, was Körper und Seele hilft. Also, was willst du? Mitkommen?«

»In die Wanne?«

»Die ist zu klein für ein Riesenbaby wie dich. Nein, auf Dameneroberungstour. Mit dir wird es zwar immer etwas komplizierter, weil du den Frauen mit deiner schieren Größe Angst einjagst. Doch ich wäre bereit, dir eine Chance zu geben.«

»Keine Zeit. Ich bekomme Damenbesuch, ohne mich im freien Jagdrevier zum Narren machen zu müssen.«

»Aha. Die verrückte Svenja hat es mal wieder nötig. Na dann viel Spaß.«

»Von wegen Svenja.«

»Nicht? Wer würde sich sonst an dich herantrauen?« Er überlegte. »Moment, doch nicht etwa Marie?«

»Äh ... doch.«

»Oh bitte, Leo, tu mir das nicht an. Nicht mit meiner liebenswerten, freundlichen, hübschen, intelligenten, klugen, witzigen kleinen Schwester. Sie hat etwas Besseres verdient. Ich dachte, das sei ihr endlich klar geworden.«

Marie war zehn Jahre jünger als Johann und ich. Wir hatten uns jahrelang nicht gesehen, bis wir uns im vergangenen Herbst bei einer ziemlich wilden und mörderischen Hochzeit in unserem Heimatdorf wiedertrafen. Wir überstanden damals allerlei Abenteuer, sowohl sexueller als auch lebensbedrohlicher Art. Seither befanden wir uns in einer seltsamen Schwebe zwischen beziehungsähnlichem Zustand und dem beiderseitigen Drang nach Freiheit und Unabhängigkeit. In den vergangenen Wochen hatte vor allem bei Marie der Drang nach Unabhängigkeit gesiegt. Bis sie gestern angerufen hatte.

»Zum Glück hat sie eine bessere Menschenkenntnis als ihr spießiger Bruder«, sagte ich.

»Ach komm, du weißt doch genau, dass das mit euch nix werden kann. Du bist viel zu alt für sie.«

»Du gehst doch selbst ständig mit blutjungen Dingern ins Bett.«

»Eben. Deshalb weiß ich, dass man die Mädels vor Typen wie dir und mir unbedingt warnen sollte.«

»Im Gegensatz zu dir bin ich erwachsen. Mir geht es nicht um Sex. Obwohl der verdammt gut ist.«

»Ich will das nicht hören.« Er seufzte. »Ich werde mich wohl nie an den Gedanken gewöhnen, dass ihr beide ... Na ja, ihr macht ja sowieso, was ihr wollt. Was ist nun, hast du nur angerufen, um mich zu quälen oder gibt es noch etwas

Wichtiges? Wenn ja, dann raus damit. Die Wanne ist gleich voll.«

Luigi spazierte durch die Katzenklappe an der Balkontür ins Wohnzimmer. Hocherhobenen Schwanzes marschierte er an mir vorbei in die Küche. So wie ich ihn kannte, würde er dort erst mal Samson eine zimmern, dann sein Fressen suchen, nichts finden, zu mir kommen und mich auffordern, ihm sein Futter zu geben.

Um Luigi konnte ich mich später kümmern. Ich konzentrierte mich auf Johann.

»Am Kaiserstuhl ist eine Frau ermordet worden. Du kannst mir doch bestimmt etwas über den Ermittlungsstand sagen.«

»Ist nicht mein Fall. Und selbst wenn er es wäre, dürfte ich dir nichts sagen. Das weißt du genau.«

Stimmte schon, in dieser Hinsicht hatte Johann einen Stock im Arsch. Bloß nicht die schöne Beamtenpension riskieren, immer alles nach Vorschrift. Manchmal allerdings gelang es mir, ihn aus der Reserve zu locken.

»Komm, natürlich weißt du was über die Sache. So viele Mordfälle habt ihr schließlich nicht zu lösen. Ist mal was anderes als eure üblichen Autodiebstähle oder Hasch-Konsumenten, an deren Verhaftung ihr euch sonst aufgeilt. Ihr habt seit Tagen kein anderes Gesprächsthema. Ich kenn euch doch. Also, was weißt du?«

»Was hat du überhaupt mit der Angelegenheit zu tun?«

Alte Polizeischule: Immer mit Gegenfragen antworten. Das Spiel beherrschte ich auch.

»Wieso ist das nicht dein Fall? Ich dachte, du bist der Star im Präsidium.«

»Ich hatte frei, als die Leiche entdeckt wurde. Bernd leitet die Ermittlungen.«

»Bernd? Bernd Schmieder? Diese Oberpfeife? Ich dachte, ihr wollt den Mörder finden.«

»Bernd macht das schon«, sagte Johann. Nein, er sagte das nicht, er knurrte es. Ich wusste, dass er Schmieder so gut leiden konnte wie Fußpilz.

»Der findet nicht einmal seinen eigenen Schwanz. Im Ernst, das wird ein Fiasko.«

»Das kann dir doch egal sein.«

»Wie könnte es mir egal sein, wenn der Mord an einer Frau ungesühnt bleibt, weil die Polizei anstatt ihres kompetentesten Ermittlers einen Trottel schickt, der nicht einmal einen Job als Wachmann einer Tiefgarage bekommen dürfte?«

»Du übertreibst.«

»Vielleicht. Aber nur ein bisschen.«

Daraufhin sagte Johann nichts mehr, was bewies, wie recht ich hatte. Ich sah meine Chance gekommen.

»Ich will ehrlich sein«, sagte ich, »ich ermittle in dem Fall. Euer Hauptverdächtiger ist ein gewisser Danny Bauer. Alex vertritt den Mann und hat mich beauftragt, die Unschuld seines Mandanten zu beweisen.«

Johann stöhnte auf. »Alex? Dass der immer noch Mandanten bekommt, werde ich nie verstehen. Genauso gut könnte man sich von einem Feldhasen vertreten lassen.«

»Jetzt übertreibst du.«

»Vielleicht. Aber nur ein bisschen.« Wir lachten. Gut. Die Stimmung lockerte sich auf.

»Bitte, Johann, hilf mir. Wenn Bauer es war, werde ich keine Informationen von dir nutzen, um ihn rauszuhauen. Das weißt du.«

»Ehrlich, ich kann dir nicht viel sagen. Anscheinend spricht eine Menge dafür, dass Bauer die Frau umgebracht hat. Bernd ist davon überzeugt. Die Oberstaatsanwältin hat allerdings Zweifel, sie hat es abgelehnt, einen Haftbefehl auszustellen.«

»Bernd hat einen Haftbefehl beantragt, der nicht bewilligt wurde?«

»So etwas kommt vor.«

»Wie oft? Einmal in zehn Jahren?«

»So ungefähr.« Johann seufzte. »Also: Bauer hat die Nacht beim Opfer verbracht, die beiden hatten vor ein paar Monaten ein Verhältnis. Die Frau war mal Nonne in einem Kloster, dein Schützling hat sie damals von den Vorzügen der körperlichen Liebe überzeugt. Sie hat sich daraufhin aus den Fesseln der Enthaltsamkeit befreit und die dicken Mauern des Klosters hinter sich gelassen. Kurz darauf servierte sie Bauer ab. Bis der in der Mordnacht plötzlich wieder bei ihr auftauchte. Schmieder ist überzeugt, dass Bauer das Beziehungs-Aus nicht wahrhaben wollte. Motiv: enttäuschte Liebe. Sie schliefen in der fraglichen Nacht miteinander, ein letztes Mal. Anschließend hat Bauer sein Opfer erstochen. Glaubt Schmieder.«

»Gibt es Beweise, dass die beiden Sex hatten?«

»Klar. Spermaspuren, die eindeutig Bauer zuzuordnen sind. Außerdem hat er es selbst zugegeben.«

»Spuren von Gewaltanwendung?«

»Nein.«

Das war die erste neue Information. Nicht, dass ich an der Einvernehmlichkeit des Sex gezweifelt hätte, aber das Ergebnis der rechtsmedizinischen Untersuchung hatte ich noch nicht gekannt.

»Spricht sonst noch etwas gegen Danny Bauer?«

»Nicht, dass ich wüsste. Allerdings sind die Indizien ziemlich stark. Er hat sie überraschend besucht, hat die Nacht bei ihr verbracht und am Morgen wurde sie tot gefunden. Außerdem führten die beiden vor Monaten eine Beziehung, zumindest aber hatten sie regelmäßig Sex. Das spricht schon mit einer gewissen Wahrscheinlichkeit dafür, dass Bauer sie ermordet haben könnte.«

Dem konnte ich nicht widersprechen. Ich dachte nach. »Warum hat die Staatsanwältin den Haftbefehl dann nicht bewilligt?«

»Leo, ich komme in Teufels Küche, wenn ich dir noch mehr erzähle.«

»Kommst du nicht, weil niemand es erfährt. Außerdem hast du selbst erhebliche Zweifel, dass Danny diese Lena Freiwald umgebracht hat. Sonst hättest du schon längst aufgelegt.«

Johann seufzte ein weiteres Mal. »Also gut. Zunächst haben wir keine Tatwaffe gefunden. Es gibt also nichts, womit wir beweisen könnten, dass Bauer den Mord begangen hat. Außerdem hätte er sich ziemlich verrenken müssen, um sie erstechen zu können. Der Einstichwinkel spricht eher für einen kleineren Täter. Höchstens einsfünfundsiebzig groß. Bauer ist fast so riesig wie du.«

»Damit ist er doch aus dem Schneider. Warum hat Schmieder ihn immer noch im Visier?«

»Weil er niemand anderen hat. Zudem ist es immerhin denkbar, dass Bauer sich tatsächlich verrenkt hat. Unwahrscheinlich, aber nicht ausgeschlossen. Es gibt aber noch etwas, das Bauer entlastet: Er hat sich freiwillig bei der Polizei gemeldet.«

Auch das wusste ich bereits, aber ich ließ Johann weiterreden.

»Er hat am Vormittag erfahren, dass Lena tot ist. Sowas geht in diesen Käffern rum wie ein Lauffeuer. Weißt du ja selbst. Eine Stunde später saß er auf dem Revier, damals noch ohne Anwalt. Na ja, genau genommen hat er immer noch keinen Anwalt. Wirklich, wie kann man ausgerechnet Alex engagieren?« Ich konnte förmlich sehen, wie er den Kopf schüttelte.

»Natürlich könnte der Besuch bei der Polizei auch Tarnung sein«, fuhr Johann fort. »Um zu signalisieren: ›Hey, ich habe nichts zu verbergen.‹ Aber im richtigen Leben kommt so etwas nicht vor. Die Erfahrung lehrt, dass er tatsächlich ein reines Gewissen hat. Und genau das glaubt wohl auch die Oberstaatsanwältin.«

»Und sonst? Überhaupt keine anderen Verdächtigen?«

»Nicht wirklich.«

»Was heißt das?«

»Nichts.«

»Komm, Johann, was weißt du noch?«

»Ich weiß gar nichts. Es gibt ein paar Gerüchte im Dorf, die Lena betreffen. Mehr kann ich dir nicht sagen. Außerdem wird das ein Privatdetektiv ja wohl noch selbst herausfinden können. Selbst wenn er so lausig ist wie du.«

»Was für Gerüchte?«

»Du, die Wanne läuft über, ich muss jetzt Schluss machen. Viel Spaß heute Abend. Nein, was rede ich, wenig Spaß. Streitet euch, trennt euch endgültig, macht diesem unwürdigen Spiel ein Ende. Ich wünsche dir einen richtigen Scheiß-Abend.«

»Johann! Welche Gerüchte?«

»Ich weiß nicht, was du meinst. Grüß Marie von mir.« Er legte auf.

Das alles sah für Danny besser aus, als ich befürchtet hatte. Es gab nur ein Problem: Die Polizei hatte bislang keine Alternative zu Danny. Immerhin hatte ich jetzt einen Ansatz: Gerüchte um Lena. Das hörte sich gut an. Vielleicht würde ich den Sonntag nutzen, um mit Marie und Samson einen kleinen Ausflug an den Kaiserstuhl zu machen. Falls wir aus dem Bett kommen sollten.

Zunächst musste ich sie aber ins Bett bekommen. Und weil Liebe durch den Magen geht, wurde es Zeit, ein feuriges Gulasch nach dem Geheimrezept zuzubereiten. Vorher musste ich dem Kater noch sein Futter geben.

»Luigi? Alles gut? Oder hast du Samson angeknabbert?«

Keine Antwort. Ich betrat die Küche. Es dauerte einen Augenblick, ehe ich das ganze Ausmaß dessen begriff, was sich dort in den vergangenen Minuten zugetragen haben musste. Samson und Luigi standen einträchtig nebeneinander. Vor Samson lag eine leere Tüte, aus der noch ein paar Tropfen roten Saftes perlten. Der Hund leckte hingebungsvoll an der Tüte. Vor Luigi entdeckte ich ein Stückchen Rindfleisch, an dem er knabberte.

»Ihr Schweinchen«, flüsterte ich.

Sie beachteten mich nicht.

»Ihr miesen Schweine!«, brüllte ich. Samson sah auf, dann leckte er weiter. Luigi ignorierte mich noch immer. Der letzte Rest des saftig-roten Fleisches verschwand in seinem Katzenschlund.

»Was habt ihr getan?« Eine rhetorische Frage – die Antwort lag auf der Hand beziehungsweise vor mir auf dem Boden: Luigi musste auf den Küchenschrank gesprungen sein, angezogen vom betörenden Duft des geschlachteten Rindviechs. Er zerrte die Tüte an den Rand, gab ihr den Todesstoß, sodass sie auf die Arbeitsplatte fiel. Dort schnappte Samson zu, das Fleisch landete am Boden, wo die Biester die Tüte aufrissen und den Inhalt brüderlich teilten. Was bedeutete, dass Luigi drei Stücke Fleisch bekam, Samson den Rest.

Diese verdammte, verfressene, verbrecherische Rasselbande. Ich jagte die beiden unter lautstarkem Fluchen aus der Küche und machte mich daran, die Überreste des Massakers zu begutachten. Es gab keine – die elenden Mistviecher hatten alles weggefressen. Alles!

Und nun? Der Hofladen hatte schon vor Stunden Feierabend gemacht, die wenigen guten Metzgereien machten samstags um 14 Uhr dicht. Die einzige Alternative bestand darin, in den Discounter im anderen Ende der Stadt zu fahren. Insgesamt wäre ich eine halbe Stunde unterwegs – eine halbe Stunde, die ich nicht hatte. Und das für minderwertiges Fleisch. Ich musste mir etwas anderes einfallen lassen.

16

Am Morgen wachte ich früh auf. Ich betrachtete Marie und wunderte mich über die Schmetterlinge, die durch meinen Bauch flatterten. Sie schlief tief und fest, ihre dunkelblonde Mähne floss über das Kissen wie Vanillesoße über ein Stück Apfelstrudel. Es war ein wunderschöner Abend gewesen und eine grandiose Nacht. Am liebsten hätte ich sie geweckt und die Freuden des morgendlichen Beischlafs genossen. Doch während ich noch mit mir rang, ob ich meinen fleischlichen Gelüsten nachgeben sollte, biss Luigi mich in den großen Zeh.

»Verdammt, Luigi, kannst du nicht wenigstes einmal freundlich um dein Fressen bitten?«, zischte ich. Marie murmelte etwas im Schlaf und drehte sich um. Ich konnte mich an ihrem Anblick nicht sattsehen. Dieser Körper ... Vielleicht sollte ich doch ...

Luigis Blick machte mir klar, dass er mit seiner Geduld am Ende war. Ächzend stand ich auf und schwankte in die Küche. Dort begrüßte mich Samson, der aufgeregt mit dem Schwanz wedelte. Auf dem Boden lagen zwei angefressene Pizzakartons, in denen unser Ersatz-Abendessen geliefert worden war. Dieser Hund machte wirklich vor gar nichts Halt.

Ich gab beiden Futter und zog mich an. Anschließend spazierte ich mit Samson um den Block. Er musste dringend seine Morgentoilette erledigen. Von unterwegs rief ich Trudi auf ihrem Handy an.

»Herr Leonardo, ich hoffe, Sie haben gute Gründe, so früh an einem Sonntagmorgen anzurufen.«

»Tut mir leid, ich hatte gedacht, dass ... na ja ... ich weiß auch nicht, was ich gedacht habe.«

»Aber ich weiß es. Sie dachten, alte Leute brauchen sowieso keinen Schlaf. Und soll ich Ihnen was sagen? Sie haben recht. Also, was gibt's? Haben Sie meinen Engel gefunden?«

»Noch nicht. Ich habe eine Frage. Die junge Frau, die ermordet wurde, angeblich gibt es Gerüchte um ihr Liebesleben. Ich hatte gehofft, Sie könnten mir etwas zu diesen Gerüchten sagen.«

»Halten Sie mich für eine Klatschtante, die nichts anderes zu tun hat, als Gerüchte aufzuschnappen und weiterzutratschen?«

»Äh ... nein. Tut mir leid.«

»Mensch, jetzt hören Sie schon auf, sich ständig zu entschuldigen. Ich weiß zwar nichts von irgendwelchen Gerüchten, aber hier liegt jemand neben mir, der alles mitkriegt, was in diesem Kaff vor sich geht. Moment mal.«

Ich hörte das Quietschen eines Bettes, bevor Trudis Stimme wieder ertönte. »Hey Walther, wach auf. Hallo, aufwachen. Och Walther, bitte, du kannst nicht jedes Mal zehn Stunden schlafen, wenn du dich in der Nacht ein bisschen anstrengen musstest.«

Unverständliches Gemurmel. Dann wieder Trudis glockenhelles Organ: »Doch, das musst du dir anhören. Immerhin bist du zehn Jahre jünger als ich. Davon merkt man nur nicht viel. Los jetzt, sonst hole ich einen Eimer Wasser und schütte ihn dir ins Gesicht.«

Das tiefstimmige Gemurmel klang nun ungehalten.

»Stell dich nicht so an. Ich muss dich was fragen, danach kannst du meinetwegen weiterschlafen. Diese junge Frau, die Danny vor ein paar Tagen umgebracht haben soll, angeblich gibt es um diese Frau Gerüchte. Du weißt doch bestimmt mehr. Was sind das für Gerüchte?«

Unverständliches Gemurmel.

Dann schoss ihre Stimme wieder direkt in meinen Gehörgang. »Hat ein bisschen gedauert, aber Walther stellt sich immer an wie ein steinalter Mann, wenn wir mal Sex hatten. Danach ist mit ihm tagelang nichts mehr anzufangen. Ich bin froh, dass ich ihn überhaupt wach bekommen habe. Also, angeblich wird im Dorf gemunkelt, diese Lena habe etwas mit dem Pfarrer gehabt. Wobei ich nicht weiß, ob man darauf etwas geben kann. Wenn es um Gerüchte geht, die sich um alleinstehende Frauen drehen, spielt fast immer der Pfarrer eine Rolle, meistens ist da nichts dran. Pfarrer und Sex, das ist halt spannend.«

»Ich vermute, Sie reden vom katholischen Pfarrer?«

»Klar, sonst wäre es ja nicht so spannend.«

»Das stimmt natürlich. Vielen Dank, Trudi. Ich wünsche Ihnen und Walther noch einen schönen Tag.«

»Keine Ahnung, wie Walthers Tag wird. Ich spaziere jetzt nach Hause zu Frau Merkel. Hier ist es öde. Es gibt nichts Langweiligeres als alte schnarchende Männer. Und Sie denken bitte daran, dass ich Sie dafür bezahle, meinen Engel zu finden. Das ist wichtiger als diese blöde Mordermittlung.« Sie schwieg einen Augenblick. »Na ja, vielleicht nicht wichtiger.«

»Keine Sorge, ich finde Ihren Engel.«

Als ich zurückkam, schlief Marie noch immer. Ich setzte den Kaffeeautomaten in Gang. Dann schlich ich mich zu Marie und weckte sie, indem ich ihre Körperflüssigkeiten in Wallung versetzte. Eine halbe Stunde später saßen wir frisch befriedigt und frisch geduscht am Frühstückstisch.

»Wann warst du eigentlich das letzte Mal in der Kirche?«, fragte ich.

Marie zuckte mit den Schultern. »Keine Ahnung, ist ewig her.«

»Dann wird es mal wieder Zeit.«

Ihre Augen weiteten sich. »Oh Gott. Muss ich mir Sorgen machen? Bist du heimlich ein christlicher Fundamentalist?«

»Nur weil ich finde, dass du nach einer solch sündigen Nacht deine Seele reinigen solltest?«

»Leo?«

»Marie?«

»Weißt du was? Wenn ich danach wieder sündig sein darf, gehe ich sogar mit dir in die Kirche. Aber nur ausnahmsweise.«

»Versprochen.«

17

Die Messe begann um 9.30 Uhr, wir parkten ein paar Straßen entfernt, weil alle Parkplätze von Autos belegt waren. Vor der Kirche standen sich die Menschen gegenseitig auf den Füßen, viele in Schwarz gekleidet.

»Ich dachte, die Kirchen hätten ein Problem damit, ihre Schäfchen um sich zu scharen«, sagte Marie.

»Auf dem Land funktioniert das anscheinend besser als in der Stadt. Außerdem kann ich mir vorstellen, dass sich einige im Angesicht des Mordes wieder an ihren Glauben erinnern. Und wer weiß, eventuell mag der eine oder andere auch sehen, wie sich der Pfarrer schlägt, jetzt, da seine vermeintliche Geliebte tot ist.«

Der Vorplatz lag in gleißendem Sonnenlicht, einigen Anzugträgern tropfte schon zu dieser frühen Morgenstunde der Schweiß auf die sauber gebundene Krawatte.

Von Trudi, Walther oder Danny entdeckte ich keine Spur. Vielleicht saßen sie schon auf den harten Kirchenbänken, vielleicht verzichteten sie aber auch auf die Erleuchtung des Herrn. Allerdings drang keine drei Meter von mir entfernt eine Stimme an mein Ohr, die Unbehagen in mir auslöste. Ich sah mich nach der Verursacherin um.

»Wen suchst du?«, fragte Marie.

»Hörst du diese schrecklich keifende Frauenstimme?«

Marie legte den Kopf schief. Bezaubernd.

»Du meinst die, die ständig davon redet, Gott wisse, was er tue und dass jeder seine gerechte Strafe erhalte? Insbesondere Nonnen, die sich der fleischlichen Begierde hingeben?«

»Genau die.«

»Was ist damit?«

»Ich kenne diese Stimme, kann sie aber nicht zuordnen.«

Wir versuchten, uns der Quelle des Misstons zu nähern. So wie früher beim Topfschlagen, wenn die anderen Kinder sagten, es werde kälter, wärmer oder gar heiß.

Die Dezibelzahl stieg, wir rückten an unser Ziel heran.

»Dort muss sie sein, in diesem Pulk von Menschen, die verängstigt gucken, aber unentwegt nicken«, sagte Marie und deutete unauffällig auf eine Gruppe adrett gekleideter Damen, Herren und Kinder. Ich pirschte mich heran und linste zwischen den Leibern hindurch. Und dann sah ich sie.

»Die Wilderle«, sagte ich.

»Wer?«

»Wilderle.« Ich erzählte ihr, wie mich die Alte in den Keller eingesperrt und die Polizei gerufen hatte. »Sie ist bösartig. Ich glaube, sie macht mir Angst.«

»Dann weiß ich ja, wie ich dich behandeln muss, wenn du Respekt vor mir haben sollst.« Marie grinste.

»Bloß nicht. Komm, lass uns reingehen. Lieber in die Kirche, als dieser Hexe begegnen zu müssen.«

Die Kirchenglocken begannen zu läuten. Wir schritten durchs Portal, setzten uns in die letzte Reihe und harrten der Dinge, die da kommen mochten.

Keine Ahnung, was genau ich erwartet hatte. Auf jeden Fall war Pfarrer Ebert jünger als in meiner Vorstellung. Doch er ging gebückt, er stand gebückt, er predigte gebückt. So, als trage er eine schwere Last auf den Schultern.

Er sprach über den Tod von Lena Freiwald. Er erzählte davon, wie die Tote in der Gemeinde geholfen habe, wie sie zwar dem Kloster, aber niemals Gott den Rücken gekehrt habe. Ebert zeichnete das Bild einer ebenso lebensfrohen wie gläubigen jungen Frau, deren gewaltsamer Tod vielleicht gottgewollt war, deshalb aber nicht minder traurig. Ein- oder zweimal versagte ihm die Stimme.

»Meine Güte, was will er erst beim Trauergottesdienst sagen, wenn er heute schon so von ihr schwärmt?«, flüsterte Marie.

Zum Ende seiner Predigt, nach mehreren Gebeten, diversen Kniefällen und Weihrauch-Schwenkereien schlug Ebert andere Töne an.

»Wie ihr wisst, habe ich mich vorhin unter euch gemischt«, sagte er. »Unter euch, die ihr vor der Kirche standet und darüber spracht, was geschehen ist. Ich sah in viele traurige Gesichter, ich sah Menschen, die fassungslos weinten angesichts dieses gewaltsamen Todes.

Aber ich sah auch etwas, was mich traurig stimmt. Ich sah Selbstzufriedenheit. Ja, mehr noch, ich sah Selbstgerechtigkeit. Menschen, die sich dazu aufschwingen, ein Urteil über jene zu sprechen, die kürzlich noch unter uns weilte und so brutal aus dem Leben gerissen wurde. Menschen, die diesen Tod als gerecht bezeichnen. Schließlich sei Lena Freiwald eine Sünderin gewesen. Sie habe sich Gott versprochen, dieses Versprechen aber gebrochen. Sie habe es verdient zu sterben.«

Die Stimme von Pfarrer Ebert füllte nun den gesamten Kirchenraum, sie schwoll an, bis sie dröhnend von allen Seiten hallte: »Der Missbrauch der Religion aber machte Jesus zornig. Was anderes ist es als ein Missbrauch der Religion, wenn wir im Angesicht eines Mordes von Gerechtigkeit sprechen, vom verdienten Tod einer Sünderin? Ich sage euch: Heute ist ein Tag, an dem Jesus zornig würde. Nicht über den Mörder, denn Jesus begegnet allen Sündern mit der Bereitschaft, ihnen zu vergeben. Nein, er wäre zornig über jene Selbstgerechten, die Gottes Wort, die das Wort Jesu missbrauchen.«

Ich beobachtete die alte Wilderle, die auf der anderen Seite des Gangs saß, weit vorn. Ich sah sie nur im Halbprofil, doch das reichte aus, um zu erkennen, dass sie sich von Sekunde zu Sekunde aufrechter hinsetzte, den Kopf kerzengerade, die Nase gen Himmel gerichtet. Ebert sprach von ihr. Sie wusste es – und sie war nicht bereit, einen Funken Reue zu zeigen.

Der Pfarrer senkte die Stimme. »Wir alle können von Jesus lernen. Wir *müssen* von ihm lernen. Müssen begreifen, was Barmherzigkeit bedeutet. Müssen unseren Hochmut zügeln, unsere Selbstgerechtigkeit und unseren Zorn.«

In der Kirche war es nun mucksmäuschenstill. Kein Flüstern, kein Räuspern, viele nachdenkliche Gesichter.

»Es sind schwierige Tage für uns alle. Der Mord an geliebten Menschen, an unseren Partnern, Freunden, Kindern gar übersteigt selbst die Kräfte jener, deren Glaube unerschütterlich ist. Wir stellen Fragen und suchen nach Antworten. Und immer wieder kristallisieren sich zwei Fragen heraus. Die eine ist jene nach dem Warum? Warum musste ausgerechnet sie sterben?

Womöglich mag Gott sich uns eines Tages mitteilen. Bis dahin müssen wir das Schicksal annehmen, wie es ist. Dürfen wir hadern? Verzweifelt sein am Leben, vielleicht sogar an Gott? Ja, das dürfen wir. Wir dürfen es, weil wir gar nicht anders können. Gott versteht uns. Er wird nicht aufhören, uns zu lieben.

Die andere Frage, die wir uns an einem Tag wie heute stellen, ist die nach dem Wer. Wer war das, der diese junge Frau aus dem Leben gerissen hat? Weilt der Mörder unter uns? Lebt er mit uns in unserem Dorf? Betet er in diesem Augenblick mit uns, hier, unter dem Dach der Kirche? Kennen wir ihn? Ein schmerzhafter Gedanke, den wir gerne wegschieben wollen. Wir wünschen uns, es möge jemand auf der Durchreise gewesen sein. Ein Fremder. Niemand aus unserer Mitte.

Ich sage euch: Wir werden einen Weg finden müssen, mit dem Täter umzugehen. Und zwar dann, wenn er gefunden ist. Erst dann. Ich weiß, es gibt Gerüchte. Ich habe sie gehört, so wie ihr sie gehört habt. Es gab Vernehmungen, vorläufige Festnahmen, Zeugenbefragungen.«

Pfarrer Ebert hielt einen Moment inne, ehe er die Stimme erneut erhob und durch die Kirche dröhnen ließ: »Hört nicht auf diese Gerüchte. Gerüchte sind wie ein Krebsgeschwür, sie bilden tödliche Metastasen, die sich nicht mehr aus unserem

Gedächtnis herausoperieren lassen. Warten wir ab, die Polizei wird die Frage nach dem Wer beantworten, er wird seine gerechte Strafe bekommen. Spätestens vor Gott wird er sich verantworten müssen. Und Gott gibt nichts auf Gerüchte. Tut ihr es auch nicht.

Lasst uns nun beten. Für den Täter. Für uns alle. Und für Lena Freiwald. Die noch leben sollte. Und die doch sterben musste. Die nun zu Hause ist bei ihrem geliebten Gott.«

18

Unter dem durchdringenden Geläut der Kirchenglocken strömten die Menschen aus dem Gotteshaus. Marie und ich blieben sitzen, um die Besucher zu beobachten. Kaum jemand sprach, ich sah Dutzende, die Tränen in den Augen hatten, anderen strömten sie die Wangen hinunter.

Nur die alte Wilderle, diese Hexe, stolzierte aufrecht wie eine Königin durch den Mittelgang. Als habe ihr jemand ein Brett an den Rücken getackert. In ihren Augen lag ein Leuchten.

»Guck dir die Hexe an«, sagte ich zu Marie. »Wie zufrieden sie aussieht.«

»Ist doch logisch. Sie stand im Mittelpunkt der Predigt. So einer gefällt das.«

»Studierst du neuerdings Psychologie statt Jura?«

»Nö. Ich habe gesunden Menschenverstand im Nebenfach.«

Die Bänke leerten sich. Als eine der Letzten verließ Trudi die Kirche. Ich winkte ihr zu.

»Ich wusste gar nicht, dass Sie gläubig sind«, sagte ich.

»Ich bin mir dessen selbst nicht so sicher. Aber es kann ja nicht schaden, auf den letzten Metern des Lebens ein wenig zu schleimen. Und Sie? Machen an den Sonntagen ein bisschen Kirchenhopping?«

»Nur heute. Und ich bin froh, dass ich mir das Spektakel nicht habe entgehen lassen. Der Pfarrer hier ist ja nicht nur jung, sondern auch ziemlich gut.«

»Die einen sagen so, die anderen so. Vielen der alten Schachteln ist er zu modern, zu progressiv. Ich bin nicht oft in der Kirche, nur, wenn mir sterbenslangweilig ist oder wenn jemand ermordet wurde. Aber die Predigt heute hatte es in sich. Kennen Sie die blöde Wilderle? Klar kennen sie dieses Weib, die hat sie doch im Keller eingesperrt, als sie Frau Merkel suchten, nicht wahr?«

Ich nickte.

»Sie ist die größte Kritikerin des Pfarrers. Und das scheinheiligste Miststück im gesamten Dorf. Wenn ich so jung wäre wie Ihre bezaubernde Begleiterin, die Sie mir, unhöflich wie Sie sind, noch gar nicht vorgestellt haben, würde ich die Wilderle glatt als blöde Schlampe bezeichnen. Aber das verbietet mir der Anstand.«

Marie kicherte, was ihr einen irritierten Blick des Pfarrers einbrachte, der vorn an der Kanzel stand. Sie verstummte.

»Ich hatte das Gefühl, die Wilderle ist regelrecht stolz darauf, dass der Pfarrer sie direkt angegriffen hat«, sagte ich.

»Das ist sie bestimmt. Und wer ist nun die junge Frau neben Ihnen?« Sie reichte Marie die Hand: »Ich heiße Gertrud Winterberg, aber Sie dürfen Trudi zu mir sagen.«

Marie erhob sich und griff nach der Hand. »Guten Tag, ich bin Marie. Ich habe schon viel von Ihnen gehört, deshalb wollte ich Sie unbedingt kennenlernen. Ich muss sagen: In der Realität sind Sie noch weitaus beeindruckender als in Leos Erzählungen.«

Wir schlenderten nach draußen, wo die Sonne so hell schien, dass der gesamte Vorplatz in grellweißem Licht erstrahlte. Ich kniff die Augen zusammen.

»Was hat er denn erzählt, der Herr Leonardo?«

»Kurz zusammengefasst? Dass Sie unfassbar cool seien.«

»Hm. Aus seinem Mund ist das wohl ein Kompliment, oder?«

»Ist es«, sagte ich.

Trudi nickte ein paar Leuten zu, die sie grüßten, wandte sich aber demonstrativ uns zu, sobald jemand sie ansprechen wollte.

»Sagen Sie, Marie, sind Sie die Assistentin oder die Freundin des Herrn Leonardo? Oder beides?«

Marie lachte. »Na, jedenfalls nicht seine Assistentin.«

»Aha. Aber auch nicht seine Freundin.«

»Das ist noch in der Schwebe.«

»Warum? Ist er Ihnen zu alt? Oder zu träge? Manchmal macht er ja doch einen etwas trägen Eindruck.«

»Jetzt, da Sie es sagen.«

»Hallo?«, sagte ich. »Würdet ihr bitte aufhören so zu tun, als sei ich nicht da? Das ist unhöflich. Außerdem bin ich nicht träge.«

»Manchmal schon«, sagte Marie.

Trudi grinste. »Da sehen Sie es. Und das Alter? Wie viele Jahre liegen zwischen euch? Mindestens zehn, oder?«

Marie nickte.

»Grundsätzlich kein Problem«, sagte Trudi. Sie zupfte an ihrem gelben Kleid, das sie inmitten der vielen dunkel gekleideten Menschen zu einem bunten Farbtupfer machte. »Bei mir sind es auch zehn Jahre Unterschied. Allerdings ist bei mir der Mann jünger. Wenn ich mir vorstelle, der wäre zehn Jahre älter ... dann ginge ja gar nichts mehr. Stellen Sie sich vor: Wenn wir Sex haben, muss er sich anschließend den ganzen Tag ausruhen. Ich glaube, mein nächster Lover ist mindestens zwanzig Jahre jünger.«

»Das wäre bei mir schwierig«, sagt Marie und lachte. »Ich bin fünfundzwanzig. Ein fünfjähriger Lover wäre mit mir überfordert. Und ein Fünfzehnjähriger auch, glaube ich.«

Trudi betrachtete Marie von oben bis unten. »Ja, das könnte sein. Wissen Sie was, Sie machen das schon ganz gut so. Solange Sie jung sind, nehmen Sie sich einen älteren Typen, am besten einen, der Kohle hat.«

Ich hustete.

»Und falls er kein Geld hat« – Trudi sah mich schräg von unten an – »dann hat er wenigstens Erfahrung und weiß, was Ihnen im Bett gefällt. Das ist ein großer Vorteil. In ein paar Jahren, wenn Sie vierzig sind oder so, schießen Sie ihn ab und suchen sich einen Jüngeren.«

»Das klingt nach einem guten Plan«, sagte Marie. Dabei lächelte sie mich zuckersüß an. »Ich glaube, so mache ich das.«

»Fein.« Trudi legte eine Hand auf Maries Wange und schob ihr Gesicht näher an sie heran, als begutachte sie eine wertvolle Münze. »Sagen Sie mal, Marie, tut es eigentlich sehr weh, sich so einen Nasenring stechen zu lassen?«

»Ist nicht schlimmer als ein Ohrloch.«

»Steht Ihnen nämlich ausgezeichnet. Ich überlege, mir auch so ein Ding zuzulegen. Ob das bei mir auch so sexy wirken würde?«

»Ich glaube, das käme wahnsinnig gut. Sie haben eine schöne Nase, Trudi. Perfekt für einen Nasenring. Oder einen Stick, das müsste man sehen.«

»Ja, ein Stick wäre vielleicht nicht schlecht. Mit einem Diamanten dran, das würde mir gefallen. Ich denke mal drüber nach.«

Damit drehte sie sich um und schwebte als kleiner gelber Punkt nach Hause.

Wie zum Ausgleich wackelte ein kleiner roter Punkt auf uns zu. Ich stöhnte auf. »Was will der denn hier?«

»Wer?«

Ich nickte in Richtung des roten Ungeheuers, das sich mit diabolischem Grinsen näherte. »Der da. Floppy, der kleine Detektiv.«

Das Gesicht des Ungeheuers verdüsterte sich. »Das habe ich gehört, Riesenbaby.« Er baute sich in seiner vollen Größe von hundertdreiundsechzig Zentimetern vor Marie auf. Dank der hohen Absätze an seinen Schuhen kam er gerade so auf Augenhöhe. »Darf ich mich vorstellen? Mein Name ist Philippe Marlot, man nennt mich auch den besten Privatdetektiv Südbadens.« Er reichte Marie die Hand und verbeugte sich.

»Ich bin Marie. Philippe Marlot? Ist das ein Künstlername? Klingt ja fast wie Philip Marlowe.«

Das rote Ekel brachte sich zurück in eine aufrechte Position. »Eine Laune der Natur, Madame, einer der seltsamen Zufälle des Lebens, dass mein Name an den eines Meisterdetektivs aus Los Angeles erinnert.« Er lachte gekünstelt.

»Hör nicht auf ihn«, sagte ich. »Er hat den Namen erfunden. Allerdings hat er es geschafft, sich offiziell umbenennen zu lassen. Keine Ahnung, unter welchem Namen er an einem unglückseligen Tag vor langer Zeit das Licht der Welt verdunkelte. Fest steht, dass sein Name eine beeindruckende Karriere hingelegt hat: Aus Philippe wurde Flips, daraus Flippi, und nachdem der Szene klar geworden war, dass wir es mit dem größten Flop in der Geschichte des Detektivwesens zu tun haben, tauften wir ihn Floppy. So nennt ihn heute jeder. Abgesehen von ihm selbst natürlich.«

»Floppy ... süß.« Marie lächelte, Floppys Gesicht lief so rot an wie der Cordanzug, den er trotz der Hitze trug. Ich hatte Floppy noch nie in anderen Klamotten gesehen als in diesem roten Cordanzug. Dazu trug er ein weißes Hemd, eine rote Fliege und rote Lederschuhe. Er sah aus wie eine Comicfigur. In diesem Augenblick hätte ein Zeichner ihm Zornesadern auf die Stirn malen müssen und Wölkchen, die aus seiner Nase schnaubten.

»Niemand nennt mich Floppy«, sagte er. »Niemand außer dir, du verkommenes Riesenbaby.« Nun brüllte er, der kleine Choleriker.

»Riesenbaby? Auch süß.« Maries Art, die Wogen zu glätten.

Wir hatten uns in den Schatten einer Kastanie verzogen. Ich setzte mich auf die Bank, die unter den Ästen auf Besucher wartete, damit Floppy sich wenigstens für ein paar Sekunden einbilden konnte, mit mir auf Augenhöhe zu sein.

»Also, Floppy, du bist bestimmt nicht an den Kaiserstuhl gefahren, um dich Marie vorzustellen oder um in der Kirche darum zu beten, der Herrgott möge Hirn auf dich regnen lassen. Was willst du?«

Das dürre Gestell im Anzug reckte sich. »Ich mache meinen Job: Ich ermittle.«

»Was? In welcher Kirche sich die meisten Gläubigen versammeln?«

Floppy grinste sein diabolisches Grinsen. »Mach du dich ruhig lustig, Riesenbaby. Dir wird das Grinsen schon noch vergehen. Ich ermittle im Fall der ermordeten Lena Freiwald. Genau wie du.« Er schob seine Nickelbrille mit dem Mittelfinger nach oben. »Musst gar nicht so blöd gucken, ich weiß, dass du in derselben Angelegenheit unterwegs bist. Wird dir nur nichts nützen. Denn ich werde den Fall lösen. Ich ganz allein.«

Ach du Scheiße, das hatte mir gerade noch gefehlt. Dieses kleine Rattengesicht konnte ich nun wirklich nicht brauchen. Der Kerl sorgte nur für Unruhe. Ich erhob mich und baute mich vor ihm auf. Floppy wich zwei Schritte zurück, eingeschüchtert von meiner puren Präsenz. Marie hatte sich hingesetzt, sie sah uns interessiert zu. »Wer soll dich bitte beauftragt haben?«, fragte ich.

»Das geht dich zwar nichts an, aber ich verrate es dir trotzdem: Lenas Schwester. Lass mich raten, du wusstest nicht einmal, dass sie eine hat.«

Selbstverständlich wusste ich, dass Lena eine Schwester hat. Sie hieß Julia und ich hatte mir bereits vorgenommen, sie zu kontaktieren. Das konnte ich mir jetzt wohl sparen, sie würde sicherlich nicht mit mir reden. Floppy dürfte sie vor meinem Anruf gewarnt und irgendwelche Lügenmärchen über mich erzählt haben.

»Aha. Die Arme. Hast du ihr gesagt, dass sie ihr Geld genauso gut auf einen Grill werfen könnte, um damit

Holzkohle anzuzünden? Dann hätte es wenigstens einen Nutzen.«

»Sehr witzig.« Floppy lief schon wieder zornesrot an. Humor war nicht seine Stärke. Ich bezweifelte, dass er überhaupt Stärken hatte. »Ich dachte, wir könnten uns ein wenig austauschen. So unter Kollegen. Im Sinne des Falles. Dachte ich.«

Ich prustete los. »Im Sinne des Falles, ist klar. Ich sag dir, was wir austauschen, wenn du nicht sofort verschwindest: ein paar Fausthiebe. Und jetzt schwirr ab, Floppy.«

Wütend fuchtelte er mit dem Zeigefinger vor meiner Brust herum. »Das wirst du noch bereuen, Riesenbaby, wirst du. Darauf kannst du dich verlassen.« Dann stapfte er davon, ein rotes Nichts in der gleißenden Sonne.

»Nicht zu fassen.« Ich schüttelte den Kopf und ließ mich neben Marie nieder. »Ausgerechnet Floppy.«

Marie sah mich grinsend an. »Echt schräg, was du für Leute kennst. Wo trifft man so jemanden? Am Schnüffler-Stammtisch?«

Floppy hatte sich vor Jahren bei der Polizei beworben und war abgelehnt worden. Offiziell wegen fehlender Körpergröße. In Wirklichkeit muss es wegen fehlender Hirnmasse gewesen sein. Daraufhin hatte er beschlossen, Privatdetektiv zu werden. Erst wollte er sich »Das Fragezeichen« nennen, angelehnt an seine Lieblingsjugendserie. Sie wissen schon, »Die drei???«. Das erschien ihm in einem Anflug von Vernunft aber zu albern, deshalb suchte er sich ein anderes Vorbild. Schließlich landete er bei Philip Marlowe – und wurde zu Philippe Marlot.

Das alles hatte er mir an einem schrecklichen Abend in einer Kneipe erzählt. Er hatte mich zuvor angerufen und mir erklärt, er wolle Privatdetektiv werden und von den Besten lernen. Also unter anderem von mir. Das hatte mir natürlich geschmeichelt. Erst später fand ich heraus, dass er die verdammten Gelben Seiten komplett durchtelefoniert hatte und jedem, der blöd genug war, sich auf ein Bier einladen zu lassen, das Ohr abkaute.

Pfarrer Ebert ließ sich Zeit. Er verließ die Kirche erst, als alle seine Schäfchen sich für den Sonntagsbraten nach Hause verzogen hatten. Alle bis auf Marie und mich. Wir warteten im Schatten einer Kastanie auf den Geistlichen und knutschten ein bisschen gegen die Langweile.

Mitten im schönsten Zungenknoten schob Marie mich von sich. Sie hatte Schritte gehört, ich nicht. Frauen sind eben doch multitaskingfähig.

Der Pfarrer schloss die Seitentür ab. Er trug Jeans, ein schwarzes Polohemd und eine bekümmerte Miene im Gesicht, als er in unsere Richtung kam.

»Herr Pfarrer Ebert?«

Er sah in meine Richtung. »Ja?«

»Entschuldigen Sie bitte, dass wir Sie ansprechen. Wir sind uns bewusst, dass dies kein einfacher Tag für Sie ist, schließlich haben Sie eng mit Frau Freiwald zusammengearbeitet.«

Er machte eine müde Handbewegung, die wohl bedeuten solle, dass es auf uns nun auch nicht mehr ankomme. »Was kann ich für Sie tun?«

»Mein Name ist Leo Buchfink, das ist meine Kollegin Marie Pfister. Wir arbeiten für den Rechtsanwalt von Danny Bauer. Sie kennen Herrn Bauer?«

Noch eine müde Handbewegung. »Nicht persönlich. Aber der Name sagt mir etwas. Im ganzen Dorf gibt es wohl niemanden, dem der Name nichts sagt.«

»Die Polizei verdächtigt Herrn Bauer, Lena Freiwald ermordet zu haben. Allerdings hat sich die Staatsanwaltschaft geweigert, einen Haftbefehl auszustellen. Das spricht dafür, dass es keinerlei Beweise, sondern höchstens vage Vermutungen gibt. Nach unseren bisherigen Recherchen schließen wir aus, dass Danny

Bauer die Tat begangen hat. Wir wollen den wahren Täter finden.«

»Hören Sie, Herr ...«

»... Buchfink.«

»Ja, Herr Buchfink. Ich verstehe ihre Motive, aber wie Sie bereits gesagt haben: Das ist kein einfacher Tag für mich. Ich bin erschöpft und würde mich gern hinlegen, bevor ich den Trauergottesdienst für Lena Freiwald vorbereite. Außerdem sehe ich nicht, wie ich Ihnen helfen kann.«

»Es dauert nicht lange, versprochen. Eigentlich habe ich nur eine Frage: Uns sind Gerüchte zu Ohren gekommen, dass Sie und Lena – verzeihen Sie, dass ich das so direkt sagen muss – ein Verhältnis hatten.«

Eberts Gesichtsausdruck veränderte sich, er lief rot an und holte tief Luft, um etwas zu erwidern.

Ich hob abwehrend die Arme. »Warten Sie, bevor Sie etwas sagen. Uns ist klar, dass wir auf Gerüchte nicht viel geben dürfen. Trotzdem müssen wir dem nachgehen. Wir wollten Sie lieber direkt fragen.«

»Sie wissen schon, was Sie mir da vorwerfen?«, sagte Ebert.

»Glauben Sie mir, ich werfe Ihnen gar nichts vor. Meinetwegen können Sie gegen den Zölibat verstoßen, so oft Sie wollen. Aus meiner Sicht wäre das nur natürlich.«

Der Pfarrer biss sich auf die Lippen und schloss die Augen. Schließlich sagte er: »Ich habe Lena geliebt. Und ich war bereit, alles für sie aufzugeben. Aber ein Verhältnis hatten wir nicht.«

Er hielt inne. »Bevor es dazu kam, wurde sie ermordet.«

Auf dem Rückweg kauften Marie und ich an einem Straßenstand frische Kaiserstuhl-Erdbeeren. Ich fuhr einen Rebweg entlang, bis wir am Waldrand ankamen. Dort setzten wir uns auf eine Bank, um uns gegenseitig mit den Früchten zu füttern.

»Ich trau es mich ja kaum zu sagen«, murmelte Marie zwischen zwei Erdbeeren, »aber der Herr Pfarrer hätte ein prima Motiv gehabt, Lena umzubringen.«

»Aha. Miss Marple ermittelt.« Ich küsste sie und stibitzte ihr eine halbe Frucht aus dem Mund.

»Hey, das ist meine. Ich sag's dir gleich, klau mir niemals mein Essen. Da reagiere ich empfindlich.«

Ich kaute demonstrativ auf meinem Diebesgut herum. »Na, willst du es zurück?«

»Echt, Leo, du bist eklig.«

»Ja, das bin ich. Und ich bin es gern. So, nachdem du so großzügig deine Mahlzeit mit mir geteilt hast, könntest du jetzt noch deine Miss-Marple-Erkenntnisse mit mir teilen.«

»Na, ist doch logisch. Der Pfarrer denkt, alles sei klar, er und seine Lena würden Hand in Hand in ein neues Leben hüpfen. Ein bisschen Gott und noch viel mehr Sex. Er malt sich seine Zukunft in rosigen Farben aus, liegt schlaflos im Bett, träumt mit offenen Augen von großer Liebe und kleinen Kindern. Er hält es nicht mehr aus, schält sich nach durchwachter Nacht aus dem Bett, hüpft unter die Dusche, um sich keine fehlende Hygiene nachsagen lassen zu müssen, und schleicht im Morgengrauen zum Haus, in dem Lena wohnt.«

»Du hast ja wirklich eine blühende Fantasie.«

»Wart nur mal ab, Leo, wozu ich meine Fantasie noch nutzen kann.« Sie lächelte ein Lächeln, das ohne Umwege in meinen Unterleib donnerte.

»Gehört zu deiner Fantasie auch ein Schäferstündchen in den Reben?«

Sie lächelte noch eine Spur süßer. »Vielleicht.«

Ich ließ mich zurückfallen. »Marie, ich kann das nicht. Ich kann nicht denken, wenn du mich so wuschig machst.«

»Och, du Armer. Ist dein Blut aus deinem Denkapparat nach unten geflossen?« Ihre Hand wanderte in meinen Schritt und griff zu. »Tatsächlich, da ist es, das schöne Blut. Tja, du musst noch ein wenig Geduld haben.«

Sie stand auf und spazierte vor der Bank auf und ab. Meine Augen saugten sich an ihrem Körper fest. Diese Beine! Diese Brüste!! Dieser Hintern!!!

»Also«, sagte Marie. »Pfarrer Ebert taucht vor dem Haus auf. In diesem Augenblick öffnet sich die Tür. Auftritt Danny und Lena. Die beiden treten ins Freie, sehen den Pfarrer aber nicht, weil der sich flugs hinter einem Baum versteckt oder hinter einem Auto. Sie knutschen wild, Ebert muss das alles mit ansehen. Das tut so weh. Bislang hatte er ja keine Ahnung, wie es ist, von seiner großen Liebe verlassen zu werden. Gott läuft nicht weg. Danny fährt davon und Lena sieht ihm sehnsüchtig nach, das Haar noch ganz verwuschelt von einer durchgevögelten Nacht.«

In der Ferne zog majestätisch ein Heißluftballon vorbei, er war so knallrot wie das Gummiboot im Lied von Wencke Myhre. Doch ich hatte keinen Blick für das Ding. Meine Augen saugten sich an Marie fest, die immer noch vor mir herumspazierte. Ich fragte mich, ob sie einen BH trug. Ihre Brüste waren zwar erfreulich fest, trotzdem wippten sie auffällig.

»Du sollst mir nicht ständig auf den Busen starren. Das macht man nicht.«

»Aber wenn er doch so schön ist.«

Sie winkte ab. »Wo war ich stehengeblieben? Ach ja, Danny fährt davon, Lena guckt sehnsüchtig. Lasziv fährt sie sich mit der Hand über ihren Körper, ehe sie wieder im Haus verschwindet. Ebert weiß nicht, was er tun soll. Nach Hause fahren? Beten? Sich eine neue Geliebte suchen? Oder Lena zur Rede stellen? Er ist ein Mann des Wortes, also beschließt er, bei ihr zu klingeln und mit ihr zu sprechen. Sie öffnet sofort, vielleicht hofft sie, Danny kehrt zurück, um es ihr zu besorgen. Also schlüpft sie rasch in ihre heißen Dessous, um Danny eine Freude zu bereiten. Doch als Ebert die Treppe nach oben schnauft, ahnt sie Böses. Der Pfarrer überschüttet sie abwechselnd mit Vorwürfen und Liebesschwüren. Beschimpft sie und verzeiht ihr. Wütet und weint.

Und Lena? Die lacht ihn aus. Ob er ernsthaft glaube, sie lasse sich auf eine Zukunft mit einem Pfaffen ein, noch dazu mit einem, der kleiner ist als sie. Er solle sich doch nicht lächerlich machen. Und überhaupt, er solle endlich verschwinden. Aus ihrer Wohnung und aus ihrem Leben. Das ist der Moment, in dem er ausrastet. Er greift nach dem Küchenmesser, das neben der Spüle liegt, und sticht wie von Sinnen auf seine verlorene Zukunft ein. Von der Körpergröße her würde das ganz gut passen, falls du den Obduktionsbericht richtig zitiert hast. Irgendwann kommt Ebert zu sich. Er merkt, dass Lena tot ist. Sein Verstand funktioniert wie ferngesteuert. Er versteckt das Messer unter seiner Jacke und flieht. Dabei hat er unglaubliches Glück: Niemand sieht ihn. Er kommt davon. Glaubt er jedenfalls. Aber er hat die Rechnung ohne Marie Marple gemacht. So, jetzt kommst du.«

Ich verdrehte die Augen. »So könnte es gewesen sein. War es aber nicht. Oder glaubst du ernsthaft, dass Ebert Lena getötet hat?«

»Nein. Andererseits: Die Wege des Herrn sind unergründlich.«

»Zu vieles passt nicht. Allein schon, dass Lena nicht mit einem Küchenmesser erstochen wurde, sondern mit einem gezackten Jagdmesser. Hatte ich vergessen, dir zu erzählen.«

»Vielleicht jagt unser Herr Pfarrer heimlich. Ein Wilderer.«

Ich zog die Augenbrauen hoch.

»Okay«, sagte Marie. »Vielleicht auch nicht.«

»Außerdem hat uns Ebert vorhin versichert, nie in Lenas Wohnung gewesen zu sein.«

»Er hat gelogen.«

»Das ließe sich doch viel zu leicht nachprüfen. Fingerabdrücke, genetische Spuren, er wäre schneller überführt als er ›Amen‹ sagen kann.«

»Du bist also sicher, dass der Herr Pfarrer unschuldig ist?«

»Im Sinne einer Mordanklage? Ja!«, sagte ich.

»Und du bist ebenso sicher, dass Danny sie nicht umgebracht hat?«

»Ja.«

»Bleibt die große Frage: Wer war es dann?«

»Ehrlich, das ist mir im Augenblick egal. Ich will jetzt endlich ein bisschen abschalten. Komm zu mir und küss mich.«

»Zu Befehl.« Marie kletterte rittlings auf meinen Schoß und schob zu diesem Zweck ihr Kleid unanständig weit nach oben. Sie beugte sich zu mir: »Hab ich eigentlich schon erwähnt, dass ich heute keine Unterwäsche trage?«

Der Rest bleibt das Geheimnis der Reben.

19

Am Montagmorgen fuhr ich Marie zum Bahnhof. Samson lag im Kofferraum und schnarchte. Mandy hatte mir am Sonntagnachmittag eine Nachricht geschickt. »Kann Samson heute nicht abholen. Pass gut auf meinen Schatz auf.«

Ich antwortete umgehend, dass das gar nicht infrage käme und sie sich gefälligst selbst um ihren Höllenhund kümmern solle. Ich würde ihn andernfalls am Abend vor die Tür setzen. Was dann mit ihm geschehe, liege an ihr.

Meine herzallerliebste Tippse hatte sich nicht einmal die Mühe gemacht, zu antworten. Geschweige denn, Samson abzuholen. Also lag er neben meinem Bett, wo er sich anhörte, wie Marie und ich uns in der Nacht vergnügten.

Entsprechend müde guckten wir alle drei aus den Augen, viel Schlaf hatte keiner von uns bekommen.

»Keine langen Abschiedsszenen bitte«, sagte Marie beim Aussteigen.

»Hatte ich nicht vor. Ich wollte nur winkend dem Zug hinterherlaufen, höchstens bis Offenburg, und dir ›Merci‹-Schachteln nachwerfen.«

»Lass mal.« Sie lächelte matt.

»Wann kommst du wieder?«

»Mal sehen. Vielleicht am Wochenende. Vielleicht auch nicht. Ich muss mir über ein paar Fragen klarwerden. Und du dir auch, glaube ich. Zum Beispiel, was Svenja betrifft.«

Ich starrte sie an. Was wusste Marie von Svenja?

»Sie hat angerufen, während du unter der Dusche standest. Erst auf deinem Handy, dann hat sie dir auf den AB gesprochen. Es tue ihr leid, dass sie deinen alten Anrufbeantworter und dein Telefon zerstört habe, sie werde für den Schaden aufkommen. Und sie möchte dich besuchen diese Woche. Sie sei, sagte sie, ein böses Mädchen gewesen. Und du sollst sie bestrafen.«

Oje. Ich hatte heute noch keinen Blick aufs Handy geworfen und meinen Schreibtisch samt Telefon völlig ignoriert. »Warum sagst du das erst jetzt?«, fragte ich.

»Weil ich nachdenken musste. Was meint sie damit, dass sie ein böses Mädchen war?«

»Ich weiß es nicht. Svenja sagt oft seltsame Dinge.«

»Tut sie das?«

»Marie, Süße, ja, das tut sie. Lass uns doch nicht über Svenja reden, schon gar nicht nach diesem wundervollen, orgiastischen Wochenende.«

»Über Dinge nicht zu reden, hat noch nie geholfen.«

Hilfe, das geriet nun aus dem Ruder.

»Okay, ich gebe zu, dass es sich schräg anhört, was Svenja da erzählt hat. Lässt sich aber problemlos erklären. Das war so ...«

Marie legte mir einen Finger auf den Mund. »Psst, du willst doch nicht drüber reden. Außerdem fährt mein Zug in drei Minuten. Ich muss los. Lebwohl.«

»Lebwohl?«

»War ein Scherz.« Sie warf mir einen schiefen Blick zu. »Bis irgendwann. Bis bald. Bis ... ach, wir werden sehen.« Marie küsste mich, dann rannte sie davon, der Rucksack hüpfte auf ihrem Rücken im Rhythmus ihrer Schritte. Ich sah ihr und dem Rucksack nach, bis beide im Bahnhofsgebäude verschwanden.

Schöner Mist.

Um mich abzulenken, unternahm ich einen langen Spaziergang mit Samson. Kaum war der Hund seine erste Ladung losgeworden, entdeckte er einen Feldhasen. Er spurtete fünf Meter in Richtung des Tieres, dann bremste er erschöpft ab. Der Hase blieb sitzen und lachte sich kaputt. Mitten in das Lachen hinein klingelte mein Handy.

Marie?

Nee, Mandy.

»Wie geht's meinem Schatz?«, fragte sie.

»Danke, prächtig.«

»Ach Leo, immer derselbe müde Scherz. Also, wie geht es Samson?«

»Keine Ahnung, ich habe ihn gestern wie versprochen draußen vor der Tür abgesetzt. Ich muss mal sehen, ob er noch da ist oder sich ein anderes Frauchen gesucht hat. Eines, das sich um ihn kümmert.«

»Du hast ihn nicht wirklich ausgesperrt?!« Ihre Piercings klapperten vor Empörung.

»Doch. Ich halte meine Versprechen.«

»Leo!«

Ich seufzte. Es machte mir nicht einmal Spaß, Mandy zu ärgern. Zu tief saß der Frust nach Maries Abschied.

»Keine Sorge, wir spazieren gerade die Elz entlang. Er hat einen Feldhasen gesehen, der ihn ausgelacht hat. Außerdem hat er einen mittleren Schwarzwaldberg abgekackt.«

»Das ist gut. Du weißt, es ist wichtig, dass er regelmäßig Stuhlgang hat. War er fest oder weich?«

»So genau hab ich nicht hingesehen.«

»Mensch Leo, ich hab dir schon so oft gesagt, dass du gucken musst, ob sein Kacka hart oder weich ist. Hart tut seiner Rosette nicht gut, zu weich, also Durchfall, bedeutet, dass ich seine Ernährung umstellen muss. Wie soll ich mich richtig um meinen Schatz kümmern, wenn du mir nicht hilfst?«

»Vielleicht, indem du ihn nicht ständig bei mir ablädst? Wo steckst du überhaupt? Mal wieder ein neuer Lover?«

»Schon wieder vorbei. Er will sich kein Intimpiercing stechen lassen. Stell dir vor, nicht etwa, weil es ihm nicht gefällt, sondern weil er Angst hat, es könnte ihm weh tun. So ein Weichei.«

»Ja, wirklich nicht zu fassen.«

»Gibt es eigentlich keine echten Männer mehr? Ich meine, es ist doch nicht zu viel verlangt, dass sich einer einen Ring durch die Nudel stechen lässt, wenn die Frau, die er liebt, sich das wünscht. Ein echter Gentleman macht so etwas.«

»Du wirst schon noch einen Gentleman finden, der dich mit Schniedelschmuck beglückt. Jetzt sag mir lieber, wann du kommst.«

»Irgendwann heute Abend. Ich bin noch unterwegs. Gib mir mal Samson.«

»Mir kommen andere Spaziergänger entgegen. Ich werde dem Hund garantiert kein Smartphone ans Ohr halten.«

»Haben diese anderen Typen einen Hund dabei? Wehe, da greift einer meinen Schatz an.« Schon wieder bebten die Piercings.

»Sogar zwei. Die sind aber zusammen kleiner als Samsons linke Vorderpfote.«

»Die Kleinen sind meistens am gefährlichsten.«

Wem sagte sie das – meine knapp hundertfünfzig Zentimeter hohe Tippse gab den besten Beweis für diese These ab.

»Ich passe auf ihn auf, versprochen. Warum brauchst du so lange? Hat dein Navi den Geist aufgegeben?«

»Bin gerade erst in Hamburg angekommen.«

»In Hamburg?«

»Hörst du schlecht oder wie?« Wie liebreizend sie heute wieder auftrat.

»Was machst du in Hamburg?«

»Tanken. Aber der Typ, mit dem ich mich getroffen habe, dieser elende Feigling – ich komm da echt nicht drüber weg – lebt in Kiel. Hab ihn übers Internet kennengelernt, er sah echt nett aus, trug sogar ein Kettchen zwischen den Nasenlöchern, da steh ich ja voll drauf. Und dann ist er so eine Obernull.«

Mandy lernte die meisten ihrer Typen übers Internet kennen. Den südbadischen Markt gepiercter Männer hatte sie bereits abgegrast. Nun zog sie weitere Kreise.

Die anderen Spaziergänger hatten uns fast erreicht, Samson schleppte sich auf meinen Zuruf an meine Seite und würdigte die anderen Hunde keines Blickes, obwohl die Giftzwerge kläfften, dass meine Ohren wackelten.

»Was ist da los?«, quäkte es aus dem Hörer. »Attackieren diese kleinen Monster meinen Schatz?«

»Die Monster sind an der Leine, kläffen halt vor sich hin. Typische Mini-Tölen. Kein richtiger Hund sein, aber einen auf wichtig machen.«

Die Besitzerin der beiden pudeligen Zwerge warf mir einen Blick zu, der eindeutig den Zweck hatte, mich zu töten. Ich wartete darauf, dass auch sie zu kläffen begann. Doch nach einem Seitenblick auf Samson hielt sie den Mund.

»Leo, ich leg jetzt auf. Ich hab mir in einem Studio in Kiel einen Tattoo-Katalog gekauft, den will ich mir anschauen, bevor ich weiterfahre. Mit dir zu telefonieren ist langweilig. Du willst mir ja Samson nicht geben. Pass noch gut auf meinen Schatz auf und sag ihm viele Grüße. Mami holt ihn später ab.«

Noch bevor ich antworten konnte, hatte sie aufgelegt.

Die nächsten Stunden verbrachte ich damit zu grübeln und Svenja wegzudrücken, die insgesamt viermal versuchte, mich anzurufen. Weil die Grübelei auf Dauer nervte, fragte ich gegen Mittag meine Mails ab, die ich in den vergangenen vierundzwanzig Stunden sträflich vernachlässigt hatte. Wie jeder Privatdetektiv hoffte ich insgeheim auf den großen Auftrag, der mich zum Millionär machen würde. Etwa, weil ein Milliardär sein Töchterchen aus den Fängen eines mittellosen Sozialpädagogikstudenten befreit sehen wollte und diesen Dienst fürstlich entlohnte. Leider pflegen Milliardäre ihre

Detektive nicht im Internet zu suchen. Trotzdem – ich würde mir ewig Vorwürfe machen, falls sich doch mal einer der Oberbonzen in mein virtuelles Postfach verirrte und später irgendeinen Amateur-Schnüffler engagierte, nur weil ich zu faul war, meine Mails zu checken.

Außer nutzlosen Groupon-Angeboten, Werbung meiner Bank sowie meiner Handyrechnung herrschte gähnende Leere. Sicherheitshalber sah ich im Spamordner nach. Dort hatte mir jemand unter dem Absender ›trudi.fraumerkel@gmx.de‹ geschrieben. So einen Absender hätte ich auch in den Spams versenkt. Ich öffnete das Schreiben und las mir die knapp fünfzehn Namen durch, die sie mir geschickt hatte.

Abgesehen von Walther und der alten Wilderle kannte ich niemanden. Ich hatte keinen Zweifel, dass der Dieb oder die Diebin Mitglied der Rentnergang sein musste. Okay, um zu diesem Schluss zu kommen, musste man nicht unbedingt Privatdetektivwesen studiert haben, dazu brauchte es nicht einmal eine Polizeiausbildung. Um mir Gewissheit zu verschaffen, rief ich einen alten Kumpel auf dem Revier an. Markus bestätigte mir nach einem Blick in den Computer, dass es mehrere Anzeigen aus dem Kaff gab. Alle neun Geschädigten standen auf meiner Rentnergang-Liste, darunter Walther und Trudi.

»Und sonst nichts? Keine jungen Familien, keine hart arbeitenden Fünfzigjährigen?«, fragte ich.

»Nein. Die Geschädigten sind allesamt Rentner. Vielleicht Trickdieb?«

»Wieso fragst du mich? Du bist bei der Polizei, bei euch sind die Anzeigen eingegangen. Was haben eure Ermittlungen ergeben?«

»Na ja.« Markus druckste herum. »Du weiß doch, wie das ist. Die Beute hat einen geringeren Wert als Klopapier nach dem Arschabwischen. Da hält sich der Eifer der ermittelnden Beamten in Grenzen. Wir haben Besseres zu tun.«

»Danke, dass ich nun benutztes Klopapier vor Augen habe.«.

»Gern geschehen.« Er lachte meckernd.

Alex hatte mir noch gefehlt. Diese Gute-Laune-Kugel konnte einem die schönste Missstimmung versauen. Am frühen Nachmittag hatte er mich angerufen und zu sich bestellt. Danny sei gerade dabei, seinen Pool zu reinigen. Außerdem wolle Ellen den Hünen beauftragen, den Garten umzugestalten.

»Du solltest vorbeikommen, damit wir uns gegenseitig auf den neuesten Stand bringen. Außerdem habe ich noch Unmengen Bier im Keller. Das muss weg.« Überzeugendes Argument. Ich machte mich auf den Weg.

Leider kann ich nicht ganz ausschließen, dass ich, wäre ich eine Frau gewesen, ein feuchtes Höschen bekommen hätte bei diesem Anblick. Danny stand mit nacktem Oberkörper und knielanger blauer Hose am Pool. Er sah aus wie einer dieser muskulösen amerikanischen Poolboys, die in Pornofilmen nach ungefähr drei Minuten die Hausherrin vernaschen, danach die beste Freundin der Hausherrin, anschließend deren Tochter und am Ende alle gleichzeitig.

»Ganz schön heiß, oder?«, fragte Alex und nickte in Richtung der Mannespracht.

»Kann man so sagen. Machst du dir keine Sorgen?«

»Wegen Ellen? Wohl kaum. Schau mich an.« Er deutete auf seinen Medizinballbauch. »Wenn sie auf geile Männerkörper stünde, dann hätte sie wohl kaum mich genommen. Ellen geht es um etwas anderes.« Er tippte sich an den Kopf. »Verstand. Intellekt. Brain. You know?«

»Sicher. Da konnte sie ja niemand anderen finden als Alex von Manglitz.«

»Eben.«

Alex, geborener Schröder, hatte den Namen seiner Frau angenommen. Er hoffte seinerzeit, der blaublütige Touch würde ihm die zahlungskräftigen Mandanten in Scharen zutreiben. Einer der vielen Irrtümer in Alex' Berufsleben.

Julius, das unsympathische Kind, quoll durch die Terrassentür. Es sah erst mich misstrauisch an, dann Samson, dann zog es sich so schnell wieder zurück, wie es seine Fettleibigkeit zuließ.

»Mami«, hörte ich den Wunderknaben drinnen heulen. »Da draußen ist ein Monster.«

Und schon schwebte Ellen auf die Terrasse, schön wie immer. Der orangefarbene Halle-Berry-Gedächtnisbikini verbarg nur unzureichend, was sie zu bieten hatte. Und der durchsichtige Sarong, den sie über dem Hauch von Bikini trug, machte sie noch schärfer.

»Aber Julius-Schatz«, sagte sie. »Das ist doch kein richtiges Monster. Das ist nur der böse Onkel Leo. Und so böse ist der gar nicht, nur manchmal ziemlich dumm.«

»Den Blödian meine ich nicht«, quäkte es von drinnen. »Ich meine das Monster mit dem Fell, den Wolf.«

Meine Güte, das Balg war nicht nur unsympathisch, sondern zudem strunzdumm.

»Das ist kein Wolf, Liebling. Nur ein etwas groß geratener Hund, der zu einem etwas groß geratenen Mann wie Onkel Leo ziemlich gut passt. Der ist ganz lieb. Er heißt Samson. Komm her, du kannst ihn streicheln.«

Ängstlich schob Julius seinen Kopf durch die Tür. »Echt?«

»Klar«, sagte ich. »Du musst nur deine Schokolade in Sicherheit bringen. Samson frisst nämlich alles. So wie ...« Alex versetzte mir einen Tritt gegen das Schienbein.

»Aua! Was soll das? Ich wollte nur sagen, dass Samson so viel frisst wie Obelix. Julius, du kennst doch Obelix, oder?«

»Nö. Und der Hund da, der soll mir nix wegessen.« Er versteckte seine Hand hinter dem Rücken. Er verbarg einen angefressenen Marsriegel in den schmierigen Pfoten.

»Der isst dir nichts weg«, sagte Ellen. »Macht er doch nicht, oder Leo?«

»Also vor die Nase halten würde ich ihm den Schokoriegel nicht.«

»Julius, Liebling, gib mir mal dein Mars und dann geh zu dem Hund. Aber langsam, nicht dass er sich erschrickt.«

Wirklich, Ellen konnte schrecklich naiv sein. Als ob der Hund den Anblick von Julius ohne Schrecken überstehen konnte.

»Schau, das ist ein ganz lieber Hund.« Ellen streichelte Samson am Kopf. Der Hund drückte sich an Ellens Hüfte, er bohrte sich regelrecht in sie hinein, der Schleimer. Dann versenkte er seine Schnauze in ihrem Schritt und schnupperte gierig.

»Samson, du Ferkel«, sagte Ellen und lachte. Sie schob den Hund zwar zurück. Trotzdem: So etwas sollte ich mal machen, ungefragt im Schoß einer fremden Frau schnuppern. Das würde nicht mit einem Lachen und einem sanften Wegschieben enden.

»So, und jetzt du, Liebling.« Ellen streckte die Hand nach Julius aus. Der Junge zögerte.

»Jetzt mach endlich«, sagte Alex. »Der wird schon nicht beißen.«

Julius' Hände zitterten, als er sich Samson näherte. Kleiner, dicker, unsympathischer Hosenscheißer. Und der arme Hund war diesem Kerl hilflos ausgeliefert.

Oder auch nicht.

Denn kaum hatte Julius das Fell berührt, rannte Samson wie von der Tarantel gestochen davon. Er versteckte sich hinter Danny. Der lachte, nahm Samsons Kopf zwischen seine Pranken und knuddelte den Hund wie einen Stoffbären. Samson drückte sich erst an die Hüfte des Hünen, dann schnüffelte er in dessen Schritt. Vielleicht war er doch schwul. Oder mindestens bi. Auf jeden Fall hatte er einen guten Geschmack.

»Siehst du, Schatz, der Hund hat mehr Angst vor dir als du vor ihm.« Ellen tätschelte ihrem missratenen Sohn die Wange, dann drückte sie ihm das angebissene Mars in die Hand.

Alex verdrehte die Augen, ich tat es ihm nach.

»Das habe ich gesehen, ihr Ärsche«, sagte sie und verschwand mit rauschendem Sarong im Haus. Wir sahen ihr versonnen nach und schwiegen einen köstlichen Moment lang.

Schließlich unterbrach Alex die andächtige Stille.

»Auch ein Bier?«

»Klar.«

»Dann hol dir eins. Und bring mir gleich eins mit.«

»Mir auch«, rief Danny.

»Jawohl, die Herrschaften.«

Ich brachte die Getränke, versonnen standen wir am Pool, drei Männer und ein Hund.

Alex reckte seinen Hals, blickte abwechselnd von Danny zu mir. Er schüttelte den Kopf. »Zwischen euch komme ich mir echt winzig vor.«

»Du bist winzig«, sagte ich.

»So ähnlich muss sich ein Smart fühlen, wenn er zwischen zwei Porsche Cayenne steht«, sagte Alex. »Oder ein David zwischen zwei Goliaths. Winzig, aber pfiffig. Und wendig.«

Beinahe hätte ich mich an meinem Bier verschluckt. »Wendig? Du meinst so wendig, wie ein Ball eben sein kann?«

»Sind Bälle etwa nicht wendig?«

»Doch. Wenn man sie tritt, wirft oder schlägt. Danny, wollen wir ein bisschen Tennis spielen? Alex würde gern den Ball geben.«

»Vielleicht ein andermal.« Danny hatte gar nicht zugehört, sondern starrte in Richtung der Thuja-Hecken, die das Grundstück begrenzten, während er gedankenverloren Samson streichelte. »Was meint ihr? Gibt es einen Himmel? Ist Lena jetzt dort?«

Mir war schon am Freitag aufgefallen, dass Dannys Gemüt manchmal dem eines kleinen Kindes glich. Die Frage nach dem Himmel passte nicht zu einem achtundvierzigjährigen Berg von Mann.

Ich sah Alex ratlos an. Der zuckte mit den Schultern.

»Keine Ahnung«, sagte er. »Aber Lena hat daran geglaubt, schätze ich mal. Immerhin war sie mal Nonne. Und wenn sie daran geglaubt hat, dann wird sie jetzt auch dort sein, in ihrem Himmel.«

Danny nickte. Die Antwort schien ihn zufriedenzustellen.

»Werdet ihr den Mörder finden?« Offenbar brannten ihm noch mehr kindliche Fragen auf der Seele.

»Du bist der Schnüffler«, sagte Alex zu mir. »Deine Baustelle.«

Was sollte ich dazu sagen? »Ich versuche es. Die Polizei versucht es auch. Die Chancen stehen nicht schlecht, denke ich. Die meisten Morde werden aufgeklärt.«

»Die Polizei, dass ich nicht lache.« Danny verzog das Gesicht. »Die glaubt doch immer noch, dass ich es war. Dieser Schmieder will mich in den Knast bringen und sonst niemanden.«

»Stimmt, Schmieder ist ein Trottel. Aber die Polizei besteht nicht nur aus Idioten. Die wissen selbst, dass du es nicht warst.« Ich klopfte Danny auf die Schulter. »Das wird schon. Morgen fahr ich noch mal ins Dorf und höre mich um. Ich glaube einfach nicht, dass niemand etwas gesehen oder gehört hat.«

»Mhm.« Danny machte nicht gern viele Worte.

Von der Terrasse hörte ich ein Geräusch, dann eine glockenhelle Stimme.

»Hey, Männer, habt ihr Hunger?« Ellen stand in der Tür. Einmal mehr fragte ich mich, wie Alex sie rumgekriegt hatte. Die beiden passten so gut zusammen wie Wladimir Putin und Demokratie.

»Oh ja, Schatz, etwas zu futtern wäre nicht schlecht.«

»Ich habe die Männer gefragt, nicht dich. Du bist sowieso auf Diät.«

»Seit wann das?« Alex schaffte es, in sein Mondgesicht eine verzweifelte Miene zu zaubern, wie ein Kind, das kein Überraschungsei an der Supermarktkasse bekommt.

»Seit ich das beschlossen habe. Ein bisschen weniger Fett und ein paar zusätzliche Muskeln würden dir nicht schaden.« Sie warf einen schnellen Blick auf Danny. »Nimm dir mal ein Beispiel an anderen Kerlen.«

»Den Blick habe ich gesehen«, sagte Alex. »Dabei wiegt Danny garantiert mehr als ich. Von dem da« – er deutete auf mich – »ganz zu schweigen.«

»Die sind auch doppelt so groß wie du.«

»Eben. Und dafür, dass ich kein Riese bin, kann ich ja wohl nichts. Mit anderen Worten: Ich bin nicht übergewichtig, sondern untergroß. Vielleicht wachse ich ja noch, wenn ich eine vernünftige Ernährung bekomme.«

Ellen, die sich zu uns gesellt hatte, seufzte. »Ganz bestimmt wächst du noch. In die Breite. Bis du dich unter die Erde gefressen hast und uns allein lässt.« Sie küsste ihren Kugelmann auf die Stirn. »Und das würde ich gern vermeiden.«

»Keine Sorge, ich werde mich um dich kümmern«, sagte ich.

»Ich glaube nicht, dass Julius darüber so glücklich wäre.« Auf einer Schnippigkeitsskala von eins bis zehn war das in der Tonlage eine glatte Zwölf.

Zu meiner eigenen Überraschung schaffte ich es, keine blöde Antwort zu geben, sondern weise zu schweigen.

»Na gut.« Ellen wandte sich zum Gehen. »Ich habe noch Tiefkühlpizza. Wer will?«

Vier Hände schossen in die Luft. Je eine von Danny und mir, zwei von Alex. Ellen guckte ihn strafend an.

»Was?«, fragte er. »Ich muss mich ja irgendwie bemerkbar machen zwischen diesen Büffeln.«

Danny lehnte sich zurück. »Ich bin pappsatt.«

»Echt? Von dem bisschen?« Alex sah Danny fassungslos an. »Ich könnte noch eine vertragen. Mindestens.«

»Ich weiß nicht. Vielleicht liegt's ja auch daran, dass ich mich in den vergangenen Monaten hauptsächlich von Tiefkühlpizza ernährt habe.«

»Seit Monaten? Ich fresse das Zeug seit Jahren mindestens viermal die Woche«, sagte ich. »Und ich kann bestätigen: Es tritt ein automatischer Sättigungseffekt ein.« Ich wandte mich Alex zu. »Okay, bei dir vermutlich nicht.«

»Nee, sicher nicht. Ich weiß gar nicht, was ein Sättigungseffekt ist. Schon gar kein automatischer.«

»Doch, doch, den würdest du auch erleben«, sagte Danny. »Bei mir ist es zum Beispiel so, dass ich einen ganz anderen Appetit habe, wenn jemand für mich kocht. Vorzugsweise eine Frau. Am besten eine, die scharf ist.« Er grinste und trank seine Bierflasche aus. Ich glaube, es war seine Vierte. Alkohol macht selbst die schweigsamsten Kerle redselig.

»Und, kocht aktuell jemand für dich?«, fragte ich.

»Mehrere.«

»Wie, mehrere?«

»Na ja, mal die eine, mal die andere, dann wieder die eine.«

»Machen die nur das Essen heiß oder auch dich?«

»Rate mal.«

Ich winkte ab. »Lass mal, ich will das gar nicht so genau wissen.«

»Aber ich.« Alex richtete seinen runden Körper auf. »Erzähl. Alles. Jedes Detail.«

»Was ist mit dir los?«, fragte ich. »Lässt dich Ellen nicht mehr ran?«

Alex sah sich um. Keine Spur von seiner Frau. »Doch. Die ist unersättlich. Aber ich liebe nun mal Geschichten aus der Welt der Singles. Verruchte Geschichten. Frauenfeindliche Geschichten. Dreckige Geschichten. Erinnert mich an meine Sturm- und Drangzeit.«

»Als ob du je eine Sturm- und Drangzeit hattest. Du kanntest doch schon als Säugling nur die Erotik des Essens.«

»Ach Leo, da sieht man mal wieder, wie wenig Ahnung du vom Leben im Allgemeinen und von mir im Speziellen hast. Ich war ein berüchtigter Stecher, ich bekam die stolzesten Frauen. Ich verfüge nämlich nicht nur über Charme, Witz und Geist. Sondern ich kann auch rammeln wie das Duracell-Häschen.«

»Soso. Und wieso weiß ich davon nichts?« Ellen tauchte wie aus dem Nichts auf der Treppe auf. Bikini und Sarong hatte sie gegen ein gelb-weiß gestreiftes Sommerkleid eingetauscht.

»Äh, Schatz, seit wann hörst du zu?«

»Lange genug, du berüchtigter Stecher. Hört mal Jungs, ich habe das Gefühl, ihr unterhaltet euch besser allein. Ich verschwinde zu einer Freundin. Julius nehme ich mit, er soll keinen Schock fürs Leben bekommen.« Mit einem Seitenblick auf Alex fügte sie hinzu: »Außerdem will ich nicht, dass er den letzten Rest an Achtung verliert, den er noch vor seinem Vater hat.«

Alex zog es vor zu schweigen.

»Kann ich euch alleinlassen?«

»Klar«, sagte ich. »Viel Spaß. Übrigens: gelb-weiße Streifen stehen dir ausgezeichnet.«

»Schleimer«, sagte sie. Doch sie lächelte dabei.

Angefangen hatte, wie Danny uns erzählte, alles mit Sabine Maier-Windeck.

»Die Sabs, die war so eine Art Erweckungserlebnis. Intelligent, viel mehr als ich, attraktiv, gesellschaftlich anerkannt. Aber die fuhr auf mich ab wie dein Sohn auf Schokolade.«

»Lass das bloß Ellen nicht hören«, sagte Alex.

»Was?«

»Das mit der Schokolade. Sie reagiert leicht empfindlich, wenn jemand sie auf Julius' Essgewohnheiten anspricht.«

»Ja, so sind Mütter. Ich kenne einige. Früher dachte ich immer, okay, da hat eine ein Kind, also hat sie auch einen Mann und eine glückliche Ehe und regelmäßigen Sex. So eine ist nix für mich. Was für ein Irrtum! Ehrlich, ihr glaubt nicht, wie viele junge Mütter nur darauf warten, angesprochen zu werden, damit sie fremdgehen können. Wenn du eine schnelle Nummer schieben willst, darfst du nicht in die Disco gehen, sondern du musst auf den Spielplatz.«

»Äh, Danny, du weißt aber schon, dass du dich als Mann, der keine kleinen Kinder dabei hat, auf einem Spielplatz ziemlich schnell verdächtig machst?«

»Hä? Wieso? Ah, ich weiß, wegen dieser Kinderschändersache. Aber mir kann nix passieren, ich mache ja nix mit den Kindern, sondern mit den Müttern. Genau genommen machen die was mit mir. Ich sag euch ... junge Mütter sind ...« Danny machte eine Bewegung mit Daumen und Zeigefinger zum Mund wie Fernsehköche, wenn sie ihrem Publikum weismachen wollen, die eben zubereitete Speise sei vorzüglich.

»Und was ist mit den Köchinnen?« Ich fand, er sollte endlich zum Punkt kommen.

»Die sind manchmal auch Mütter.«

Ich stöhnte auf. Der Alkohol machte Danny nicht nur redselig, sondern zusätzlich extrem begriffsstutzig.

»Kann ja schon sein. Ich will jetzt aber endlich wissen, warum du mehrere Frauen hast, die dir den Küchenkram und andere Sachen besorgen.«

»Ach so, sag das doch gleich. Ich erzähl es ja schon. Ich hätte nur gern vorher noch ein Bier. Kann ich eins haben?«

Alex griff in die Kühlbox, die neben seinem Stuhl stand, schnappte sich eine Flasche, öffnete sie in Rekordgeschwindigkeit und knallte sie Danny fast ins Gesicht. »Und jetzt rede!«

Hausarbeit war Dannys Sache nicht. Vor allem Putzen, Bügeln und der ganze Mist nervten ihn ungemein. Konnte ich gut verstehen. Deshalb suchte er per Anzeige im monatlich erscheinenden Dorfblatt eine Putzfrau. Zwei Damen meldeten sich, eine ältere Frau aus Polen, die in ihrem Job so gut war, dass »sogar Babsi dagegen abstinken kann«, wie Danny es ausdrückte.

Tja, und die andere, das war die Biggi. Mutter von drei Kindern im Alter zwischen zwei und neun Jahren. »Eigentlich stehe ich ja nicht so auf Kurzhaarfrisuren, aber bei der Biggi sieht das gut aus. Passt zu ihren lustigen Sommersprossen. Überhaupt, die Biggi ist generell lustig. Lacht viel. Auch im Bett. Da steh ich drauf.«

Auf jeden Fall besser als eine fiese Polizistin, die einen mit Handschellen ans Bett fesselt.

Die Biggi und der Danny kannten sich vom Sehen, so wie sich in diesem Kaff jeder kannte. Jill besuchte die Parallelklasse von Biggis Ältestem.

»Aber beim Vorstellungsgespräch, da hat sie ständig gekichert und mir tief in die Augen geguckt. Ich hab ihr dann gesagt, dass ich schon die Mascha eingestellt hab, die Polin, und dass ich die nicht feuern will, weil die super putzt. Die Biggi hat mich dann überredet, ihr eine Chance zu geben. Zum Probeputzen.«

Alex und ich hingen an seinen Lippen.

»Es war Sommer, voll heiß, so wie heute. Sie trug zum Probeputzen solche ganz kurzen Hosen, ihr wisst schon, wo die Arschbacken unten rausgucken«

»Hotpants«, sagte Alex. Und ich schwöre, ihm lief dabei der Sabber aus dem Mundwinkel.

»Genau, Hotpants. Sah gut aus, weil für ne dreifache Mami hat die Biggi echt gute Beine. Nix Orangenhaut oder so. Sie hat dann angefangen, den Boden zu wischen, was total unnötig war, weil, Mascha hat einen Tag vorher geputzt. Und wenn Mascha putzt, ist alles blitzeblank. Na, egal. Biggi macht also einfach weiter. Na, und dann wringt sie einen nassen Lappen aus und macht sich dabei das weiße Oberteil nass. Erst da merke ich, dass sie keinen BH trägt, ich hab alles sehen können.«

»Oh Mann«, flüsterte Alex. »Das ist doch nicht wahr.«

»Total wahr. Ich lüg doch nicht.« Danny schaffte es, in sein gutmütiges Gesicht eine entrüstete Miene zu zaubern. »Später hat sie sich dann einfach auf mich gesetzt.«

Alex keuchte wie ein Teenie. Die arme Ellen würde heute Nacht einiges über sich ergehen lassen müssen.

»Wie sie auf mir sitzt, meint sie, sie könne natürlich auch mich zum Kochen bringen. Ich sag, sie soll es doch mal versuchen. Na ja, und dann hat sie es gemacht.«

»Was? Was hat sie gemacht?« Speicheltröpfchen sprühten aus Alex' Mund.

»Na alles halt. Das volle Programm.«

Ich lehnte mich zurück. »Und du bist sicher, dass du nicht einfach einen Porno angeguckt hast, den du jetzt nacherzählst?«

Danny zeigte mir den Vogel. »Spinnst du? Ich gucke keine Pornos. Habe ich nicht nötig.«

»Ist doch jetzt alles egal. Ich will wissen, wie es weitergeht«, sagte Alex.

»Wie weiter? Sie hat es mir halt besorgt. Und ich ihr. Hab ich doch schon gesagt.«

»Ja ja. Aber danach.«

»Ist sie gegangen.«

»Mensch, Danny. Hat sie regelmäßig bei dir ... na ja ... geputzt? Und gekocht?«

»Ach so, ja, klar. Jeden Donnerstag, bis ich umgezogen bin. Biggi ist eine gute Köchin. Muss sie ja sein bei drei Kindern.«

»Damit ich das richtig verstehe: Sie ist jeden Donnerstag zu dir gekommen, hat ihre Putz-Strip-Show abgezogen, es dir ordentlich besorgt ...«

»... und ich ihr.«

»Meinetwegen. Und dann hat sie dir das Essen zubereitet?« Alex' Augen erreichten ungefähr die Größe des Mondes.

»Genau.« Danny sagte das, als sei regelmäßiger Porno-Sex so selbstverständlich, wie Hände waschen nach dem Klobesuch.

»Und von der Sorte hast du mehrere an der Hand?«, fragte ich.

»Ja, klar.«

Ja, klar. Dumme Frage.

Danny erzählte noch eine geschlagene Stunde lang von seinen amourösen Erfolgen.

In allen Details, die Alex fast in den Wahnsinn trieben. Hochroter Kopf, schwitzige Hände, Haare, die in alle Himmelsrichtungen standen, weil er sie sich ständig raufte.

Kurz zusammengefasst: Danny führte phasenweise vier Beziehungen nebeneinander. Biggi, Sabs, eine gewisse Melli, die er im Fitnessstudio kennengelernt hatte und die nach Dannys Bekunden Stellungen kannte, von denen er vorher nicht einmal wusste, dass es sie gab. Und schließlich noch Nelly, Dannys Sandkastenliebe, die er aus den Augen verloren und bei Facebook wiedergetroffen hatte. Sie lebte nur drei Dörfer weiter.

Nelly war verheiratet. Glücklich verheiratet. Sie wäre nie auf die Idee gekommen, ihren Mann zu betrügen.

Bis Danny sie auf Facebook anschrieb.

Sie trafen sich zu einem Kaffee. »Es hat geprickelt wie damals im Sandkasten«, sagte Danny. Sobald er von Nelly erzählte, veränderte sich sein Ton.

»Du liebst sie wirklich, oder?«, fragte ich.

Er überlegte. »Ja, glaube schon. Bei den anderen sind auch Gefühle im Spiel. Okay, bei Melli nicht, das ist einfach nur Sex. Aber Sabs und Biggi mag ich schon sehr. Ich mochte auch Lena. Lena noch ein bisschen mehr als Sabs und Biggi. Sie war etwas Besonderes.«

Ich nickte. »Und Nelly, ist die auch etwas Besonderes?«

»Die ist am besondersten. Gibt es dieses Wort überhaupt?«

»Glaube nicht«, sagte Alex. »Sag mal, kannst du nicht noch ein bisschen davon erzählen, wie du es mit Melli getrieben hast? Das ist spannender, als dieser Gefühlsquatsch. Wenn ich sowas hören will, unterhalte ich mich mit meiner Frau.«

»Gefühle sind wichtig«, sagte Danny.

Alex seufzte und winkte ab.

Beim zweiten Treffen landeten Danny und Nelly im Bett, das Verhältnis hatte seither nie aufgehört. Doch weil Nelly sich weigerte, ihren Mann zu verlassen und mit Danny zusammenzuziehen, traf er sich weiterhin mit den anderen Frauen.

»Weiß Nelly davon?«, fragte ich.

»Bist du verrückt? Natürlich nicht.«

»Das heißt, du hast mit vier Frauen gleichzeitig jongliert, Lena mitgerechnet sogar mit fünf?«

»Klar.«

»Wie hast du das gemacht? In so einem kleinen Dorf ist es doch unmöglich, das geheim zu halten.«

»Es hat aber geklappt. Klar weiß Nelly, dass ich Kumpels hab, männliche wie weibliche. Aber sie ahnte nichts vom Sex. Manchmal war es aber schon kompliziert. Einmal stand mein Auto vor Sabs Haus – ihr Mann, der

Professor, war wochenlang auf Forschungsreise –, als Nelly daran vorbeifuhr und mein Auto erkannte. War nicht einfach, mich aus der Sache rauszureden. Aber mit der Zeit sprudeln die Ausreden wie von selbst aus dem Mund.«

Samson tauchte neben mir auf und stupste mich an. Entweder er hatte Hunger oder er musste raus. Wahrscheinlich beides.

»Ihr habt nicht zufällig ein Kilo Rindfleisch im Haus?«, fragte ich Alex.

»Woher soll ich das wissen? Bin ich Hausfrau?«

»Nee, aber ein bekloppter Teilzeitmacho.« Ich wandte mich an Danny: »Im Beisein von Ellen würde er niemals solche Sprüche klopfen.«

Alex grinste. »Ich schau mal nach.« Er kugelte zum Kühlschrank. »Bio-Hack von Aldi. Ist das für den hochwohlgeborenen Köter in Ordnung?«

»Der frisst alles.«

Alex bugsierte das Hackfleisch in eine Glasschüssel und stellte sie auf den Boden. Drei Sekunden später starrte er abwechselnd auf die geleerte Schüssel und auf Samson, der ihn erwartungsvoll anguckte.

»Krass. Du bist ja noch schlimmer als ich«, sagte Alex.

Während ich die Szene verfolgte, schlich sich im Hinterkopf ein Gedanke heran, der irgendwie mit Samson zu tun hatte. Der Gedanke schob sich Stück für Stück nach vorn, bis er in meinem Kopf explodierte. Ich schlug die Hand vor die Stirn und kramte hektisch mein Handy aus der Tasche. Ich sollte mir wirklich abgewöhnen, den Ton abzustellen.

Vierzehn entgangene Anrufe, dazu Dutzende Textnachrichten. Alle von Mandy. Ich rief sie an.

»Wo steckst du?«, schrie sie. »Wo ist mein Hund?«

»Alles gut, er ist bei mir.«

»Wo seid ihr? Ich sitze seit zwei Stunden in deiner verratzten Bude und warte. Bring mir endlich Samson, ich will nach Hause.«

»Weißt du, wo Alex wohnt?«

»Ist das dieser dicke Anwalt mit dem schmierigen Blick?«

»Ja, das ist der dicke Anwalt mit dem schmierigen Blick.« Alex sah mich an und grinste. »Ich bin mit Samson bei ihm. Sein Haus liegt auf deinem Heimweg. Wenn du Samson hier abholst, bist du schneller zu Hause.«

»Okay. Gib mir die Adresse. Und wehe, der schmierige Anwalt hat ihn angerührt.«

»Keine Sorge, hat er nicht. Bis gleich.«

Ich wandte mich an Alex, der gerade Samson knuddelte wie ein kleines Kind seinen Lieblings-Teddybären. »Mandy kommt gleich vorbei. Sie holt Samson ab. Außerdem hat sie verlangt, dass der schmierige Anwalt ihren Hund nicht anfasst. Ich hab es ihr versprochen.«

»Hast du gut gemacht. Kleine Notlügen erhalten jede Beziehung. Auch die zu den eigenen Angestellten. Ach, ich mag Samson. Er ist noch verfressener als ich, das erlebe ich selten.«

»Wer ist Mandy?«, fragte Danny.

Alex lachte auf. »Guck ihn dir an, kaum fällt ein Frauenname, wird er wuschig. Mandy ist Leos Tippse. Ungefähr halb so alt wie du, halb so groß und am ganzen Körper übersät mit Piercings.«

»Am ganzen Körper?«

»Jedenfalls an den sichtbaren Körperteilen. Ich bin aber sicher, dass auch an den unsichtbaren Stellen Metallzeugs hängt.«

»Cool.«

»Klar. Wenn man Altmetallsammlungen cool findet, dann findet man auch Mandy cool.«

»Ich kann mir ja gleich selbst ein Bild machen. Wie lange braucht sie bis hierher?«

»Viertelstunde«, sagte ich.

»Zeit genug, dass du uns noch eine Anekdote aus deinem Sexleben erzählst.« Alex rieb sich die Hände.

In den nächsten fünfzehn Minuten lernten wir vor allem Melli und deren anatomische Vorzüge kennen. »Ehrlich«, sagte Alex, »wenn ich mal ein Stündchen mit dieser Melli allein wäre, dann würde ich ...«

Was Alex würde, blieb uns zum Glück erspart, weil die Türklingel seinen Redeschwall unterbrach.

»Das wird Mandy sein«, sagte ich. »Samson, dein klimperndes Frauchen kommt.«

Beim Wort ›Frauchen‹ sprang der Hund auf, als gebe es noch eine Portion Rinderhack. Verstehe einer die Hundewelt.

Alex schwankte zur Tür, er hatte ordentlich getankt. Samson hechelte ihm nach. Sekunden später ertönte ein lautes Quietschen, das gar nicht mehr enden wollte. Danny schaute besorgt zur Tür.

»Ist normal«, sagte ich.

Wir lauschten weiter. »Samson, mein Liebling, ich hab dich ja so vermisst. Geht es dir gut? Hat der böse Leo dich immer fein gefüttert und dich rechtzeitig zum Kacki-Kacki-Machen ausgeführt? Hat er das gemacht, der Leo? Ja, mein kleines Scheißerchen, ich bin ja wieder da.« Im nächsten Moment hörten wir Schmatz- und Leckgeräusche. Dannys Augen weiteten sich.

»Er leckt ihr das Gesicht ab«, sagte ich. »Hoffentlich bekommt er keine Metallvergiftung.«

Ein paar spitze Schreie und stolpernde Umarmungen später tauchte das Duo im Wohnzimmer auf. Alex schwankte kopfschüttelnd hinterher.

»Leo, du Arsch, das nächste Mal bist du gefälligst daheim, wenn ich Samson abholen will. Sonst befreie ich dich nie wieder von irgendwelchen Handschellen. Ehrlich, ich hab so nen Hals, ich könnte ...« Ihr Redefluss endete abrupt, ihre Augen weiteten sich.

»Hallo, ich bin Mandy«, sagte sie zu Danny und lächelte dabei, wie ich es noch nie gesehen hatte. Erstmals konnte ich erahnen, dass sich unter der Piercingschicht ein hübsches Gesicht verbarg.

»Danny«, sagte Danny. »Du bist ja nicht nur so cool, wie Leo erzählt hat, sondern total hübsch.« Wie auf Knopfdruck zauberte er wieder dieses Lächeln in sein Gesicht, das sogar bei mir die Sonne aufgehen ließ. Wie machte der das nur?

Mandy warf mir einen giftigen Blick zu. »Leo hat gesagt, ich sei cool? Kann ich mir nicht vorstellen.«

»Doch, hat er. Und er hat recht.«

Meine Tippse schmolz dahin.

Danny erhob sich, Mandy reichte ihm bis zum Bauchnabel.

»Ich muss mich jetzt leider auf den Weg machen, Mandy. Vielleicht sehen wir uns ja mal wieder?«

»Äh, ja, wäre cool.«

Er beugte sich zu ihr hinunter und küsste den einen freien Quadratzentimeter Haut auf ihrer Wange. »Ich mag deinen Schmuck«, sagte er.

Schmuck? Diese Ansammlung von Metallschrott bezeichnete Danny als Schmuck? Spätestens jetzt hätte Mandy auffallen müssen, dass Danny sie verarschte. Doch meine Tippse stand da mit offenem Mund und starrte nach oben, ins Gesicht des Mannes, der wie ein Baum vor ihr aufragte. »Danke«, murmelte sie.

»Mandy, es ist vielleicht unverschämt, aber darf ich dich zu etwas missbrauchen?«

»Zu was immer du willst.«

»Könntest du mich vielleicht nach Hause fahren? Ich habe kein Auto.« Wieder schaltete er sein Lächeln an wie eine Wärmelampe.

»Ich fahre dich, wohin du willst«, säuselte Mandy. Ekelhaft.

»Mandy?«, sagte ich. »Ich glaube, Samson muss noch mal raus, ein längerer Spaziergang wäre nicht schlecht.«

»Mach du das. Ich hole ihn morgen Abend ab. Ich habe heute keine Zeit für ihn. Und bei dir ist er ja gut aufgehoben.« Während sie das sagte, starrte sie unentwegt Danny an. Es war unheimlich.

»Lass uns gehen«, sagte Danny. Er legte den Arm um Mandy, sie lehnte sich an ihn und so spazierten sie aus Alex' Haus.

»Was war das?«, fragte Alex, als sie weg waren.

»Ich weiß es nicht. Und ich will es auch gar nicht so genau wissen. Ich will nur noch nach Hause. Samson, wir hauen ab.«

»Du kannst mich doch nicht allein lassen. Nicht nach dem, was gerade passiert ist.«

»Doch, ich kann. Außerdem kommt Ellen demnächst heim. Die lenkt dich ab.«

Alex Miene hellte sich auf. »Oh ja. Das wird sie. Das wird sie ganz bestimmt.« Er rieb sich die Hände. Dann hielt er inne und sah mich neugierig an. »Was meinte Mandy eigentlich mit den Handschellen?«

Nichts wie weg hier.

20

Luigi weckte mich, indem er wie ein Irrer durch die Wohnung raste. Der Radiowecker leuchtete bei 6.23 Uhr. Viel zu früh für randalierende Katzen.

Ich quälte mich aus dem Bett und schlurfte in Richtung Kaffeeautomat. Wenige Minuten später stürzte ich den ersten Espresso des Tages hinunter. Wie von selbst war das Gebräu in meine Tasse getröpfelt. Mein Autopilot hatte mal wieder sämtliche Früh-Arbeiten übernommen. Guter Junge.

Der Kaffee hatte die dicksten Nebelschwaden aus meinem Hirn geschoben, ich war nun in der Lage, dem Lärm auf den Grund zu gehen.

Im Wohnzimmer erwartete mich ein seltsamer Anblick: Links der überdimensionierte Oma-Schreibtisch, rechts die Sofaecke, in der Mitte der Flachbildfernseher mit angehängter Playstation. Dazwischen lag Samson auf dem Boden und betrachtete das Spektakel, das sich ihm bot. Sein Kopf ging hin und her wie im Tennisstadion. Links, rechts, links, rechts.

Ich guckte mit.

Luigi raste im Zickzack durchs Zimmer. Einen schrecklichen Moment lang dachte ich, er sei durchgedreht und jagte seit einer Viertelstunde seinen Schwanz. Doch dann sah ich die graue Maus, die verzweifelt nach einer Fluchtmöglichkeit suchte. Luigi musste sie durch die Katzenklappe bugsiert haben, um daheim mit ihr zu spielen. So wie kleine Kinder ihr Lieblingsspielzeug mit sich herumschleppen. Es nervte, wenn der Kater tote Mäuse ins Haus brachte. Wenn sie noch lebten, stieg der Nervfaktor ins Unermessliche.

Der kleine schwarze Blitz zischte an mir vorbei, ohne mich eines Blickes zu würdigen. Die Maus wuselte nur wenige Zentimeter vor ihm durchs Wohnzimmer. Zack – mit einem doppelten Ausfallschritt packte Luigi zu, Sekundenbruchteile später hing das arme Nagetier zwischen den Zähnen des Katers. Stolz ging er vor Samson auf und ab. Kater will Hund beeindrucken. Sachen gibt's. Samson guckte allerdings nicht beeindruckt, sondern eher ängstlich.

Zu Beginn ihrer Gefangenschaft zappelte die Maus noch, dann hing sie völlig leblos aus Luigis Maul. Luigi blieb vor Samson stehen und ließ die Maus fallen. Der Nager rührte sich nicht, Samson rührte sich nicht, Luigi rührte sich nicht. Bis die Maus aufsprang, dem Kater die Zunge rausstreckte, auf Samsons linke Vorderpfote hüpfte, dem erschrockenen Hund den Mittelfinger zeigte, mich dämonisch angrinste und schließlich an Samson vorbei in Richtung Schlafzimmer floh.

Die Troika Leo, Luigi und Samson verfolgte das freche Biest. »Nicht ins Schlafzimmer«, brüllte ich. Aber warum sollte eine fremde Maus gehorchen, wenn es schon der eigene Kater nicht tat? Die miese Maus sauste auf mein Bett zu, vielleicht noch ein halber Meter, dann würde sie mit voller Wucht gegen die schwarz lackierte Pressholzplatte knallen und sich das Genick brechen. Es sei denn, Luigi erwischte sie vorher, er war ihr dicht auf den Fersen.

Noch dreißig Zentimeter bis zum Bett.

Noch zwanzig.

Zehn.

Jetzt.

Ich schloss die Augen, weil ich den tödlichen Crash nicht ansehen wollte. Als ich sie wieder öffnete, sah ich noch, wie der Schwanz der Maus unterm Bett verschwand. Das Vieh hatte es tatsächlich geschafft, sich in den Spalt zwischen Laminat und Pressholz zu zwängen. Großzügig geschätzt blieben dem Biest fünf Millimeter Platz. Das reichte, um einem Kater, einem Monsterhund und einem

Privatdetektiv eine lange Mausenase zu drehen. Und ich hatte eine lebende Maus im Schlafzimmer. Toll!

»Luigi, du bist echt ein Depp!«

Der Kater hob seinen Schwanz gen Himmel und stolzierte zufrieden in die Küche. Offensichtlich war er der Ansicht, er habe nun sein Frühstück verdient, nachdem er uns morgendliche Unterhaltung geboten hatte.

Na gut, bereitete ich uns allen eine zünftige Mahlzeit zu: Luigi bekam eine Dose Lachs in Gelee, die er nach all den Aufregungen komplett verspeiste. Samson vertilgte ein halbes Kilo Kaninchenhack mit Gemüseflocken, ich einen weiteren Espresso.

Derart gestärkt machten wir uns an unsere Aufgaben. Das hieß, Samson und Luigi legten sich schlafen, ich arbeitete an meinen Fällen. Zwischendurch schrieb ich Marie eine Nachricht, ob es ihr gutgehe, ob sie nicht doch am Wochenende kommen wolle und dass ich sie vermisse. Sie hatte mir am Vortag nur eine karge Mitteilung geschickt. »Bin gut angekommen. Melde mich, M.« Ich fand ja, sie übertrieb es mit der Zickerei.

Wenigstens lenkten die Ermittlungen mich ab. Ein Blick auf die Uhr sagte mir, dass es halb acht und damit spät genug war, bei Trudi anzurufen. Sie nahm sofort ab.

»Guten Morgen, Herr Leonardo. Sie sind aber früh dran.«

»Woher wussten Sie, dass ich anrufe?«

»Hallo? Was ist das denn für eine Frage? Ich besitze ein Tablet, ein Smartphone und selbstverständlich ein Telefon mit Display. Ihre Nummer ist gespeichert, und wenn Sie versuchen, mir telefonisch von Ihren Erfolgen zu berichten, leuchtet Ihr Name auf. Er leuchtet bisweilen heller als das Licht in Ihrem Kopf, wenn ich mir diese Bemerkung gestatten darf.«

»Also echt, Trudi, das war jetzt arg hart.«

»Aber fair.«

»Hören Sie, haben Sie Fotos von den gestohlenen Gegenständen? Ich würde mir gern ein Bild davon machen, was alles geklaut wurde, ob sich da Gemeinsamkeiten ergeben.«

»Von meinem Engel habe ich jede Menge Fotos, von den anderen Sachen, die mir nicht gehören, natürlich nicht. Ich schick Ihnen die Fotos. Und ich hoffe, Sie bringen mir meinen Engel bald wieder. Ich vermisse ihn.«

21

Nichts gegen sommerliche Wärme, aber langsam sehnte ich Abkühlung herbei. Seit drei Wochen herrschten jeden Tag mindestens achtundzwanzig Grad – meist wurde es deutlich heißer. Die Eisheiligen waren ausgefallen, stattdessen musste ich mich damit anfreunden, meine göttlichen zwei Meter Luxuskörper Temperaturen auszusetzen, die mich sogar in der Sauna genervt hätten.

Auf der Fahrt an den Kaiserstuhl hatte ich sämtliche Scheiben runtergekurbelt, weil mein alter Skoda weder über eine Klimaanlage noch über elektrische Fensterheber verfügte. Beim Autokauf hatte ich solchen Schnickschnack als überflüssig erachtet – außerdem reichte mein Budget damals nicht für mehr. Nun hatte ich den Salat.

Samson lag im Kofferraum, ermattet von der Hitze und den Anstrengungen des morgendlichen Stuhlgangs. Zudem argwöhnte ich, dass ihm die Maus einen nachhaltigen Schrecken eingejagt hatte. Bevor ich die Wohnung verlassen hatte, stellte ich eine Lebendfalle auf, in der ich ein Stück Speck platzierte. Die Schlafzimmertür schloss ich ab, damit Luigi nicht versehentlich seine Pfote in die Falle steckte. Ich hoffte, das Mäusevieh würde bei meiner Rückkehr hinter Gittern sitzen, damit ich es in die Freiheit entlassen konnte. Weit weg von Luigi.

Ich wollte Monika Kaiser besuchen, die Vermieterin von Lena. Johann hatte sich zuvor am Telefon geweigert, mir ihre Aussage zu schicken. Er wollte mir nicht einmal eine mündliche Zusammenfassung geben, nichts. Er kam mit den üblichen fadenscheinigen Argumenten an: Er hätte kein Recht dazu, käme in Teufels Küche, verliere seine Pensionsansprüche, und überhaupt, ich sollte gefälligst selbst ermitteln und mir meinen Lohn verdienen. Er habe es satt, immer die Drecksarbeit für mich zu machen. Ich fragte ihn, ob er am Wochenende nicht zum Schuss gekommen oder ob er an eine Stalkerin geraten sei. Nichts konnte Johann so sehr die Laune verhageln, wie ein One-Night-Stand, der sich als anhänglich erwies. Anhänglich bedeutete in Johanns Fall meistens, dass seine arme Eroberung es wagte, ihn am nächsten Tag verliebt anzulächeln, nach seiner Handynummer zu fragen oder um ein Wiedersehen zu bitten. Anstatt mir eine Antwort zu geben, legte er auf. Manchmal konnte er sehr schwierig sein.

Die verquollenen Augen von Monika Kaiser zeigten, dass sie in den vergangenen Tagen viel geweint hatte.

Ich saß am Esstisch in ihrer Küche, sie flößte mir – und sich – einen Kaffee ein, der so stark war wie Arnold Schwarzenegger zu seinen besten Zeiten. Dazu reichte sie mir selbstgebackenen Apfelkuchen. Samson lag erschöpft neben mir und hoffte, ein Stück abzubekommen.

»Die arme Lena«, seufzte sie immer wieder. Tränen glitzerten in ihren Augen, als sie von Lenas Job in der Gärtnerei erzählte. Ich fragte, ob es sich um dieselbe Gärtnerei handelte, in der auch Danny gearbeitet hatte.

»Das hat ihn doch so verdächtig gemacht. Dieser Kommissar, der mich verhört hat, dieser Herr Schmieder, der hat ganz große Augen bekommen, als ich ihm sagte, in welchem Betrieb sie einen Job bekommen hat.« In ihren Blick stahl sich etwas Verächtliches: »Als ob das irgendetwas zu bedeuten hätte.«

»Sie glauben nicht, dass Danny der Mörder ist?«

»Ich weiß es.«

»Wie das?«

Sie seufzte erneut. »Dem Kommissar habe ich das auch schon gesagt, aber es interessierte ihn nur am Rand: Ich hatte am Abend vor Lenas Tod gehört, dass jemand bei ihr klingelte. Nicht dass Sie jetzt denken, ich sei neugierig oder so. Aber in einem Haus wie diesem bekommt man solche Sachen natürlich mit.«

»Haben Sie gesehen, dass es sich beim Besucher um Danny handelte?«

»Natürlich nicht.« Frau Kaiser sah mich entrüstet an. »Ich spioniere doch niemandem hinterher. Nein, das habe ich erst am nächsten Morgen gemerkt. Ich bin früh aufgewacht, diese Hitze raubt mir den Schlaf. Ihnen nicht?«

»Doch.«

»Es war vielleicht fünf Uhr, ich musste auf die Toilette, und als ich mich wieder hingelegt habe, hörte ich von oben eindeutige Geräusche, falls Sie wissen, was ich meine.«

»Lena hatte Sex?«

»Glaube schon.« Frau Kaiser lief rot an.

»Wie hat sich das angehört? Nach einvernehmlichem Sex?«

Die Frage gefiel ihr nicht. Das ganze Thema gefiel ihr nicht. »Woher soll ich das wissen? Ich finde es sowieso nicht schön, solche Dinge über eine Tote zu erzählen.«

»Ich möchte doch nur wissen, ob die Geräusche, die Sie gehört haben, so geklungen haben, als sei Lena gezwungen worden. Oder hörte es sich eher an, als hätte sie Spaß?«

»Spaß. Ich denke, sie hatte Spaß. Können wir das jetzt bitte lassen?«

Ich aß ein Stück von dem Kuchen. »Der ist großartig«, sagte ich mit vollem Mund. »So guten Apfelkuchen habe ich noch nie gegessen. Höchstens der von meiner Großmutter konnte damit konkurrieren. Leider lebt sie nicht mehr. Ehrlich, das hier ... « – ich deutete auf den Kuchen – »ist wie ein Stückchen Kindheit.«

Frau Kaiser strahlte. Ein bisschen Schleimen im richtigen Moment hat noch nie geschadet.

»Wollen Sie noch ein Stück? Es ist genug da.«

»Vielleicht später, danke. Sagen Sie, Frau Kaiser, wie ging es weiter?«

»Ich hab meinem Mann das Frühstück gerichtet, er muss ja immer schon um kurz nach sechs gehen. Vielleicht zwanzig Minuten nachdem er weg war, also gegen halb sieben, hab ich oben die Tür gehört und dann Schritte auf der Treppe. Zufällig hab ich dann aus dem Fenster geguckt und den Danny gesehen, wie er das Haus verließ.«

»Und Sie haben ihn eindeutig erkannt?«

»Sicher, der Danny ist ja ein großer Kerl, davon gibt es nicht so viele.« Sie musterte mich. »Gut, Sie sind auch sehr groß, aber trotzdem. Den Danny kennt hier jeder.«

»Okay. Und er ist auch nicht mehr zurückgekommen?«

»Nicht, solange ich im Haus war.«

»Wann sind Sie gegangen?«

»Kurz vor halb acht. Ich war mit Birgit verabredet, wir treffen uns seit ein paar Wochen regelmäßig zum Nordic Walking. Ich habe mir ziemlich teure Stöcke gekauft. Die müssen nämlich genau passen. Wenn sie zu groß oder zu klein sind, ist das gar nicht gut für die Körperhaltung.«

»Verstehe, da muss man bestimmt sehr vorsichtig sein. Wann sind Sie denn von Ihrer Runde zurückgekommen?«

»Kurz vor zehn.«

»Um Himmels willen, wie lang ist denn Ihre Walkingrunde, dass Sie zweieinhalb Stunden unterwegs sind?«

»Oh, die ist nicht sooo lang. Dauert immer eine halbe Stunde oder so. Danach gehen wir abwechselnd zu Birgit oder mir, um zu frühstücken.«

»Und vergangene Woche frühstückten Sie bei Birgit?«

Frau Kaisers Augen füllten sich wieder mit Tränen. »Hätten wir uns doch nur bei mir getroffen. Dann würde Lena vielleicht noch leben.«

Sie schilderte mir stockend, wie sie Lena vorfand. Sie hatte sich gewundert, dass von oben das Radio zu hören war. Lena sollte längst in der Gärtnerei sein. Außerdem habe zwei Stunden vorher, als sie das Haus verließ, Stille geherrscht. »Verstehen Sie: Als Danny ging, lief kein

Radio. Erst später. Er kann es also gar nicht gewesen sein.«

Frau Kaiser war die Treppe nach oben gestiegen. »Ich wollte doch nur schauen, ob alles in Ordnung ist. Und dann ... dann ...« Sie brach in Tränen aus. Nach einigen Minuten erzählte sie weiter. Die Wohnungstür stand weit offen. Lena lag im Flur, blutüberströmt und halbnackt.

»Fragen Sie mich nicht, was ich dann getan habe. Ich weiß es nicht, ich war wie ferngesteuert. Muss wohl ihren Puls gefühlt haben, aber da war nichts. Dann bin ich nach unten gerannt, in meine Wohnung, und habe den Notarzt gerufen. An nichts davon kann ich mich erinnern, ich stand unter Schock.« Sie weinte.

Wie ich es hasse, wenn Frauen weinen. Da bin ich grundsätzlich überfordert. Nach ein paar tröstenden Worten machte ich, dass ich wegkam.

Vor der Haustür begegnete mir eine Frau, die so hager war wie ein jahrhundertealtes Skelett. Sie wollte auf Kaisers Klingel drücken, als ich die Tür öffnete. Ihr misstrauischer Blick zwang mich dazu, etwas zu sagen.

»Ich komme von Frau Kaiser. Ich bin Privatdetektiv.«

»So?«

»Ja. Wir haben uns über den Mord an Lena Freiwald unterhalten.«

»So?« Die tiefen Falten, die sich in die Haut über ihrem Totenkopf eingegraben hatten, die spitze Nase und der schnippische Tonfall machten mir Angst. Sogar Samson verzichtete darauf, in ihrem Schritt zu schnüffeln. Er versteckte sich hinter mir.

»Ja. Es geht ihr gut, der Frau Kaiser. Also relativ gut, sie hat geweint, wegen der Erinnerung, aber sonst ist alles in Ordnung.«

Der Blick der Frau bohrte sich in mich wie Pfeile in eine Dartscheibe. »So?«

Mit jedem herausgespuckten ›So‹ zuckte ich zusammen.

»Haben Sie einen Ausweis?«, fragte sie.

Ich zeigte ihn ihr. Sie entspannte sich ein wenig. »Und wer sind Sie?«, fragte ich.

»Birgit Wangler.«

»Die Walking- und Frühstückspartnerin?«

»Genau. Wir waren an dem Morgen zusammen, an dem Lena getötet wurde.«

»Sie haben nach dem Sport bei Ihnen zu Hause gefrühstückt. Wo genau wohnen Sie?«

Sie deutete auf eine Gasse, die gegenüber des Kaiser-Hauses lag und höchstens eineinhalb Meter breit war. »Da durch, bis zur nächsten Querstraße und dort das zweite Haus rechts. Ist nur ein Katzensprung.« Die Skelettfrau lehnte sich an die Wand, so etwas wie ein bitteres Lächeln glitt über ihr Totenkopfgesicht. »Das macht es ja so schlimm für Moni. Sie saß nur ein paar Meter entfernt, als der Mord geschah. Und wir haben nichts mitbekommen. Keine Schreie, keinen aufheulenden Motor, nichts.«

»Und sonst auch niemand? Ich meine, hier wohnen ja noch andere Leute, Sie haben doch bestimmt miteinander geredet. Vielleicht hat jemand eine Bemerkung gemacht, die er sich gegenüber der Polizei nicht getraut hat.«

Sie schüttelte den Kopf. Fast glaubte ich, die Knochen aneinanderstoßen zu hören.

»Niemand hat etwas gesehen, niemand etwas gehört. Es muss zu einer Uhrzeit geschehen sein, in der die Berufstätigen schon unterwegs waren und die anderen noch schliefen.«

»Sie haben auch nicht geschlafen.«

»Stimmt. Sehen Sie, Herr Buchfink, hier im Dorf leben viele alte Menschen. Die sind zwar neugierig, aber auch müde. Die klassische Oma, die sich ein Kissen auf die Fensterbank legt und nach draußen starrt, werden Sie bei uns nicht finden – warum auch, es wäre ohnehin viel zu langweilig. Es passiert ja nichts. Das Fernsehprogramm, so dämlich es sein mag, finden die meisten spannender.«

»Vergangene Woche ist aber etwas passiert.«

»Ja, das stimmt. Glauben Sie mir, viele von uns machen sich Vorwürfe, dass wir nicht aufmerksamer waren. Verstehen Sie, wir leben hier auf dem Dorf, nicht in einem anonymen Großstadthochhaus.«

Ich sagte ihr, dass sie zu hart mit sich und den Nachbarn ins Gericht ging.

»Kann schon sein. Trotzdem können wir nicht fassen, dass wir alle nichts mitbekommen haben.«

»Und Ihnen ist gar nichts aufgefallen? Keine Fremden in den Straßen? Kein Auto, das nicht hierher passte?«

»So selten kommt es auch wieder nicht vor, dass sich Fremde hierher verirren. Was soll daran ungewöhnlich sein?«

»Vielleicht nichts. Vielleicht aber doch etwas.«

Sie dachte einen Moment nach, ich konnte sehen, wie es in ihrem Totenkopf arbeitete. »Kann sein, dass ich an jenem Morgen tatsächlich ein fremdes Auto gesehen habe. Ja, es muss an dem Tag gewesen sein. Ich habe auf Moni gewartet, aber nicht unten an der Tür, sondern oben im Wohnzimmer. Ich stand am Fenster und habe mir noch einen Espresso eingeflößt, als ein Kleinwagen vorbeifuhr.«

»Was für ein Kleinwagen? Welche Marke, welche Farbe?«

»Marke? Keine Ahnung, die sehen doch alle gleich aus. Klein halt, kleiner als ein VW-Polo. Das weiß ich, weil ich selbst einen fahre. Die Farbe war Gelb, ziemlich auffällig. Aber das war nicht der einzige Grund, warum ich das Auto registriert habe. Es hatte nämlich ein Hamburger Kennzeichen. Ich dachte noch: Was sucht der denn hier unten? Aber dann kam Moni mit ihren Stöcken an und ich hab die Karre vergessen. Weiß auch nicht, warum mir das erst jetzt wieder einfällt. Komisch, wie das Gehirn manchmal dichtmacht, oder?«

»Konnten Sie sehen, wer im Auto saß?«
»Dann hätte ich es ja wohl gesagt.«
»Eine Person oder mehrere?«
»Der Beifahrersitz war auf jeden Fall leer, bis auf eine Tasche. Und hinten? Ich glaube nicht, dass da jemand saß. Viel zu eng. Höchstens ein Kind hinter dem Fahrersitz. Aber das glaube ich nicht, nein.«
»Und die Person am Steuer, konnten Sie die sehen?«
»Nein. Aber ich glaube, sie trug einen Rock. Könnten auch Shorts gewesen sein, aber es sah eher nach einem Rock aus. Und die Tasche auf dem Beifahrersitz wirkte weiblich, nicht wie eine Männertasche. Ich kann es nicht beschwören, aber wenn ich darüber nachdenke, bin ich fast sicher, dass eine Frau am Steuer saß.«

Peter Wilderle musterte mich mindestens so misstrauisch, wie es die Totenkopffrau getan hatte.
»Privatdetektiv? Für wen arbeiten Sie?«
»Für den Anwalt von Danny Bauer. Kennen Sie Herrn Bauer?«
»Klar kenn ich den Danny, der hat lange für mich gearbeitet. War einer meiner besten Leute, ich bedaure es heute noch, dass er gekündigt hat. Und ich sag es Ihnen gleich, ich glaube im Leben nicht, dass der die Lena umgebracht hat. Niemals.«
»Das glaube ich auch nicht.«
Noch ein misstrauischer Blick. »Wirklich nicht?«
»Hören Sie, Herr Wilderle, ich arbeite für Herrn Bauer, nicht gegen ihn. Meine Aufgabe ist es, ihm zu helfen.«
Ich saß Wilderle in seinem Büro gegenüber. Er strahlte die Aura eines Schaffers aus, eines Mannes, der mit den Händen anzupacken wusste und sich am Schreibtisch nicht sonderlich wohl fühlte. Bislang hatte er sich abwehrend zurückgelehnt, die Hände vor der kräftigen Brust verschränkt. Selbst sein Schnauzer hatte Zurückhaltung signalisiert. Jetzt beugte er sich vor.

»Warum glauben Sie an Dannys Unschuld? Die Polizei ist davon überzeugt, dass er der Mörder ist.«

»Ist sie das? Ich glaube, mittlerweile gibt es dort Zweifel. Warum sind Sie so sicher, dass er Lena nicht getötet hat?«

Die Antwort kam wie aus der Pistole geschossen. »Danny liebt das Leben. Jedes Leben. Kennen Sie das Lied von Reinhard Mey? Der Mörder ist immer der Gärtner?«

Ich schüttelte den Kopf. Nicht meine Musikrichtung.

»Da macht er sich drüber lustig, dass in vielen Krimis der Gärtner der Mörder sei. Muss in den 60er- oder 70er-Jahren wohl Mode gewesen sein. Dabei ist das Quatsch. Ein Gärtner lässt Leben entstehen, er tötet es nicht. Wir säen winzige Samen und sehen zu, wie daraus Tomaten entstehen oder Salate oder stattliche Obstbäume. Wir hegen und pflegen unsere Pflanzen. Wir töten sie nicht.«

»Pflanzen sind keine Menschen. Sie widersprechen nicht, sie betrügen uns nicht oder fügen uns sonstige Enttäuschungen zu.«

»Kann schon sein. Trotzdem: Danny ist kein Mörder. Warum hätte er Lena töten sollen? Sie war wie er, liebte Pflanzen und alles, was dazugehört. Eine fantastische Gärtnerin, eine Pflanzenflüsterin. Ein Naturtalent, wie ich es selten erlebt habe. Danny war auch so ein Naturtalent.«

»Die Polizei glaubt, er habe sie aus enttäuschter Liebe umgebracht.«

»Blödsinn.« Wilderle schlug mit der Faust auf den Tisch, dass ein Kugelschreiber aus der Ablage hüpfte und auf den Boden kullerte. Ich hob ihn auf. »Danny mochte Lena, allein schon, weil sie so ein gutes Händchen für alles Grüne hatte. Möglicherweise hat er mit ihr geschlafen, wahrscheinlich sogar. In dieser Hinsicht hat er seit der Trennung von Babsi nichts anbrennen lassen. Aber ich sag Ihnen jetzt mal was: Danny mag Ihnen wie ein ungehobelter Klotz erscheinen, einer, der nur auf Sex aus ist. Aber so ist das nicht. Er sehnt sich nach einer Beziehung. Das mit den vielen Weibern, das ist nur Ablenkung.«

»Wovon?«

»Von der Frau, die er liebt. Und das ist nicht Babsi, schon gar nicht Lena.«

»Wer dann?«

»Das ist allein Dannys Sache.«

»Nelly?«

Wilderle sah mich irritiert an. »Woher wissen Sie das?«

»Von Danny. Von wem wissen *Sie* das?«

»Von Nelly. Sie ist meine Cousine. Danny liebt diese Frau. Und er wird auf sie warten.«

Leider konnte mir Wilderle nichts erzählen, was mich wirklich weiterbrachte. Insgeheim hatte ich gehofft, dass sich in den vergangenen Tagen jemand bei ihm nach Lena erkundigt hatte, vielleicht eine Frau in einem gelben Kleinwagen. Fehlanzeige. Ich wollte schon verschwinden, als mir etwas einfiel. »Sind Sie mit einer älteren Frau verwandt?« Ich nannte ihm die Adresse der alten Wilderle.

»Das ist meine Oma. Kennen Sie sie?«

»Flüchtig.«

Er lachte. »Sie sehen aus, als hätten Sie auf eine Zitrone gebissen. Diese flüchtige Begegnung war wohl nicht so toll, hm?«

Ich erzählte ihm, wie sie mich im Keller eingesperrt hatte. Er lachte erneut. »Ja, das passt zu ihr.«

»Ihre Großmutter hielt nicht viel von Lena, kann das sein?«

»Wie kommen Sie darauf?«

»Ich habe am Sonntag den Gottesdienst besucht und vorher mitbekommen, wie Sie den Tod Lenas als gerechte Strafe bezeichnet hat.«

Wilderle seufzte. »Ja, das war peinlich. Meine Großmutter ist eine sehr gläubige Frau. So gläubig, dass es sogar dem Pfarrer den Magen umdreht. Sie haben seine

Predigt gehört? Dann haben Sie bestimmt gemerkt, wie deutlich seine Worte an Frauen wie meine Großmutter gerichtet waren.«

»Sie schien das sehr zu genießen.«

»Vordergründig. Aber kaum waren wir außer Sichtweite der Kirche, hat sie losgezetert und sich furchtbar über Pfarrer Ebert aufgeregt. Was für eine Unverschämtheit das sei und dass sie sich das nicht bieten lassen müsse. Die gesamte Familie hat sich weggeduckt und ihr recht gegeben, wie immer. Wenn meine Großmutter ein Mann wäre, würde man von einem Patriarchat reden, wie die Welt es lange nicht gesehen hat. Im Grunde hat das gesamte Dorf Angst vor ihr, bis auf ein paar Ausnahmen.«

Ich beugte mich vor. »Und Sie? Gehören Sie zu diesen Ausnahmen?«

Er kratzte sich mit einem Stift am Kopf. »Ja, ich denke schon. Ich habe ihr nach dem Gottesdienst gesagt, dass ich die Predigt des Pfarrers angemessen fand und ihr Verhalten beschämend.« Er lachte. »Das war dann einer dieser Momente, in denen Sie mich am liebsten aus dem Familienclan geworfen hätte.«

»Wer außer Ihnen gehört noch zu den Mutigen, die sich gegen Ihre Großmutter stellen?«

»Oh, das sind nicht viele. Im Dorf gibt es so eine Clique aus Senioren, der meine Oma zeitweise angehört ...«

»Die Rentnergang?«

»Hey, Sie scheinen gar nicht schlecht zu sein in ihrem Job. Die nennen sich wirklich so. In der Rentnergang gibt es eine Handvoll Leute, die sich von meiner Oma nicht einschüchtern lassen. Das regt die Alte maßlos auf, aber ich finde, es tut ihr gut, wenn ihr jemand mal sagt, wo es langgeht.«

Wer würde da widersprechen wollen? Ich verabschiedete mich. Als ich an der Tür stand, wandte ich mich noch einmal um. »Hat Ihre Oma einen Führerschein?«

Wilderle sah auf. »Klar. Warum wollen Sie das wissen?«

»Nur so. Neugierde.«

»Neugierde?« Er musterte mich.

»Genau. Fährt sie noch regelmäßig?«

»Sehr selten. Sie hat kein eigenes Auto mehr. Manchmal benutzt sie das meiner Schwester.«

»Das ist nicht zufällig ein gelber Kleinwagen?«

»Hören Sie, was sollen diese Fragen?«

»Nichts. Ich stochere nur ein wenig herum. Berufskrankheit.«

»Soso.« Wilderle sah auf die Uhr. »Ich würde ja gerne noch ein wenig länger mit Ihnen im Nebel stochern, auch wenn ich nicht weiß, worauf das hinauslaufen soll. Aber ich habe zu tun.« Er stand auf und brachte mich zur Tür.

Nun schlug Eriks Stunde. Erik versorgt mich mit allerlei illegalem technischen Kram, angefangen von der neuesten Generation Elektroschocker, bis hin zu Ortungsgeräten, die sogar die NSA vor Neid erblassen ließen. Außerdem diente er mir als wandelnde Datenbank. Erik – oder seine Kumpels, so genau wollte ich das gar nicht wissen – hackten sich in alles, was an irgendeinem Netz hing. Wenn ich herausfinden wollte, was für ein Auto Wilderles Oma fuhr, reichte ein Anruf bei Erik.

Ich wählte seine Nummer, er war am Telefon, noch bevor das Freizeichen ertönte. Unheimlich.

»Was gibt's?«

Ich erklärte es ihm.

»Geht klar.« Er legte auf.

Fünf Minuten später rief er zurück. Wilderles Oma fuhr einen blauen Golf. Nix gelb, nix Kleinwagen. Niemand in der gesamten Familie besaß ein Fahrzeug, wie ich es suchte. Und im gesamten Dorf waren gerade mal zwei gelbe Kleinwagen zugelassen. Logischerweise keiner mit Hamburger Kennzeichen.

»Kann es noch bei den Autovermietungen versuchen. Einige von denen haben Hamburger Kennzeichen. Dauert aber länger«, sagte Erik. Für seine Verhältnisse kam das einem sprachlichen Wasserfall gleich, verbaler Diarrhoe.

»Das mach mal. Und schick die Rechnung an Alex.«

»Geht klar.« Weg war er.

Alex würde sich freuen. Erik und ich hatten einen Deal: Aufträge, die ich selbst bezahlen musste, bekam ich zum Sonderpreis. Ging es auf Spesen, verlangte er seine üblichen Kosten. Und musste ein Anwalt berappen – also meistens Alex – langte Erik richtig zu, um seine mit mir erwirtschafteten Defizite auszugleichen.

Kaum hatte Erik aufgelegt, rief Svenja an. Ich überlegte, sie wegzudrücken, aber ich konnte ihr nicht ewig ausweichen.

»Leo? Bis du's? Na endlich, ich dachte schon, du willst gar nicht mehr mit mir sprechen.«

Wollte ich auch nicht. Aber das behielt ich für mich.

»Was gibt's?«

»Ich möchte mich bei dir entschuldigen. Dafür, wie unmöglich ich mich benommen habe. Keine Ahnung, was in mich gefahren ist. Nein, das stimmt nicht, ich habe eine Ahnung. Aber das spielt keine Rolle, ich hatte kein Recht, dich so zu behandeln. Ich kann nur hoffen, dass du mir verzeihst.«

»Svenja, das ist nichts, was man einfach so verzeihen kann und dann ist es weg. Ich hing die ganze Nacht an den verdammten Fesseln. Mandy hat mich morgens mit heruntergelassener Hose gefunden und befreit. Kannst du dir vorstellen, wie demütigend das war?«

»Oh Gott, die ganze Nacht? Es tut mir so leid. Ich hatte noch am Abend Johann angerufen, aber er ging nicht dran.

Also hab ich auf seine Mailbox gesprochen, ich war sicher, er würde dich befreien.«

Als ob Johann je seine Mailbox abhören würde. Er wird gesehen haben, dass Svenja angerufen hat, die irre Svenja, und damit war das Thema für ihn erledigt. Die beiden konnten sich nicht ausstehen. Was wiederum dafür sprach, dass Svenja tatsächlich ein schlechtes Gewissen hatte, nachdem sie mich so hängenließ. Sonst hätte sie niemals bei Johann angerufen.

»Er hat mich aber nicht befreit«, knurrte ich.

»Bitte! Lass es mich wiedergutmachen. Bist du heute Abend zu Hause?«

»Du willst mich besuchen? Hältst du das wirklich für eine gute Idee?«

Schweigen am anderen Ende. Schnaufen. Schweigen. Hörte ich da ein Schluchzen? Sie würde doch wohl hoffentlich nicht weinen? Alles, nur das nicht.

»Ehrlich Leo, ich versteh dich. Aber wir kennen uns doch schon so lange. Findest du nicht, dass ich eine Chance verdiene, dir mein Verhalten zu erklären?« Doch, sie schniefte. Verdammt.

»Schon, aber ...«

»Ist Marie noch bei dir? Kein Problem, wir können das gern verschieben. Aber bitte, gib mir diese Chance. Es tut so weh, wenn ich weiß, dass du böse auf mich bist.«

»Nein, Marie ist nicht da.« Und sie würde so schnell auch nicht mehr kommen, wenn mich mein Gefühl nicht trog. Auf meine Nachricht hatte ich noch keine Antwort bekommen. Es herrschte eisiges Schweigen.

»Dann komm ich in einer halben Stunde vorbei. Ich bringe was zu essen mit. In Ordnung?«

»Ich weiß nicht ...«

»Bitte.« Sie weinte nun lauthals ins Telefon.

Ich seufzte. »Okay. Aber keine Polizeiuniform, kein Knüppel und keine Handschellen.«

22

Jerry saß in der Falle. Jerry – so hatte ich die Maus getauft, die sich am Morgen unter meinem Bett verkrochen hatte. Nicht besonders originell, aber ich wette, Jerry war's egal. Er guckte mich trotzig aus seinen Knopfaugen an. Diesmal zeigte ich ihm den Stinkefinger.

Nachdem wir die Nettigkeiten ausgetauscht hatten, trug ich Jerry mitsamt der Falle ins Freie. Auf der anderen Straßenseite setzte ich die Falle ab und hob die Klappe an. Nach einer Schrecksekunde sauste Jerry in die Freiheit, lief einen halben Meter, blieb stehen, drehte sich zu mir um und guckte mich an. Ich glaube, er bedankte sich. Ich salutierte. Sergeant Leo, stets bereit, ein Held zu sein.

Anschließend bereitete ich mich auf Svenjas Besuch vor. Das heißt: Ich duschte und redete mir ein, dass das nur mit der großen Hitze des Tages zusammenhing. Schließlich hatte ich geschwitzt. So unhygienisch tritt man niemandem gegenüber. Mit der vagen Hoffnung, heute womöglich noch Sex zu haben, hatte die Duscherei jedenfalls nichts zu tun. Ich wollte keinen Sex mit Svenja. Nie wieder. Nur noch mit Marie. Die allerdings meldete sich weiterhin nicht. Vielleicht musste ich mich auf ein Leben ohne Marie einstellen? Mich doch auf andere Frauen konzentrieren?

Mandy hatte Samson abgeholt. Nach drei Tagen mit dem Hund kam mir die Wohnung seltsam leer vor. Ich fühlte mich einsam. Keine Marie, kein Samson, und Luigi war auch schon wieder auf der Pirsch. Während ich deprimiert auf der Couch saß, checkte ich meine Mails. Trudi hatte mir ein Foto von ihrem dicken Buddha-Engel geschickt. Ein abscheuliches Teil. Das Ding hatte die Figur eines Mastschweins, dazu zwei viel zu kurze Flügel und ein debiles Grinsen im Gesicht. Dass Trudi an diesem

Monstrum von einem Engel hing, ließ sich nur mit Nostalgie erklären. Was mich jedoch noch mehr irritierte als die pure Hässlichkeit, war der nagende Gedanke, den Engel schon einmal gesehen zu haben. Nur wo?

Doch bevor ich mich in die Tiefen meines Gedächtnisses begeben konnte, läutete es an der Tür. Svenja stand davor. Heute nicht Svenja, die Polizistin, sondern Svenja, die Stewardess. Das Kleidchen endete in der Mitte der Oberschenkel, der Ausschnitt auf Höhe des Bauchnabels. Jede echte Stewardess wäre mit diesem Outfit sofort gefeuert worden. Aber die Rollenspielkostümhersteller kümmerten sich nicht um solche Details.

Ich betrachtete Svenja und wusste: Die Sache mit der Sexverweigerung konnte ich vergessen. Ja, ich weiß, ich bin schwach.

»Der Herr, darf ich Ihnen eine kleine Zwischenmahlzeit servieren? Vegetarisch oder mit Fleisch?«

Ich wählte Fleisch. Viel Fleisch.

Nach der Befriedigung der Fleischeslust machten wir uns ans Essen. Svenja hatte allerlei Leckereien vom asiatischen Schnellimbiss mitgebracht, die ihren Geschmacksverstärkerduft in der gesamten Wohnung verbreiteten.

»Was ist nun mit Marie?«, fragte Svenja, während sie sich mit Stäbchen vegetarisches Chop Suey in den Mund schob. Sie war dürr wie eine Zaunlatte, konnte aber essen wie ein Bauarbeiter.

»Schwierige Sache. Ich will lieber nicht darüber reden.«

»Klingt ernst.« Sie versuchte, ein mitfühlendes Gesicht zu machen. Was nicht ganz gelang, Empathie gehörte nicht zu Svenjas Stärken. Sie war eine knallharte Ermittlerin, scharfsinnig, gedankenschnell und mutig. Durchaus mit einer Portion Humor, der allerdings schnell ins Zynische glitt. Gefühlsduseligkeit hätte ihr niemand vorgeworfen.

Meine Beziehung zu Marie wollte ich nicht ausgerechnet vor Svenja ausbreiten. Schlimm genug, dass ich mich schon wieder hatte verführen lassen und nun mit ihr zu Abend aß wie ein altes Ehepaar. Über Marie zu sprechen, wäre mir wie der ultimative Verrat vorgekommen.

»Du wolltest mir erklären, warum du am Freitag so ausgetickt bist«, sagte ich. Schnell ablenken, damit sie nicht weiter in meinen Wunden bohren konnte.

Anstandshalber tat Svenja so, als sei sie verlegen. Sie stocherte in ihrem Essen, druckste ein wenig herum und rang sich schließlich zu einer Antwort durch. »Mir geht es zurzeit nicht gut.«

Eisen-Svenja ging es nicht gut? An ihr prallte sonst alles ab – Kritik, Liebeskummer, Pistolenkugeln. Okay, ich hatte in den vergangenen Jahren den einen oder anderen kummervollen Tag in Svenjas Dasein erlebt, Momente, in denen sie die Fassade der Teflon-Kommissarin für Sekundenbruchteile lüftete. Als ihr Wellensittich starb zum Beispiel. Oder als sie erfuhr, dass sie Fußpilz hat. Oder als Bayern München 2010 das Champions-League-Finale verlor. Jedes Mal weinte sie einen Fingerhut voll bitterer Tränen, dann schüttelte sie sich und besiegte Trauer, Pilz und Frust. Die Stärke, Schwäche zu zeigen, hatte sie nie gelernt. Allerdings konnte sie auf Knopfdruck losheulen, so wie vorhin am Telefon. Strategietränen hatte sie das einmal genannt.

»Was ist los?«, fragte ich pflichtschuldig und widmete mich meiner Ente süß-sauer. Schon klar, Ente süß-sauer ist pervers, aber mir schmeckt's.

»Waldemar betrügt mich.« Sie sah mich mit feuchten Augen an, eine Träne quoll hervor und kullerte über ihr schmales Gesicht. Schon wieder Strategietränen? »Ich weiß, was du denkst. Du glaubst, ich heule mal wieder auf Knopfdruck. Das stimmt aber nicht, mir macht das alles wirklich zu schaffen.«

Oh bitte, nicht weinen. Nicht schon wieder.

»Wie kommst du darauf, dass er dich betrügt? Hast du einen Privatdetektiv engagiert?« Ich sah sie misstrauisch an. »Nein, das hast du nicht, oder? Weil wenn du das getan hättest, müsstest du einen Konkurrenten engagiert haben. Ich habe jedenfalls keinen Auftrag von dir erhalten.«

»Er hat es mir gesagt.«

»Wie, gesagt? Waldemar?«

»Ich kam spät nach Hause.«

Wie immer, dachte ich.

»Der Einsatz ging länger als gedacht, irgendwelche Drogenkids in Freiburg, die einen auf dicke Hose machten. Der übliche Wahnsinn. Ich war erschöpft, wollte nur noch unter die Dusche und ins Bett. Doch dann saß Waldemar auf dem Sofa. Normalerweise schlief er um diese Zeit schon längst, du weißt ja, wie er ist. Abends früh ins Bett, morgens früh raus.« Und ob ich das wusste. Waldemar, der elende Streber, sprang spätestens um halb fünf aus den Federn, ging joggen, duschte, setzte sich über seine Professorenbücher und fuhr an die Uni. Der Mann war rund zehn Jahre älter als ich, sah aber aus wie ein verdammter dreißigjähriger Fitnesstrainer. Ekelhaft.

»Mir war sofort klar, dass er etwas zu sagen hatte, das mir nicht gefiel. Diesen salbungsvollen Blick hatte er zuletzt aufgesetzt, als er mir mitteilte, dass mein Opa gestorben sei und er dachte, ich würde angesichts dieser Nachricht in Tränen ausbrechen.« Ich wusste, dass Svenja ihren Großvater nicht ausstehen konnte. Sein Tod war ihr völlig gleichgültig gewesen.

»Ich fragte ihn, ob etwas mit meinen Eltern sei. Er schüttelte den Kopf und bat mich darum, neben ihm Platz zu nehmen. Kennst du das, wenn jemand mit der flachen Hand auf die Couch klopft, um einen Hund oder eine Katze aufzufordern, sich dorthin zu setzen? Das kann ich leiden wie Grießbrei. Ich bin doch kein Hund, verdammt. Aber natürlich habe ich mich neben ihn gesetzt. Brave kleine Svenja.« Sie wollte sich eine Strähne aus dem Gesicht streichen, aber da war keine. Manchmal ist so eine Kurzhaarfrisur eben doch unpraktisch.

»Er nimmt meine Hand, guckt mich an und sagt: ›Ich habe ein Verhältnis mit einer anderen Frau.‹ Im ersten Augenblick hätte ich beinahe laut losgelacht. Mit einer Frau – wie er das betonte. Als ob er die Eier hätte, es mal mit einem Mann zu probieren!« Nun strömten tatsächlich ein paar Tränen, die sie wütend wegwischte.

»Er treibt es mit einer wissenschaftlichen Mitarbeiterin. Seit einem halben Jahr. Er wolle sich weder scheiden lassen, noch ausziehen, fände aber, ich solle wissen, dass es da noch jemand anderen gebe. Zwischen uns müsse sich nicht viel ändern. Ihm sei schließlich klar, dass auch ich körperliche Vergnügungen außerhalb der Ehe suche und finde. Ehrlich, genau so hat er das gesagt. Körperliche Vergnügungen. So spricht der Herr Professor, wenn er vom Ficken redet. Ist das nicht widerlich?«

»Na ja, eigentlich ist das doch eine ganz nette Umschreibung. Hat so etwas ...«

»Ach, sei still!« Sie funkelte mich an, als bedaure sie, keinen Polizeiknüppel zur Hand zu haben. »Das ist jetzt vier Wochen her. Seither lebe ich mit dem Wissen, dass mein Mann eine andere hat. Eine, die älter ist als ich und dicker und hässlicher.«

»Hast du sie gesehen?«

»Natürlich habe ich sie gesehen. Ich will schließlich wissen, mit wem er es treibt.«

»Und wie soll das jetzt weitergehen? Liebt er die Frau?«

»Mareike. Sie heißt Mareike und hat einen Doktortitel. Zieht sich gerne sexy an, Röcke, die für ihr Alter viel zu kurz und Stiefel, die zu hoch sind. Was eine Frau Doktor eben für sexy hält. Nein, Waldemar behauptet, sie nicht zu lieben. Aber sie fordere ihn heraus mit ihrer Intelligenz, es sei angenehm, mal nicht über Verbrecher reden zu müssen und er genieße es, bewundert zu werden.« Sie stieß ein bellendes Lachen aus. »Ha! Das kann ich mir vorstellen. Bewunderung bekommt er von mir nicht. Wofür auch? Er gräbt alte Steine aus. Als ob das die Menschheit irgendwie weiterbringt. Soll ihn seine Mareike bewundern, bei mir kann er sich das abschminken.«

Die Ente lag schwer in meinem Bauch, die Gedanken ebenso schwer in meinem Kopf. Ich fragte mich, welche Pointe diese Geschichte noch für mich bereithielt. Womöglich wollte Svenja bei mir Asyl suchen, vorübergehend zu mir ziehen. Eine schreckliche Vorstellung.

»Was hast du jetzt vor?«, fragte ich und versuchte, nicht allzu furchtsam zu gucken.

Svenja legte ihre Stäbchen zur Seite. »Du musst gar nicht so ängstlich schauen. Ich erzähle dir das nicht, weil ich bei dir wohnen will. Nach dem Essen bin ich wieder weg. Ich wollte dir erklären, warum ich mich am Freitag so schräg verhalten habe. Ich war durch den Wind, verletzt, weil mein Mann eine andere vögelt. Und dann bekomme ich mit, wie du, mein letzter Halt, dich anscheinend verliebt hast. Da bin ich ausgerastet.«

Unter normalen Umständen wäre das sogar eine halbwegs plausible Erklärung gewesen. Doch bei Svenja gab es keine normalen Umstände. Sie konnte jederzeit austicken, egal was ihr Herr Professor so anstellte.

Ich beugte mich vor. »Was ich nicht verstehe, ist das: Warum regst du dich so auf, wenn Waldemar es mit einer anderen treibt? Klar, verletzte Eitelkeit und so, der erste Schock, das kapiere ich schon. Aber du betrügst ihn quasi seit eurer Hochzeitsnacht ununterbrochen.«

Sie senkte den Blick.

»Schon vor der Hochzeitsnacht?« Vermutlich quollen meine Augen angesichts dieser Ungeheuerlichkeit über.

»Na ja.« Svenja senkte den Blick. »Vielleicht ein oder zweimal. Oder so.«

»Mensch Svenja, ehrlich, du hast keinen Grund, so abzugehen. Ich finde, du hast nicht einmal ein Recht dazu.«

Ihre Augen wurden zu schmalen Schlitzen. »Sag du mir nicht, was ich darf und was nicht. Das hat mir niemand zu ...«

Mein Handy klingelte. Ich hob die Hand, um Svenjas erwartbare Tirade zu unterbrechen. Widerworte hatte sie noch nie ertragen. Und mich hatte das noch nie gejuckt. Einer der Gründe, warum unsere seltsame Beziehung schon so lange hielt.

»Hallo Mandy, liebste Tippse, was kann ich für dich tun?«, flötete ich ins Telefon.

»Was steht morgen an?«, fragte sie.

»Warum fragst du? Das interessiert dich doch sonst nie.«

»Jetzt sag schon.«

»Warum?«

»Ich will freinehmen.«

»Warum?«

»Das geht dich einen Scheiß an.«

»Nee, geht leider nicht.«

»Och Leo, bitte. Morgen ist die Beerdigung von dieser Lena. Danny geht hin und ich würde ihn gerne unterstützen.« Ach du Schande. Wenn Mandy und ihre Altmetallsammlung in der Kirche auftauchten, würden sie die gesamte Trauerfeier sprengen. Andererseits: Die Reaktion der alten Wilderle auf Mandys Anblick würde ich gern erleben.

»Weiß Danny davon?«

»Von der Beerdigung? Was für eine dämliche Frage. Natürlich.«

»Manchmal frage ich mich wirklich, ob dir beim Stechen der Löcher Gehirnmasse rausgeflossen ist. Ob Danny davon weiß, dass du ihn unterstützen willst?«

»Sag das doch gleich.« Sie machte eine kleine Pause, in der ich glaubte, sie kindlich kichern zu hören. »Nee, ist eine Überraschung.«

»Ich weiß nicht, ob er auf solche Überraschungen steht.« Ich zwinkerte Svenja zu. Keine Ahnung, warum. Übersprungshandlung oder so. Sie guckte ausdruckslos zurück.

»Bestimmt steht er drauf.« Nun hörte sich meine Tippse ganz aufgeregt an.

»Da habe ich meine Zweifel. Aber ich will mal nicht so sein. Ich gehe morgen selbst zur Beerdigung. Du darfst mitkommen. Vorher erscheinst du aber pünktlich um acht bei mir und kümmerst dich um den Bürokram.«

Sie stöhnte auf. »Muss das sein?«

»Dafür wirst du bezahlt. Und zieh dir was Anständiges an.«

»Für was hältst du mich?«

Bevor ich passend antworten konnte, hatte Mandy aufgelegt.

Svenjas gelangweilte Miene war einem Hauch von Neugier gewichen. »Auf wessen Beerdigung gehst du morgen?«

Ich erzählte es ihr. Sie hatte davon gehört, aber die Typen vom Drogendezernat lebten so sehr in ihrer eigenen Welt, dass sie kaum mitbekamen, was um sie herum geschah.

»Und der Schmieder ermittelt? Der ist doch zu blöd, sein Arschloch mit einer Taschenlampe zu finden. Kein Wunder, dass der sich an deinem Danny festklammert wie ein Äffchen an seiner Mami.« Sie stutzte, dann sagte sie: »Du bist aber auch noch nicht so richtig weit gekommen, wenn ich das richtig sehe, oder? Ein gelber Kleinwagen, der mit der Sache wahrscheinlich gar nichts zu tun hat. Und sonst? Nichts?«

»Nichts.«

»Soll ich mal gucken, ob ich etwas über den Kleinwagen herausbekomme?«

»Danke, nett von dir. Ist aber schon passiert.«

Svenja verzog das Gesicht. »Erik?«

Mein Helfer in der Not war bei der Polizei so beliebt wie besoffene Kids, die in den Streifenwagen kotzten.

Mein Schulterzucken musste als Antwort genügen.

»Und, hat er schon was herausgefunden? Natürlich hat er, Wunder-Erik findet ja immer etwas heraus, schneller als die Polizei erlaubt. Hat er auch daran gedacht, Autovermietungen abzuklappern?« Herausfordernder Blick von ihr, mildes Lächeln von mir. Sie stöhnte auf. »Klar hat er. Man, kotzt mich dieser Typ an. Gibt es dazu schon Ergebnisse?«

»Nein, noch nicht. Kann sein, dass er dabei an seine Grenzen stößt.« Wir wussten beide, dass das gelogen war.

»In den Polizeicomputer hat er sich aber nicht gehackt?«

»Nicht dass ich wüsste.«

»Okay. Wenn du magst, guck ich morgen mal nach, ob Schmieder, diese Bullen-Karikatur, eine neue Spur hat.«

»Das wäre natürlich cool«, sagte ich.

»Klar, mache ich. Und jetzt verschwinde ich. Mal sehen, ob Waldemar in unserer Bude steckt oder in Mareike.« Sie stand auf und grinste. »Langsam gewöhn ich mich an den Gedanken. Vielleicht können wir mal Swinger-Club spielen und einen Vierer machen.«

Mein Gesichtsausdruck hat wohl eine gewisse Abwehrhaltung signalisiert. Svenja lachte. »Keine Sorge, war nur ein Scherz. Vorerst.«

Sie gab mir einen Kuss auf den Mund. »Ich wünsche dir viel Glück mit deiner Marie. Ernsthaft.«

Zumindest in diesem Augenblick meinte sie das tatsächlich ernst.

23

Mit vielem hatte ich gerechnet, doch damit nicht: Mandy tauchte Punkt acht Uhr auf, was an sich schon bemerkenswert war. Mit ihren schwarz bemalten Lippen pfiff sie ein lustiges Liedchen, irgendwas was aus dem Punk-Death-Metal-Bereich oder wie auch immer ihr aktuell bevorzugter Musikstil sich nennen mochte.

Ich starrte sie an. »Bist du in einen Pechtopf geplumpst?«

»Sieht gut aus, gelle?« Sie strahlte mich an, so gut es ihre Piercings zuließen.

»Du siehst aus wie Fury auf Speed.«

»Wer ist Fury?«

Die jungen Leute haben von Kultur wirklich keine Ahnung.

»Fury ist ein schwarzes Pferd, der Held unter den Hengsten, eine Art Lassie mit Mähne. Lassie kennst du aber?«

»Natürlich, ich bin doch nicht blöd. Du findest, ich sehe aus wie ein Pferd?«

»Eher wie ein Pony.« Ich musterte sie aus meinen zwei Metern Höhe.

»Hm. Ich weiß nicht, was ich davon halten soll. Klingt nicht wie ein Kompliment.«

Kluges Kind. »Vergiss es, der Pferdevergleich hinkt. Du siehst halt aus wie eine Mandy, die mit schwarzer Druckerfarbe übergossen wurde. Die Haare schwarz, die Lippen schwarz, die Augen schwarz, die Fingernägel schwarz.« Ich ließ meinen Blick in Richtung Boden zu ihren nackten Füßen wandern. »Herrje, Mandy, sogar deine Zehennägel sind schwarz.«

Sie schob trotzig die Unterlippe vor. »Na und? Dafür sind meine Füße sauber. Wir gehen auf eine Beerdigung, also habe ich mein Outfit angepasst. Das gehört sich so.«

»Du kannst doch nicht mit einem Totenkopf-T-Shirt bei einer Beisetzung auftauchen!«

»Warum? Als Pascal vor ein paar Jahren gestorben ist, kam die gesamte Schulklasse mit Totenkopf-Shirts.«

»Wer zum Teufel ist Pascal?«

»Ging mit mir in die Berufsschule. Er hat mich zum Death-Metal gebracht und mir bei der Auswahl meines ersten Intimpiercings geholfen. Ist an einer Überdosis gestorben. Lange her.« Sie schniefte, eine Träne kullerte über einen Wangenstick.

»Okay, bei einem Death-Metal-Fan mag so ein Totenkopf-Blüschen angemessen sein. Aber doch nicht bei einer ehemaligen Nonne.«

»Sie ist doch aus dem Kloster ausgetreten. Siehst du, die Braut rockt. Macht nicht jeder. Ich bin sicher, ihr gefällt mein Shirt, wenn sie es sieht.«

»Sie sieht dich nicht, sie ist tot. Dafür sehen dich die Angehörigen, die Dorfbewohner, die ganze verdammte Trauergemeinde. Schau dich doch mal an! Abgesehen von deinen Bemalungen und deinem Shirt rennst du in einem Minirock herum, der so kurz ist, dass ich erst dachte, er sei ein Gürtel. Ich muss ja schon froh sein, dass du Strumpfhosen trägst.«

»Das sind keine Strumpfhosen, viel zu warm. Ich habe mir die Nähte nur aufgemalt. Ist aber cool, dass du drauf reingefallen bist. Ich war nicht sicher, ob das funktioniert. Und jetzt mach dich mal locker. Ich bin perfekt gekleidet für die Beerdigung. Und ich bin sicher, dass Danny total begeistert sein wird von meinen Klamotten. Im Gegensatz zu dir wird er auch meine übrigen Accessoires bemerken – und zu schätzen wissen. Guck mal.« Sie streckte mir die Mittelfinger beider Hände entgegen, an denen jeweils ein silberner Ring mit Totenkopf-Fassung steckte.

»Und hier!« Mit einer fließenden Bewegung schob sie ihr Haar zur Seite, nur um mir Totenkopfohrringe zu präsentieren. »Zur Feier des Tages habe ich sogar meinen geliebten Nasenstick gewechselt. Darauf kann sich diese Lena wirklich etwas einbilden.« Sie reckte mir ihre Nase entgegen, aus der mich ebenfalls ein Totenkopf angrinste.

Ich gab auf. »Geh in die Küche und mach einen Kaffee.«

»Willst du auch einen?«

»Dafür sollst du doch in die Küche, verdammt noch mal. Um mir einen Kaffee zu machen. Mir!« Kann sein, dass sich meine zarte Stimme zu einem Brüllen erhoben hat. Mandy grinste, begann wieder zu pfeifen und verschwand in Richtung Kaffeeautomat.

Entnervt setzte ich mich an den Schreibtisch. In meinem Kopf pochte es leise. Mandys Anblick hatte meine letzten Kräfte geraubt. Ich fuhr den Computer hoch und kraulte derweil Samson. Der hatte sich bei Luigi seine morgendliche Backpfeife abgeholt und sehnte sich nun nach Zärtlichkeit. Mein Blick blieb an seinem Nacken hängen. »Mandy, was ist mit Samsons Halsband passiert?«

»Geil, oder? Habe ich gestern Abend noch gekauft.«

Ich starrte das Teil an. Es war schwarz und mit einer Armada von Totenköpfen versehen.

»Die Leine sieht genauso aus«, rief Mandy. »Er war total glücklich, als ich vorhin mit ihm Gassi war. Und er freut sich schon, seine neuen Klamotten bei der Beerdigung vorzuführen.«

Nicht zu fassen. »Das ist ein Hund. Der darf nicht auf den Friedhof. Und schon gar nicht in die Kirche.«

Sie streckte ihren Kopf aus der Küche, Entrüstung spiegelte sich in all dem Metall. »Ich werde doch nicht ohne meinen Liebling zu einer Beisetzung gehen. Schon gar nicht, wenn er sich so darauf freut.«

»Keine Chance. Hundeverbot in Kirchen und an Gräbern.«

»Du bist so ein Spießer, echt! Außerdem kannst du mir gar nix verbieten.«

»Mit beidem hast du sogar recht. Allerdings bin nicht ich derjenige, der das Tierverbot durchsetzt. Sondern die Kirche.«

»Blöde Kirche.«

»Auch diesmal gebe ich dir recht. Heute ist dein Glückstag. Trotzdem muss Samson hierbleiben.«

»Ich nehme ihn mit, basta.« Sie stampfte tatsächlich mit ihrem Füßchen, Größe vierunddreißig, auf.

»Mandy, tu ihm das nicht an. Im Auto ist es zu heiß, vor der Kirche auch, rein darf er nicht. Was soll das?«

»Ich will ihn in meiner Nähe haben. Kann sein, dass ich nach dem Begräbnis weinend zusammenbreche, dann brauche ich seinen Trost. Lass dir was einfallen.« Sie zog ihren Kopf zurück, widmete sich dem Kaffee und überließ mir einmal mehr in unserem gemeinsamen Arbeitsleben die Arschkarte. Wenn ich mir nichts einfallen ließe, würde sie den Rest des Tages abwechselnd schmollen und zetern. Beides konnte ich nicht ertragen, ohne einen Nervenzusammenbruch zu erleiden.

Der dämliche Computer fuhr noch immer hoch. Ich brauchte dringend einen neuen, doch mir fehlte das Geld. Bis sich das änderte, musste die alte Möhre herhalten. Ich nutzte die Zeit, um Trudi anzurufen. Wie üblich hob sie schneller ab als eine Mondrakete.

»Guten Morgen, Herr Leonardo. Was kann ich für Sie tun?«

»Guten Morgen. Geht es Ihnen gut? Ist Frau Merkel noch an Bord?«

»Klaro.«

»Fein, fein. Trudi, können Sie mir bitte die Telefonnummer von Walther geben?«

»Sicher. Ich kann Sie aber auch gleich weiterreichen, er sitzt neben mir am Frühstückstisch. Moment bitte.«

Wir tauschten die üblichen Höflichkeitsfloskeln aus, ehe ich zum Kern meines Anrufs kam. »Walther, Sie mögen doch Hunde, oder?«

»Meinen Sie Hunde oder den Wolf, den Sie neulich dabei hatten?«

»Na ja. Wolfshunde eben.«

»Warum?«

»Ich wollte Sie um einen Gefallen bitten. Kann Samson heute während der Trauerfeier bei Ihnen in der Wohnung bleiben? Er ist auch ganz brav. Er wird in einer Ecke liegen, schlafen und im schlimmsten Fall ein paar Haare verlieren. Ansonsten werden Sie gar nicht bemerken, dass er im Haus war.«

»Ihnen ist aber bewusst, dass auch ich dem traurigen Ereignis beiwohnen werde?«

»Selbstverständlich. Keine Sorge, Samson kann sehr gut allein sein.«

»Und warum bleibt er dann nicht bei Ihnen?«

Ich erklärte ihm, dass meine vollkommen durchgeknallte Tippse die eigentliche Besitzerin des Hundes sei, dass sie ihn in der Nähe wissen wolle und überhaupt, den ganzen Quatsch halt. Schließlich willigte Walther ein, dem Hund Asyl zu gewähren.

Bevor ich auflegte, fiel mir noch etwas ein. »Walther, Sie haben nicht zufällig ein Foto von der Kuckucksuhr, die Ihnen gestohlen wurde?«

»In der Tat glaube ich, ein solches Bild in meinem Archiv finden zu können. Mag sein, dass die Uhr nicht im Zentrum der fotografischen Komposition steht, aber sie sollte doch darauf zu erkennen sein.«

»Können Sie mir das Foto schicken?«

»Per Post? Ist das nicht schrecklich umständlich? Ich könnte es Ihnen nachher am Rande der Beisetzung in die Hand drücken.«

»Per Mail, dachte ich.«

Im Hintergrund lachte Trudi laut auf. »Walther ist ein Dinosaurier. Kein Handy, keine E-Mails, keine Digitalkamera. Hast du überhaupt einen Computer?«

Walther brummte etwas, das ich nicht verstand. Im nächsten Augenblick hatte ich Trudi wieder direkt im Ohr. »Vergessen Sie die Sache mit der E-Mail. In einem seiner unzähligen Alben wird er ein entsprechendes Foto eingeklebt haben. Wir suchen es und bringen es nachher mit. Wenigstens haben wir jetzt etwas zu tun. Der Vormittag drohte bis zur Trauerfeier schon wieder schrecklich öde zu werden. Diese Hitze raubt einem wirklich jede Energie.«

»Na, Ihnen bestimmt nicht.«

»Doch, junger Mann, sogar mir.«

Erik hatte mir in der Nacht geschrieben. Weder in Freiburg noch in Emmendingen war in der fraglichen Zeit ein gelber Kleinwagen vermietet worden. Er hatte alle Auto-Vermietungen in der Umgebung Freiburgs angezapft. Nichts. Deshalb weitete er seine Suche aus. In Lörrach war er fündig geworden. Eine Christina Schwaiger hatte einen Tag vor dem Mord einen gelben Fiat 500 gemietet. Am Tag, an dem Lena starb, war das Auto abends wieder in Lörrach abgegeben worden. Erik kündigte in dünnen Worten an, mehr über die Mieterin herauszufinden.

Mandy brachte mir einen doppelten Espresso, ich erzählte ihr von der Samson-Lösung, was sie mit einem unzufriedenen »Besser als gar nichts« quittierte. Undank ist der Welten Lohn. Während ich trank und versuchte, Mandy zu ignorieren, grübelte ich erneut über Trudis Engel nach. Wo zur Hölle hatte ich das hässliche Teil schon einmal gesehen? Ich ließ die vergangenen Tage Revue passieren, Stunde für Stunde knöpfte ich mir vor. Ohne Erfolg.

Um auf andere Gedanken zu kommen, googelte ich Christina Schwaiger. Hunderte Treffer ploppten auf.

Schwaiger ist in Süddeutschland ein geläufiger Name. Die Bildersuche präsentierte Christinas unterschiedlichen Alters, viele in Trachtenkleidung. Mal bayerisch, mal aus dem Schwarzwald. Auf die Schnelle brachte mich das nicht weiter.

Zum Glück klingelte in meine Verzweiflung hinein das Telefon.

»Hallo, mein Chefpilot«, reibeiserte es in die Sprechmuschel.

»Guten Morgen, Svenja«, sagte ich.

»So förmlich?«

»Du rufst schließlich auf meiner Büronummer an.«

Sie lachte. »Das stimmt. Hör zu, ich hab nicht viel Zeit. Der Blick in Schmieders Ermittlungsakte war so frustrierend wie das Sexleben meiner Eltern. Der Mann hat nichts herausgefunden. Gar nichts. Die Akte steckt voller substanzloser Zeugenaussagen, der gelbe Kleinwagen wird nicht erwähnt. Und auch sonst nichts, was deinem Danny nützen oder schaden könnte. Schmieder tritt auf der Stelle. Der elende Feigling hat den sauberen Pfarrer Ebert laut Protokoll nicht einmal nach einem möglichen Verhältnis mit dem Opfer gefragt. Dabei müssen ihm die Gerüchte doch zu Ohren gekommen sein. Warum sonst hätte er mit ihm sprechen sollen?«

Ich nahm Schmieder ungern in Schutz, aber ich konnte mir gut vorstellen, dass die Dorfgemeinschaft in offiziellen Vernehmungen kein Wort über den Pfarrer verlauten ließ. Okay, die alte Wilderle hätte sich vermutlich überschlagen, wenn es darum ging, den Pfarrer schlechtzumachen. Doch niemand hatte die Alte gefragt. Der Rest zog es anscheinend vor, keine Gerüchte zu verbreiten. Was natürlich auch damit zusammenhängen konnte, dass Schmieder kein Sympathieträger war, dem man unbestätigte Geheimnisse anvertraute. Ganz im Gegensatz zu mir. Und dass Schmieder mit Ebert gesprochen hatte, war nur logisch. Schließlich hatte der Pfarrer in der

Gemeinde seit einigen Monaten eng mit Lena zusammengearbeitet.

Ich bedankte mich bei Svenja und verabschiedete mich.

»Warte noch einen Moment«, sagte sie. »Hast du am Wochenende Zeit? Wir könnten etwas zusammen unternehmen. Ins Kino gehen. Oder tanzen. Oder was essen.«

»Du meinst, wie ein Paar?«

Hörte ich aus ihrem Lachen eine Spur Verlegenheit heraus? »Jetzt wo du es sagst, muss ich zugeben, dass es sich so anhört. Ist aber nicht so gemeint. Ich will einfach mal wieder was anderes mit dir machen, als nur Sex zu haben.« Sie senkte ihre raue Stimme: »Wobei das nicht heißen soll, dass es keinen Sex geben wird.«

Sollte ich das wirklich riskieren? Ich dachte nach. Marie hatte sich immer noch nicht gemeldet, ich selbst verspürte nicht die geringste Lust, ihr hinterherzurennen. So verdreht, wie die Lage war, durfte ich kaum damit rechnen, sie am Wochenende zu treffen. Insgeheim fürchtete ich sogar, sie nie wieder zu sehen. Das gestand ich mir aber nicht ein. Trotzdem – warum sollte ich mich zurückhalten? Marie verweigerte den Kontakt, nicht ich. Selbst schuld.

»Klar«, sagte ich deshalb. »Lass uns am Samstag was unternehmen.«

Mit einem seltsamen Gefühl in der Magengegend legte ich auf. Ich sah auf die Uhr, die an der Wand hing. Zeit, mich in meinen schwarzen Anzug zu werfen, die Beisetzung nahte. Vermutlich die Ursache für mein flaues Gefühl. Wer mag schon Beerdigungen?

24

Alles dicht. Rund um die Kirche herum bestand nicht die geringste Chance, einen Parkplatz zu ergattern. Mehr als eine halbe Stunde vor Beginn der Trauerfeier blitzten die verschiedenen Metallictöne der Autos in der Sonne um die Wette, vor der Kirche schnatterten die Menschen, unterhielten sich über die Spargelernte, das Wetter, die Bundesliga und versuchten dabei, angemessen traurige Gesichter zu machen.

»Da vorn steht ein Reisebus«, sagte Mandy. »Wer chartert bitteschön einen Reisebus, um zu einer Beerdigung zu fahren? Das ist doch kein Heavy-Metal-Festival. Obwohl, die Farbe der Klamotten würde ja passen.«

»Manche Trauergäste reisen sogar mit den gleichen Symbolen an.« Ich schielte auf einen der vielen Totenköpfe, die sie am Leib trug.

Ich fuhr zu Walther. Würden wir den Wagen eben bei ihm stehen lassen und von dort zur Kirche spazieren. Zu den Vorteilen solcher Käffer gehören zweifelsfrei die kurzen Wege.

Trudi öffnete die Tür, bevor ich läuten konnte. »Endlich. Ich dachte schon, Sie kommen gar nicht mehr. Wir müssen uns beeilen, damit wir einen guten Platz ergattern.«

»Wo ist Walther?«

»Auf der Toilette. Durchfall. Wie immer, wenn er sich aufregt.«

Ich bezweifelte, dass Walther sich über die offenherzige Herausgabe solch sensibler Informationen freute.

»Wer ist das?« Trudi sah zu Mandy. Ich versuchte, ihren Blick zu deuten. Unverständnis? Abscheu? Nein, wirkte eher neugierig. Wenigstens eine, die bei Mandys Auftauchen nicht gleich in Ohnmacht fiel.

»Das ist Mandy, meine Assistentin. Auch sie möchte der Verstorbenen die letzte Ehre erweisen.«

»Wer möchte das nicht? Wir wollen schließlich alle wissen, was heute abgeht.« Trudi musterte meine Tippse. »Sind das Totenköpfe? Wow, die sind ja toll. Vor allem der in der Nase. Wissen Sie, ich denke ja auch darüber nach, mir einen Nasensticker stechen zu lassen. Ich weiß nur noch nicht, welches Motiv zu mir passen würde. Ich dachte erst an einen grünen Smaragd, weil meine Katze grüne Smaragdaugen hat, aber irgendwie kommt mir das langweilig vor. Aber Ihr Totenkopf, der gefällt mir. Zeigen Sie mal her.«

Mandy schielte triumphierend in meiner Richtung, während Trudi den Nasenschmuck inspizierte.

»Ja, doch, gefällt mir sehr gut. Sie müssen mir unbedingt sagen, wo man so etwas bekommt.« Trudi wandte sich mir zu. »Wo haben Sie Ihre Freundin gelassen? Wie heißt sie noch gleich? Marie, nicht wahr? Wo ist sie?«

»In Heidelberg. Sie muss studieren.«

»Herr Leonardo?«

»Hm?«

»Sie machen doch keinen Fehler, oder? So eine bekommen Sie nie wieder.« Trudi guckte von unten zu mir herauf, so streng, dass ich zusammenzuckte. Dann sah sie auf ihre Armbanduhr. »Hoffentlich braucht Walther nicht mehr so lange. Wir müssen wirklich los.«

Im selben Augenblick rauschte eine Toilettenspülung. Kurz drauf schritt Walther die Treppe herunter. Er tat dies mit einer Würde, als sei er der britische Königsgemahl.

Samson stürzte zu ihm, um ihn im Schritt zu beschnüffeln.

»Na, na, wer wird denn gleich ... guten Tag, meine Lieben. Ich habe mich noch ein wenig frischgemacht.«

»Entspann dich, sie wissen, dass du Durchfall hast.« Nachdem erst Samson und dann Trudi Walthers Auftritt zerstört hatten, blieb von der Würde nicht mehr viel übrig.

»Musstest du das sagen?« Was Walther ansonsten noch vor sich hinbrummte, verstanden wir nicht. Freundlich klang es nicht.

Trudi ignorierte das Gemaule ihres Lovers. »Können wir jetzt endlich gehen? Ich will nicht die miesesten Plätze bekommen.«

»Du redest, als planten wir einen Zirkusbesuch. Das ist aber ein Kirchgang, eine Trauerfeier. Dort geht es nicht um gute Sicht, sondern um das Gedenken an einen lieben Menschen.« Walther hatte seine Würde zurückbekommen.

Mandy schüttelte den Kopf. »Redet der immer so?«

»Und wer sind Sie, junge Dame?«

»Das ist Mandy«, sagte Trudi. »Assistentin von Herrn Leonardo und Expertin für die aktuelle Totenkopfmode.«

»Das sehe ich. Sehr ... nun ja ... eigenwillig.«

Mandy drehte sich einmal um die eigene Achse. »Gefällt Ihnen mein Outfit?«

Walther rümpfte kaum wahrnehmbar die Nase, während er sich darauf konzentrierte, nicht von Samson umgeworfen zu werden. »Gefallen? Das liegt ja nun stets im Auge des Betrachters, meine Liebe. Dem einen gefallen Goethes Werke, der andere bevorzugt Trivialliteratur. Manche speisen im Sternerestaurant, die nächsten sättigen sich im Schnellimbiss.« Er versuchte, Haltung zu bewahren, während er Samson von sich schob. »Und dann gibt es welche, die ihre Kleidung gerne mit Symbolen versehen, die von manchen Zeitgenossen womöglich als provozierend empfunden werden könnten. Wohingegen andere« – er straffte sich – »den klassischen Stil bevorzugen. Deshalb, meine Liebe, ist das keine Frage des Gefallens, sondern eine des persönlichen Geschmacks. Und über den, das wissen Sie, lässt sich nicht streiten.«

Mandy starrte den alten Mann an wie eine außerirdische Erscheinung. »Wow. Ich habe zwar kaum ein Wort verstanden, aber ich muss sagen, ich finde Sie total cool. Ich steh total drauf, wenn Männer so reden können. Gefällt mir. Oder muss es heißen: Sie sind ganz nach meinem Geschmack?«

Walther fuhr sich mit der Hand verlegen durch seinen weißen Haarschopf, stellte sich noch aufrechter hin, als er es ohnehin zu tun pflegte, verkniff sich mit größter Mühe ein kindliches Strahlen und sagte: »Das dürfen Sie selbstverständlich so ausdrücken, wie es ihrem Gusto entspricht.«

»Ist ja gut, ihr Turteltäubchen. Können wir jetzt endlich gehen?« Trudi klatschte in die Hände.

»Selbstverständlich, ich bin bereit.« Walther schien in den vergangenen Sekunden um mehrere Zentimeter gewachsen zu sein. Was der Zuspruch eines jungen Dings nicht alles bewirkt – selbst dann, wenn dieses junge Ding auf Totenköpfe steht.

Auf dem Weg zur Kirche fragte ich Mandy, ob sie nicht aufs Dorf ziehen wolle. Immerhin finde sie dort an jeder Ecke einen Mann.

»Was meinst du?«

»Gestern noch war Danny dein Held, heute ist es Walther.«

»Der ist total süß, gelle? Ich glaube, ich werde mein gesamtes Beziehungsleben umstellen.«

»Du willst dir also mal richtige Männer suchen und keine Idioten? Solche, mit denen du es länger aushältst als zwei Tage? Oder die mit dir, so genau weiß man das ja nicht.«

»Das ist gemein. Außerdem meine ich das anders. Ich habe beschlossen, mir einen Typen fürs Bett zu suchen und einen für gute Gespräche. Das heißt, ich muss gar nicht mehr suchen, ich habe beide schon gefunden.«

»Aha, lass mich raten: »Walther fürs Bett und Danny für die Gespräche.«

Ein gezielter Stoß ihres knochigen Ellenbogens in meine Rippen ließ mich aufstöhnen. »Ich stelle mir das so vor«, sagte sie. »Nachmittags treffe ich mich mit Danny. Wir haben Sex. Also nicht einfach Sex, sondern richtig guten Sex. Danny kann das nämlich. Weißt du, was er mit mir gemacht hat? Er ... Leo, was ist? Warum schaust du mich so böse an?«

»Mandy, ich will das nicht hören. Keine Details aus deinem Sexleben. Ich glaube, das steht sogar in deinem Arbeitsvertrag.«

»Das ist doch gelogen.«

»Kann sein. Aber ich werde diesen Passus noch einfügen.«

»Pfff, erzähle ich es eben nicht. Dabei hättest du was lernen können. Zum Beispiel für Marie. Oder ist da auch schon wieder Sendepause? Du hast vorhin so komisch geguckt, als Trudi dich nach ihr gefragt hat. Dabei hat Trudi völlig recht: So eine bekommst du nie wieder. Ist mir sowieso ein Rätsel, was sie von dir will.«

Ich hielt den Zeigefinger meiner rechten Hand an eins ihrer Lippenpiercings. »Schweig still, Weib!« Zu meiner Überraschung hakte sie in der Marie-Sache tatsächlich nicht nach. Im Gegenteil, aus ihren Augen floss mir so etwas wie Mitgefühl entgegen. Ja, Mandy hatte durchaus empathische Momente.

»Erzähl weiter«, sagte ich. »Wie sehen deine Pläne aus? Erst Sex mit Danny und dann?«

»Dann fahre ich zu Walther, befriedigt und entspannt. Er liest mir Goethe vor oder Shakespeare oder wie diese Typen heißen. Währenddessen sitzen wir in tiefen Ledersesseln, trinken teuren Rotwein und rauchen edle Zigarren. Ach Leo, das wird so schön.«

»Und was machst du, wenn Walther auch Sex will?«

Sie sah mich entsetzt an. »Aber der ist doch alt.«

»Na und? Deshalb hat er trotzdem Bedürfnisse. Frag mal Trudi. Die beiden üben immer noch regelmäßig den Beischlaf aus.«

»Ehrlich? Ist ja krass. Aber wenn er Trudi hat, braucht er ja mich nicht, um seine Lust zu befriedigen. Außerdem werde ich ihn ihr auf keinen Fall wegnehmen.«

»Och, ich glaube, die beiden sind in dieser Hinsicht ziemlich offen.«

»Hm.« Mandy dachte nach, wobei sie ihre Stirn so sehr in Falten legte, dass zwei ihrer Piercings darin verschwanden. Schwupps, weg waren sie. Erst als sie zu Ende überlegt hatte und die Stirn sich glättete, tauchten sie wieder auf. »Also, wenn er das wirklich will, dann habe ich kein Problem damit, ihm hin und wieder einen runterzuholen.«

Mir klappte die Kinnlade runter. »Das würdest du echt machen?«

»Klar, wieso nicht? Ich mag ihn schließlich.«

»Wen mögen Sie?« Walther hatte sich von hinten genähert.

»Oh, was für ein Zufall. Wir haben gerade über Sie gesprochen«, flötete Mandy. »Darüber, was ich alles dafür geben würde, Ihnen mal ein oder zwei Stündchen lauschen zu dürfen. Es ist so interessant, was Sie sagen. Und wie Sie es sagen.«

Vor einer Stunde hatte mir Walther noch bis zum Brustkorb gereicht. Jetzt endeten seine Haarspitzen bereits an meinem Hals. Wenn Mandy ihn weiterhin so anschmachtete, würde er mir bald über den Kopf wachsen.

»So ein Plauderstündchen lässt sich bestimmt einrichten.« Walther versuchte, edelmütig zu lächeln. Heraus kam ein begeistertes Grinsen. Es dauerte einen Augenblick, bis er sich fing. »Herr Buchfink ...«

»Wenn Sie mögen, können Sie Leo sagen.«

»Gern, ich bin Walther. Also, Leo. Ich hatte vorhin vergessen, Ihnen das Foto von meiner Kuckucksuhr zu überreichen.« Er griff in die Innentasche seines Wollsakkos. Darunter trug er eine Weste, ein Hemd und eine Krawatte. Ich fragte mich, wie er es schaffte, mit dieser Klamottenansammlung in der Hitze zu überleben. Aber er spazierte aufrecht und gelassen durch die heißen Dorfstraßen, als herrschten angenehme fünfzehn Grad.

»Bitteschön, das ist mein Kuckuck. Er ist etwas Besonderes.«

Das war er in der Tat. Das Foto zeigte ein blaues Etwas, das mit den herkömmlichen Kuckucksuhren, wie sie in jedem Schwarzwald-Souvenirladen verkauft wurden, nichts gemein hatte. Die Uhr hatte die zwar abstrahierte, aber doch deutlich erkennbare Form eines Kuckucks. Ganz anders als die üblichen kitschigen Häuschen, aus denen der Kuckuck dank ausgefeilter Mechanik fuhr, um lautstark die Zeit zu verkünden.

»Ich dachte, es handelt sich um eine typische Schwarzwalduhr.«

»Wo denken Sie hin? Ich stelle mir doch nicht einen solchen Touristen-Nepp in mein schönes Heim. Dies hier ist eine Sonderanfertigung, eine Kuckucksuhr dem Wortsinne nach. Sehen Sie das handgefertigte Zifferblatt auf seinem Bauch? Es ist aus gefärbtem Elfenbein. Damals wusste man noch nicht, dass für den Gewinn von Elfenbein Tiere gequält wurden. Heute würde ich so etwas nicht mehr kaufen.«

»Sagt dieser Kuckuck auch die Zeit an?«

»Sie meinen mit dem üblichen penetranten Kreischen? Selbstverständlich. Mein Vater hat ihn mir zu meiner ersten Hochzeit geschenkt. Die Ehe war eine Katastrophe, nur von kurzer Dauer. Aber diese Uhr ist von bleibendem Wert.«

»Nur ideell oder auch materiell?«

»Beides. Werke des Künstlers, der sie seinerzeit gefertigt hat, wechseln heute mitunter für hohe sechstellige

Beträge den Besitzer. Glauben Sie, Sie werden sie finden?«

Ich schaute noch einmal auf das Foto, dann zu Walther. »Dessen bin ich mir ziemlich sicher. Und ich weiß auch schon wo.«

Vor der Kirche herrschte ein Trubel wie sonst nur in einem Oktoberfestzelt. Lediglich Bier, Musik und gute Stimmung fehlten.

Mandy hatte sich bei Walther eingehängt. »Sehen Sie das? Da sind sogar welche mit dem Reisebus gekommen. Ist das nicht pervers?«

»Oh, das scheint nur so. Der Bus hat die Ordensschwestern aus jenem Schwarzwaldkloster zu uns transportiert, in dem die arme Lena Freiwald einst gelebt, gebetet und gewirkt hat.«

»Sie wissen wohl wirklich alles, oder?« Mandys Bewunderung kannte keine Grenzen. Ihr selbst schlug eher ein gehöriges Maß an Verwunderung entgegen. Um nicht zu sagen: Ablehnung. Die Dorfbewohner starrten sie an, als sei sie direkt von einem anderen Planeten angereist. Ein grünes Männchen hätte kaum mehr Aufmerksamkeit erhalten als meine Totenkopf-Tippse.

Die Menschen tuschelten und deuteten in unsere Richtung. Fast alle setzten angewiderte Mienen auf. Trudi, Walther und Mandy genossen das Schauspiel. Ich selbst fühlte mich hingegen unwohl.

Einer der wenigen, die sich zu uns getrauten, war Danny. Allerdings zählte das nicht. Erstens hatte er mit Mandy geschlafen und zweitens galt er selbst vielen als Outlaw. Solange seine Unschuld nicht bewiesen war, mied ihn die eine Hälfte der Dorfbewohner. Mindestens. Am Rand der Kirche standen etwa drei Dutzend Nonnen, sie sahen aus wie ein Rudel Pinguine, das sich in die Sonne Mitteleuropas verirrt hatte. Die Frauen blieben unter sich, versunken in Trauer und Gebet.

Auch die Wilderles waren nicht weit. Die Stimme der Alten dröhnte über den Vorplatz. »Es ist nicht jedem gegeben, sich angemessen zu kleiden. Und es ist nicht jedem gegeben, sich in die passende Gesellschaft zu begeben. Wenn die arme Lena Freiwald wüsste, wie manche mit ihrem Andenken umgehen.«

Um die Dorfmatrone herum scharten sich die schleimenden Kretins und ihre Familie. Fast ausnahmslos nickten sie empört zu den Tiraden. Nur Peter Wilderle, der Gärtnereichef, wirkte unangenehm berührt. Als er in meine Richtung sah, winkte ich ihm zu. Er winkte zurück und lächelte halbwegs freundlich. Anscheinend hatte er mir die kleine Fragestunde in Bezug auf seine Großmutter verziehen. Er schlenderte unter den giftigen Blicken seiner Oma zu mir.

»Na, sind Sie mit Ihren Nachforschungen weitergekommen?«

»Teils, teils. Was den Mord betrifft, tappe ich noch ziemlich im Dunkeln.«

»Aber?«

»Aber ich ermittle noch in einem anderen Fall. Es geht um Diebstähle innerhalb der sogenannten Rentnergang.«

»Aha. Klingt ja wahnsinnig aufregend.«

»Geht so. Aufregend ist es allerdings immer dann, wenn ich die Lösung für einen Fall gefunden habe.«

»Und bei den Diebstählen haben Sie die Lösung?« Ich wartete darauf, dass Wilderle sein Desinteresse mit einem herzhaften Gähnen untermalte. Doch das ersparte er mir.

»Richtig. Warten Sie, ich zeige Ihnen was.« Umständlich kramte ich das Foto aus meinem Anzug. »Haben Sie das schon mal gesehen?«

Er betrachtete das Bild. »Was soll das sein? Eine Uhr in Kuckucksform? Oje, doch nicht etwa die originelle Version einer Schwarzwälder Kuckucksuhr? Das Ding ist ja selten hässlich.«

Insgeheim gab ich ihm recht. »Haben Sie die Uhr schon einmal gesehen?«

»Nein. Sollte ich?«

»Aber ich.«

»Glückwunsch.«

»Ich verrate Ihnen sogar, wo«, sagte ich.

»Kann es kaum erwarten.«

Von hinten näherte sich ein vielleicht zwölfjähriges Mädchen, das unglücklich dreinschaute. Sie war Wilderle wie aus dem Gesicht geschnitten. Ich hoffte für das Kind, dass sich das im Lauf der Jahre verwuchs. Sie zupfte an seinem Ellenbogen. »Papa, Uroma will, dass du wieder zu uns kommst.«

»Dann sag deiner Uroma, dass sie mich mal kann. Und zwar kreuzweise.«

Die Augen des Mädchens weiteten sich vor Schreck. Ihr Vater nahm sie in den Arm. »War nur ein Scherz, Tammy. Sag ihr, dass ich gleich komme. Sobald ich hier fertig bin.« Tammy huschte davon, Wilderle sah ihr kopfschüttelnd nach. »Sie glauben nicht, wie sehr mich diese Angst vor meiner Großmutter nervt. Ich habe immer wieder versucht, meinen Kindern Selbstvertrauen zu vermitteln, ihnen klarzumachen, dass sie vor niemandem Angst haben müssen, schon gar nicht vor ihrer Uroma. Aber keine Chance, alle kuschen vor ihr. Sogar meine eigenen Kinder. Es ist frustrierend.«

»Warum meiden Sie und Ihre Familie sie nicht?«

»Habe ich schon versucht, aber das artet in einen familiären Kleinkrieg aus, den ich niemandem zumuten kann. Ginge es nur um mich, wäre es ja egal. Aber ich kann da nicht meine Frau und meine Kinder mit reinziehen. Außerdem hat meine Oma auch gute Seiten. Ja, ich weiß, das können Sie sich nicht vorstellen, es ist aber so. Gerade zu den Kindern ist sie keineswegs nur streng und herrschsüchtig. Sie beschäftigt sich mit ihnen, nimmt sie ernst und macht das, was eine gute Oma macht: Sie stellt sich im Streitfall auf die Seite der Kinder.«

Schwer vorstellbar bei der alten Hexe, aber was wusste ich schon. Allerdings warf das sofort die nächste Frage auf. »Warum hat Ihre Tochter dann Angst vor ihr?«

»Weil Tammy auch schon Großmutters andere Seite kennengelernt hat. Sie hat erlebt, wie sie meinen Bruder, also Tammys Onkel, zur Sau gemacht hat, weil der sich von seiner Frau trennen wollte. Sie hört, wie andere Menschen über meine Oma reden, sie dämonisieren. Und sie hat am eigenen Leib gespürt, wie hart ihre Urgroßmutter sein kann. Zu deren 92. Geburtstag ist Tammy nicht erschienen. Ihre beste Freundin feierte am selben Tag Geburtstag. Pyjamaparty. Sie verstehen, total aufregend, die Nacht durchmachen und dann doch um zwei Uhr morgens einschlafen, mit Jungs im selben Bett liegen, vielleicht zum ersten Mal Flaschendrehen, solche Sachen eben. Meine Frau war der Meinung, dass wir Tammy mit zu Großmutter nehmen sollten. Das gehöre einfach dazu. Familie über alles. Sie hat die Wilderle-Doktrin schon sehr verinnerlicht.«

Er verdrehte die Augen und fuhr sich mit einer fahrigen Bewegung durchs Haar. »Ich war anderer Meinung. Tammy sollte einen Tag, auf den sie sich seit Wochen wahnsinnig freute, nicht wegen einer alten Frau opfern müssen, der es letztlich nur um sich geht. Ich habe mich durchgesetzt – und meine Großmutter strafte Tammy wochenlang mit Ignoranz und Eiseskälte. Wenn sie überhaupt mit dem Kind sprach, dann abschätzig und bösartig. Ich stellte meine Oma zur Rede, aber sie hat mich nur ausgelacht. Man erntet, was man sät, sagte sie. Einer ihrer dämlichen Sprüche, mit denen sie die Welt tyrannisiert.«

Wilderle atmete tief durch. »Falls der Eindruck entstanden sein sollte, ich könne meine eigene Oma nicht besonders leiden: Dieser Eindruck täuscht nicht.«

Um uns herum drängten sich immer mehr Menschen. Ich konnte mir nicht vorstellen, wie alle in der kleinen Kirche Platz finden sollten.

Ich legte Wilderle die Hand auf die Schulter. Aus den Augenwinkeln sah ich, wie die Alte uns beobachtete. Ihr ohnehin verkniffenes Gesicht wirkte noch eine Spur bösartiger als sonst. »Verwandtschaft kann grausam sein. Auf dem Dorf erst recht, ich weiß das. Ich bin selbst in einem kleinen Schwarzwaldkaff aufgewachsen. Wenn ich Sie so höre, bin ich noch dankbarer, dass ich mit zarten neunzehn Jahren den Absprung geschafft habe.« Ich grinste ihn an, er grinste zurück.

Schließlich reichte er mir die Hand. »Ich bin der Peter.«

»Leo.«

»Also Leo, was hat es mit dem Kuckucksuhr-Foto auf sich, warum hast du mir das Bild gezeigt? Bestimmt nicht, um mich dazu zu animieren, dir meine Lebensgeschichte zu erzählen.«

»Nee, auch wenn die nicht unspannend war.« Ich lachte. »Dieses Foto, mein lieber Peter, könnte der Schlüssel dazu sein, deiner Großmutter für alle Zukunft das Maul zu stopfen.«

Er seufzte. »Das klingt zu schön, um wahr zu sein. Also erzähl schon.«

Das tat ich.

Es hätte mir viel früher einfallen müssen, schon beim Anblick von Trudis fettem Engel. Aber erst als Walther mir das Foto der blauen Uhr zeigte, machte mein Gedächtnis Freudensprünge. Uhr und Buddha-Engel hatte ich gesehen, wie sie einträchtig nebeneinander auf einem Regal standen und auf bessere Zeiten warteten. Vielleicht hatte mich meine Erinnerung im Stich gelassen, weil das Regal in einer so düsteren, staubigen Umgebung stand, weil es so vollgepackt war mit allerhand hässlichem Nippes, dass Trudis Engel kaum auffiel. Doch diese Uhr, dieses leuchtende Blau, in das der hässliche Kuckuck einst gegossen worden war, das vergaß niemand so schnell. Selbst ich nicht.

Kuckuck, Engel und höchstwahrscheinlich das gesamte andere Diebesgut lagerten im Keller der alten Wilderle. Dort, wo sie mich vor ein paar Tagen eingesperrt hatte, um mich der Polizei auszuliefern. Bei meinem kleinen Rundgang mit der Taschenlampe hatte ich den Kram gesehen und gedacht, das alles sei nutzloser Krempel, den die Alte im Keller hortete und nicht wegwerfen wollte. Nichts davon hatte sich in meiner Erinnerung festgesetzt – abgesehen von der unsagbar hässlichen blauen Uhr.

Peter konnte kaum glauben, dass seine Großmutter das ganze Zeugs gestohlen hatte. »Warum sollte sie das tun? Sie hat doch mehr Geld, als sie je ausgeben kann.«

»Rache?«, fragte ich. »In der Rentnergang hatte sie einen schweren Stand, Walther und Trudi haben sich von deiner Großmutter noch nie einschüchtern lassen. Und einige der anderen Senioren ebenfalls nicht. Vor ein paar Wochen kam es – mal wieder – zu einem großen Krach. Deine Oma zog sich freiwillig zurück, womit sie einem Rauswurf zuvorkam.« Das hatten mir Trudi und Walther erzählt, nachdem ich den beiden vorhin von meinem Verdacht berichtet hatte.

»Und du bist dir ganz sicher?«, fragte Peter.

»Hundertprozentig. Hast du einen Schlüssel für das Haus deiner Großmutter?«

»Nein, aber ich kann einen besorgen.«

Ich sah auf die Uhr. »Wir haben noch fünfundzwanzig Minuten. Das reicht. Wir treffen uns vor dem Haus, versichern uns im Keller, dass ich mich nicht irre, machen Beweisfotos – und dann sehen wir weiter.«

»Jetzt sofort?«

»Ja.«

Es war alles so, wie ich vermutet hatte. Die Uhr, der Engel, die Brosche und noch ein paar andere Gegenstände, die zweifelsfrei in andere Hände gehörten. Sowohl Peter als auch ich fotografierten das Diebesgut mit unseren Handys. Dann machten wir uns schleunigst auf den Weg zurück zur Kirche. Noch gut zehn Minuten bis zum Beginn der Trauerfeier, gleich würden die Glocken läuten und die Schäfchen ins Gotteshaus rufen.

Im Laufschritt eilten wir zurück. Ich begann zu schwitzen, mein Atem ging schneller. Peter, an körperliche Betätigung gewöhnt, trabte entspannt neben mir her.

»Was machen wir jetzt? Kommt meine Großmutter ins Gefängnis?«

»Quatsch. Sie ist über neunzig. Da müsste sie schon einen Mord begehen, um überhaupt eine Chance auf einen Knastaufenthalt zu haben. Du wirst sie mit der Wahrheit konfrontieren, sie wird alles abstreiten ... verdammt, lauf langsamer, ich kann nicht so schnell ..., sie wird Zeter und Mordio schreien, sie wird anderen die Schuld geben und irgendwann, mit ein bisschen Druck und dem locker hingeworfenen Wort ›Polizei‹ wird sie einlenken. Dann gibt sie das Zeug zurück, entschuldigt sich und der Rest ist Schweigen. Sobald sie sich aber mal wieder danebenbenimmt, musst du nur die Augenbraue hochziehen und sie weiß Bescheid. Ab jetzt hast du sie im Griff. Trudi, Walther und die anderen natürlich auch, aber das wird deiner liebreizenden Omi gewiss nicht schaden.« Ich keuchte mittlerweile wie eine defekte Dampflok.

»Und was ist mit den Anzeigen? Die Diebstahlopfer haben doch Anzeige erstattet.« Peter redete so entspannt, als sitze er in einem gemütlichen Fernsehsessel. Angeber.

»Die ziehen die Anzeigen zurück.«

»Alle?«

»Trudi und Walther auf jeden Fall. Die beiden sind sicher, dass die anderen es genauso halten werden.«

Wir joggten an einer Familie vorbei, die uns entgeistert anschaute.

»Klingt vernünftig«, sagte Peter. »Du kannst dir gar nicht vorstellen, wie sehr ich mich auf das Gespräch mit meiner Großmutter freue.«

»Doch, das kann ich mir vorstellen«, japste ich.

»Wir sind gleich da, lass uns normal weitergehen.« Peter trabte aus und fiel in einen lässigen Spaziertrott. Er atmete nicht einmal schwer.

Ich keuchte noch immer. Als Dampflok wäre ich spätestens jetzt verschrottet worden. Peter musterte mein Gesicht. Er reichte mir eine Packung Tempotaschentücher. »Hier, die wirst du brauchen. Du schwitzt wie ein Schwein.«

Wir bogen um die Ecke, auf den überfüllten Kirchplatz. Peter marschierte mit dem wiegenden Gang des Gerechten zu seiner Großfamilie, ich suchte meine Anhängsel. Sie hatten sich strategisch klug am Seiteneingang postiert. Sicherlich Trudis Idee, die Frau war irritierend raffiniert. Mandy stand mit all ihren Totenköpfen eingehakt zwischen Danny und Walther. Ich dachte lieber gar nicht darüber nach, wie schräg meine Gesellschaft war, in der ich die nächsten Stunden verbringen musste.

Dann begannen die Kirchenglocken zu läuten.

25

»Ist euch eigentlich klar, dass das der reinste Logenplatz ist?« Trudi war total begeistert von ihrer eigenen Genialität. Sie hatte uns durch das Seitenportal gelotst und uns Plätze in der dritten Reihe verschafft, ganz innen. »In der Oper müsste man dafür ein Vermögen bezahlen.«

»Das erinnert mich daran, dass es an der Zeit wäre, uns mal wieder einen Theaterbesuch zu gönnen«, sagte Walther.

»Darf ich mitkommen?« Was war nur mit Mandy los? Meine Tippse drehte völlig durch.

»Aber gern, Liebes.« Walther tätschelte gönnerhaft ihre Hand. Wenn das so weiterginge, würde ich mich übergeben. Mitten in der Kirche.

Der Einzige unserer verrückten Truppe, der schwieg, war Danny. Blass saß er zwischen Mandy und mir in der Bank und starrte vor sich hin.

»Wo ist Nelly?«, fragte ich.

»Sie kommt nicht.«

»Ist sie sauer auf dich, weil du sie mit Lena betrogen hast?«

»Quatsch. Sie gibt nichts auf solche Gerüchte. Nein, sie hasst Kirchen, sie hasst Beerdigungen und sie hasst die Dorf-Heuchelei. Sie hat gesagt, sie müsste kotzen, wenn sie mitkäme. Mitten in der Kirche.« Die Frau war mir sympathisch.

»Und du? Wie geht es dir?«

»Geht so. Hast du gemerkt, wie die meisten mich geschnitten haben? Auch sogenannte Freunde? Tun so, als kennen sie mich nicht. Könnte ja immer noch sein, dass ich wirklich schuldig bin. Deshalb habe ich meine Familie gebeten, daheimzubleiben. Die müssen sich diesen Scheiß hier nicht antun. Diese verdammte Sippenhaft.«

»Und warum tust du dir das an?«

Erstaunter Blick. »Na, weil ich das Lena schuldig bin.«

Danny deutete unauffällig in die erste Reihe. »Siehst du die blonde Frau da vorn, die mit der Sonnenbrille? Das ist Julia, Lenas Schwester. Die einzige Verwandte. Wäre Lena nicht Mordopfer geworden, sondern ganz normal gestorben, an Krebs oder so, wäre das eine ziemlich einsame Beerdigung geworden. Ein paar Nachbarn, vielleicht ein paar der Ordensschwestern, Julia, ich – das wäre es gewesen. Und jetzt schau dich um: Alle strömen sie her. Sensationslüsternes Pack.«

Solch lange, durchaus kluge Reden hielt Danny sonst nie. »Hast du was getrunken?«, fragte ich.

»Zwei oder drei Schnäpse. Anders hätte ich das nicht ertragen. Warum?«

»Nur so.«

Ich betrachtete Julia genauer. Eine hübsche Frau mit einem hässlichen Begleiter: Floppy, die kleine Detektivattrappe. Es war das erste Mal, dass ich ihn nicht in seinem roten Cordanzug sah. Er trug schwarz, wie sich das gehörte. Hoffentlich quatschte er mich später nicht an.

Der Wilderle-Clan marschierte ein. Urgroßmütterliches Gezeter erfüllte den Raum. »Manche müssen sich halt immer vordrängeln«, zischte die Alte in Richtung Trudi. Die lächelte zuckersüß. Trudi war immun gegen Attacken jedweder Art.

»Die Königin ist erzürnt«, flüsterte sie. Wir grinsten uns an. Die Königin würde demnächst tief fallen.

Die Reihen füllten sich, Menschen quollen durch das Portal wie Lava aus einem Vulkan. Inmitten der Menge erkannte ich das traurige Hundegesicht von Kommissar Schmieder. Wahrscheinlich hoffte er, dass der Mörder vor lauter Ergriffenheit ein Geständnis ablegte und sich verhaften ließ.

Bis zu diesem Moment hatte ich es tunlichst vermieden, meinen Blick nach vorn schweifen zu lassen, dahin, wo der Sarg unter einem Blumenmeer aufgebahrt war. Daneben stand ein Foto von Lena, das sie als fröhliche Frau zeigte. Es musste aus der nachklösterlichen Zeit stammen. Sie trug keinen Habit, sondern ein rotes T-Shirt. Die Haare fielen auf ihre Schultern, ein strahlendes Lächeln erhellte ihr Gesicht – und die Kirche. Ich schluckte. Bislang hatte ich nur das Foto ihrer Leiche gesehen. In Unterwäsche und blutüberströmt. Nun bekam ich eine Ahnung davon, dass diese Leiche ein wahrhaftiger Mensch war. Mit Gefühlen, mit Hoffnungen, mit Zukunftsvisionen.

»Wissen Sie, wann das Foto aufgenommen wurde?«, fragte ich Trudi.

»Ich kann es nicht beschwören, aber es könnte beim Kinderfest an Ostern gewesen sein.« Eine Träne rollte die faltige Wange hinab. »Sie war anscheinend sehr fröhlich. Schade um so ein schönes, junges Leben.«

Der Pfarrer schritt gramgebeugt zum Portal. Noch immer konnte ich mir nicht vorstellen, dass Ebert Lena getötet hatte. Doch sicher war ich mir nicht. Abgesehen von Danny hatte er das beste mir bekannte Motiv. Entweder Enttäuschung, weil er von Danny und Lena wusste. Oder seine innere Zerrissenheit, die Unfähigkeit, eine Entscheidung zwischen Gott und Lena zu treffen. Jaja, alles nicht überzeugend. Aber Mordmotive sind selten überzeugend.

Noch nie habe ich so viele Menschen schniefen und schluchzen hören wie in den folgenden neunzig Minuten. Hätte ich es nicht besser gewusst, hätte ich geglaubt, Lena habe ihr Leben im Dorf verbracht, sei in so ziemlich jedem Verein aktiv gewesen und kenne sämtliche Bewohner von Kindesbeinen an.

Pfarrer Ebert erzählte aus Lenas Leben, vor allem von ihren letzten Monaten, in denen sie die Kirchengemeinde umgekrempelt hatte und immer mehr Menschen, insbesondere Kinder, für Gott begeisterte. Er schilderte sie als warmherzige, lebensfrohe Frau. Erzählte, wie sie einem kleinen Mädchen, das von einer Biene gestochen worden war, liebevoll half. Schilderte ihre wiederkehrenden Zweifel, weil sie das Kloster verlassen hatte. Ihre Ängste, ihre Nöte, aber auch ihre Hoffnungen.

»Sie liebte das Leben. Sie liebte Gott, sie liebte ihre Pflanzen und sie liebte die Menschen. Alle Menschen. Ich bin sicher, sie sieht heute auf uns herab, auf uns, die wir trauern, aber auch auf ihren Mörder. Wenn sie könnte, würde sie ihrem Mörder mit Liebe begegnen. Warum? Weil sie gar nicht anders könnte. So war Lena Freiwald. Und so wird sie immer bleiben. In unseren Gedanken und in unseren Herzen.«

Wir standen auf dem Vorplatz unter der Kastanie, Walther blies mir den übelriechenden Rauch seines Zigarillos ins Gesicht. Der Rentnergang-Chef hatte seit dem Ende der Trauerfeier nicht viel gesagt. Am Grab hatten wir ihn stützen müssen. Hitze und Erschütterung waren zu viel gewesen. Jetzt verliehen ihm seine geröteten Augen unter den weißen Haaren etwas Albinoartiges. Zum ersten Mal fand ich, dass er so alt aussah, wie er war.

Die Atmosphäre hatte sich verändert. Herrschte vor dem Gottesdienst noch angespanntes Geschnatter, so hatte sich nun eine seltsame Stille über die Umgebung der Kirche, ja, über das gesamte Dorf gelegt. Daran mochte auch die brütende Hitze ihren Anteil haben, heute sollte es über fünfunddreißig Grad warm werden – und das bei drückender Schwüle. Für den Abend hatten die Meteorologen heftige Gewitter angekündigt, die der Hitzewelle ein jähes Ende bereiten sollten.

Sogar Mandy stand blass in der Ecke, die Haut so weiß wie eine Scheibe Mozzarella. Ich ging zu ihr. »Was ist los?«

»Keine Ahnung. Hätte auch nicht gedacht, dass mich das so mitnimmt.« Tränen hatten ihre Schminke verlaufen lassen, sodass sie sich in schwarzgrauen Schlieren übers käsige Gesicht zog. Ich nahm meine Tippse in den Arm. »Beerdigungen sind scheiße«, sagte ich.

»Hättest du das gekonnt?« Sie guckte zu mir hoch, ein kleines, verletzliches Mädchen. »Ich meine, hättest du dich bei der Beerdigung deines Bruders in die Kirche stellen und eine Trauerrede halten können? Wenn ich mir vorstelle, meine Schwester ... Ich darf da gar nicht dran denken.«

»Du hast eine Schwester? Ich wusste nicht, dass es noch eine von deiner Sorte gibt. Sag jetzt aber nicht, dass sie Sandy heißt und ein Piercing-Studio betreibt.«

Mandy lachte und weinte gleichzeitig. »Du wirst es kaum glauben, aber sie heißt Sandra, ist acht Jahre älter als ich, arbeitet als Rechtsanwältin in München und verklagt jeden, der sie Sandy nennt. Wir sind so unterschiedlich, dass ich mich manchmal frage, ob wir wirklich dieselben Eltern haben.«

»Steht ihr euch nahe?«

Mandy zuckte mit den Schultern. »Nicht sehr. Ich hab ihr erzählt, dass ich einen Job habe. Als Assistentin in einer Detektei. Sie hat mich in den Arm genommen und mir gratuliert. Sie fände es toll, dass ich auch etwas anderes mache als zu kellnern. Nicht, weil sich das so gehört. Sondern weil ich sonst unterfordert sei. Kann sein, dass sie damit recht hat, oder? Ich meine, die Büroablage bei dir ist auch nicht gerade ein Job, für den man studiert haben muss. Aber wenn wir über deine Fälle reden und gemeinsam überlegen, was zu tun ist, dann macht das Spaß. Und manchmal konnte ich dir sogar schon helfen. Oder nicht?«

Eigentlich nicht. Aber ich wollte mal nicht so sein. »Kommt schon vor, dass du mir wichtige Hinweise gibst«, sagte ich.

»Mir war nie klar, dass ich unterfordert sein könnte, bis Sandra mir das gesagt hat.« Mandy starrte in die Ferne.

»Ich glaube, es stimmt nicht, was ich gesagt habe. Dass wir uns nicht nahestehen würden. Ich könnte sie jederzeit anrufen, wenn es mir schlecht geht, sogar mitten in der Nacht. Und sie mich auch. Da kann man doch sagen, dass man sich nahesteht, oder?«

Ich nickte.

»Trotzdem weiß ich nicht, ob ich bei ihrer Beerdigung sprechen könnte.« Schon wieder kullerten Tränen über ihre Altmetallsammlung.

Ein letztes Schniefen, dann wand Mandy sich aus meinen starken Armen. Sie sah sich um. »Wo ist eigentlich Danny?«

26

Ein paar Dutzend Menschen standen vor der Kirche herum, die anderen hatten sich an den heimischen Mittagstisch, an den Arbeitsplatz oder an ein schattiges Plätzchen verzogen. Von Danny keine Spur.

Dafür bemerkte ich aus dem Augenwinkel, wie sich jemand von hinten heranschlich und Mr. Spock-Ohren machte. Normalerweise hätte ich ihn früher erkannt, aber die ungewohnten Klamotten hatten mich verwirrt. »Floppy, verschwinde«, sagte ich.

»Aber Leo, warum so unhöflich an einem solch traurigen Tag? Na, gibt es etwas Neues?«

»Nein. Du störst genauso wie immer.«

»Du weißt genau, was ich meine. In dem Fall. Wir sollten uns austauschen. Ehrlich.« Er rückte näher, trat auf die Zehenspitzen und versuchte, mir etwas ins Ohr zu flüstern. »Kann sein, dass ich etwas habe, was dich weiterbringt. Aber wenn ich dir das verraten soll, musst du mir auch entgegenkommen.«

»Floppy, der Tag, an dem du mir etwas Interessantes zu erzählen hast, wird erst kommen, wenn ich dement bin. Dann finde ich alles neu und spannend. Vielleicht sogar dich. Und jetzt hau ab.«

Er verzog sein Gesicht zu einer wütenden Fratze, die Nickelbrille beschlug vor Zorn. »Du bist so ein Arschloch, du blödes Riesenbaby. Wirst schon sehen, was du davon hast. Ich löse den Fall, bin schon ganz nah dran. Ganz nah.« Mit Daumen und Zeigefinger seiner rechten Hand zeigte er mir, wie nah er dran war. Dann machte er auf dem hohen Absatz kehrt und rauschte davon. Eine Minute später knatterte er mit seinem klapprigen Motorroller die Straße hinunter in Richtung Heimat. Ekliger Typ.

Ich wandte mich Mandy zu. »Wo waren wir stehengeblieben, bevor Rattengesicht uns unterbrochen hat? Ach ja, Danny. Vielleicht ist er nach Hause gegangen. Er wirkte angegriffen.«

»Ohne mir etwas zu sagen? Wir hatten ausgemacht, dass ich mit zu ihm gehe und für ihn koche.« Beim Gedanken daran, Danny könne sich ohne Worte verabschiedet haben, guckte sie so entrüstet, dass ich beinahe gelacht hätte. Bis mir klar wurde, was sie eben gesagt hatte.

»Du kannst kochen?«

»Natürlich nicht. Aber Danny steht drauf, wenn Frauen in seinen Töpfen rumrühren. Das macht ihn heiß. Und wenn er heiß ist, werde ich es auch. Hatte ich schon erwähnt, dass ich mit Danny den besten Sex meines Lebens hatte?«

»Du hast es angedeutet. Und ich würde es sehr zu schätzen wissen, wenn du es bei solchen Andeutungen belässt.«

»Das sagt der Richtige. Wer hat denn unter deinen Eskapaden zu leiden? Wer musste dich halbnackt von deinen Bettpfosten befreien?«

Trudi war neben uns getreten. »Bettpfosten? Halbnackt? Erzählen Sie mehr, Kindchen.«

»Nein, das wird sie nicht«, sagte ich.

»Kommen Sie, Kindchen, wir holen Samson ab und gehen ein bisschen mit dem Wolf spazieren. Unterwegs erzählen Sie mir die Geschichte von den halbnackten Bettpfosten.« Trudi hakte sich bei Mandy unter und stöckelte mit ihr davon. Die beiden ließen mich einfach stehen. Mich und Walther.

»Was machen die?«, fragte mich der alte Mann. Er saß auf der Bank unter der Kastanie, die Augen gerötet, die Haut wächsern. Schweiß perlte von seiner Stirn. Ich machte mir Sorgen.

»Die beiden holen Samson ab, um mit ihm spazieren zu gehen. Darf ich ehrlich sein, Walther?«

Mit einer müden Handbewegung gestattete er mir jede Ehrlichkeit dieser Welt.

»Sie sehen beschissen aus. Ich glaube, sie sollten sich hinlegen. Schaffen Sie es, nach Hause zu laufen?«

Kopfschütteln. Das auch noch. Walther machte den Eindruck, gleich einen Schwächeanfall zu erleiden. »Warten Sie hier.«

Die beiden tratschenden Weiber bogen gerade um die Ecke hinter der Kirche. Ich rannte hinterher und holte sie schwer atmend ein. »Mandy, hier ist der Autoschlüssel. Bring den Wagen her, ihr müsst Walther nach Hause schaffen, der bricht mir gleich zusammen. Der kann keinen Schritt mehr gehen.« Meine Tippse stellte keine Fragen, sie schnappte den Schlüssel und rannte los in einem Tempo, das ich ihr gar nicht zugetraut hätte.

Trudi eilte derweil zurück zur Kirche, mit wuseligen, kleinen Schritten. Erstaunlich für eine über Achtzigjährige. Ich düste hinterher. Walther war mittlerweile auf der Bank zusammengesunken. Die Füße ruhten auf dem Boden, der Körper knickte ab und lag auf den Holzplanken.

»Mein Gott, Walther, was machst du wieder für Sachen?«, fragte Trudi. »Ich hab dir doch vorhin schon gesagt, dass du gleich nach Hause gehen sollst. Und warum nur hast du diese Weste angezogen. Es ist doch viel zu warm.« Sie lockerte seinen Krawattenkragen, zog ihm Sakko und Weste aus und fächerte ihm damit Luft zu. Ohne ihre Erste-Hilfe-Maßnahmen zu unterbrechen, bat sie mich, Wasser zu besorgen.

Wo sollte ich jetzt Wasser herbekommen? Ich sah mich um, nirgends entdeckte ich jemanden mit einer Flasche in der Hand. Nicht einmal ein verdammter Dorfbrunnen plätscherte vor sich hin. Ich rannte in die Kirche. Dort saßen ein paar Nonnen in den Bänken, versunken ins

Gebet. Ein oder zwei sahen entrüstet auf, weil ich sie gestört hatte.

»Der Pfarrer? Hat jemand den Pfarrer gesehen?«, fragte ich atemlos.

»Psst!« Eine streng aussehende, ältere Ordensschwester sah mich mit teuflisch bösem Blick an. Hätte mich nicht gewundert, wenn mich aus ihren Augen heraus der Blitz getroffen hätte. Langsam wurde ich wütend. Ich stapfte zu der Nonne, die mich ungerührt anstarrte.

»Da draußen erleidet gerade ein Mann einen Schwächeanfall. Er braucht dringend Wasser. Das ist mir im Augenblick ehrlich gesagt wichtiger, als ihre Gebetsruhe. Wenn Sie auch nur einen Hauch von christlicher Nächstenliebe in sich verspüren, helfen Sie mir gefälligst sofort, den Pfarrer zu finden, damit er mir Wasser gibt.«

Die Nonne sprang auf. »Ich weiß nicht, wo der Pfarrer ist, aber ich kann Ihnen Wasser geben. Kommen Sie mit.«

Mit schnellen Schritten durchquerte sie die Kirche und marschierte mit mir im Schlepptau zum Nonnen-Reisebus. Sie eilte ins Innere, befahl mir zu warten und erschien einen Windhauch später mit einer Literflasche Wasser in der Hand. »Wo ist der Mann?«

»Da vorn.« Ich deutete zur Kastanie, an der sich ein paar der Trauergäste um Walther scharten.

Keine Ahnung, ob ich je zuvor eine rennende Nonne gesehen hatte. Jetzt schon. Sah beeindruckend aus mit ihrem wehenden schwarzen Habit.

»Hallo«, sagte sie zu Trudi. »Ich bin Schwester Maria.«

»Trudi«, sagte Trudi. »Ohne Schwester.«

Schwester Maria lächelte. »Und das ist unser Patient?«

»Ja. Walther. Hat sich mal wieder übernommen. Zieht bei der Hitze eine Weste unter einen Wollanzug an. Seien Sie froh, dass Sie sich nicht mit sturen Männern rumschlagen müssen. Ich habe ihm heute Morgen tausendmal gesagt, dass er sich luftiger kleiden soll. Aber nein, der Herr weiß ja immer alles besser. Und jetzt hängt er wie ein Schluck Wasser in der Kurve. Dabei ist er noch nicht einmal fünfundsiebzig, der Jungspund.«

Schwester Maria schob Trudi zur Seite. Sie benetzte Walthers Stirn und Brust, außerdem flößte sie ihm ein paar Tropfen Wasser ein.

»Ist alles in Ordnung mit ihm?«, fragte ich.

»Ich denke schon«, sagte Maria. »Er muss dringend in eine kühle Wohnung, sich hinlegen und etwas trinken. Hat er es weit nach Hause? Ich glaube nicht, dass er es schafft, mehr als hundert Meter zu gehen. Wenn überhaupt.«

Walther wollte protestieren, doch ein scharfer Blick von Trudi ließ ihn stumm bleiben. »Es ist nicht weit«, sagte ich. »Und seine Heimfahrt ist schon organisiert.« Ich sah die Straße hinunter und fragte mich, wo Mandy blieb. Im selben Augenblick schoss mein Auto um die Ecke. Mit quietschenden Reifen kam es direkt neben der Kastanie zum Stillstand.

»Das hat aber lang gedauert.« Ich sah Mandy strafend an.

»Hab mich verfahren.«

»Hier? In diesem Kaff?«

»Ja, Mann! Ich kenn mich halt nicht aus, verdammt.« Sie sah zu Schwester Maria. »Tschuldigung.«

Die Schwester winkte ab. »Kein Thema. Helfen Sie mir bitte, ihn zum Auto zu bringen?«

»Klaro.«

Klaro? Tschuldigung? Ich hatte nicht gewusst, dass Mandy so einen – nun ja – Heidenrespekt vor kirchlichen Würdenträgern hatte. Ob sie als Kind mal in ein Weihwasserbecken gefallen war? Sie griff Walther unter die Arme und schleppte ihn gemeinsam mit der Nonne zum Auto.

»Kann ich helfen?«, fragte ich.

»Geht schon«, ächzte Mandy.

Sie platzierten Walther auf dem Beifahrersitz. Der alte Mann lehnte sich zurück in das weiche Polster und schloss die Augen. Er wirkte schon etwas entspannter.

Trudi stieg hinten ein, Mandy setzte sich ans Steuer. Mich brauchte anscheinend niemand mehr. »Ich bleibe noch«, sagte ich. »Sehe mich ein bisschen um. Recherchiere. Vielleicht finde ich ja was heraus.« Keiner hörte mir zu.

Der Wagen brauste davon und ich stand allein da mit Schwester Maria. »Danke, dass Sie uns geholfen haben«, sagte ich.

»Gerne. Wenn ich so nett gebeten werde.« Sie lächelte. Keine Ahnung, wie ich vor wenigen Minuten auf die Idee kommen konnte, sie würde jeden Moment Blitze aus ihren Augen schleudern.

»Tut mir leid, mein Ton war vielleicht etwas forsch. Ich heiße übrigens Leonardo Buchfink. Ich bin Privatdetektiv und ermittle im Todesfall von Lena Freiwald.« Ich reichte ihr die Hand.

»Schwester Maria, aber das wissen Sie ja schon. Ich leite das Kloster, in dem Schwester Lena lange gelebt hat. Wieso ermitteln Sie? Ist das nicht Aufgabe der Polizei?«

»Doch. Aber die kommt nicht weiter.«

Schwester Maria musterte mich. »Ich dachte, es gibt einen Tatverdächtigen. Diesen Gärtner, Danny heißt er.«

»Kennen Sie ihn?«

»Gewiss. Er hat im Kloster unseren alten Gärtner ersetzt. Allerdings hat er sich nicht nur um Grünpflanzen gekümmert, sondern auch um andere Pflänzchen.« Ihre Miene verfinsterte sich. »Er hat Lena verführt. Ich habe ihr goldene Brücken gebaut, damit sie in den Schoß der Klosterfamilie zurückkehren kann. Aber sie wollte nicht. Und letztlich kann ich niemanden zwingen, sich in unsere Obhut zu begeben. Sie hatte beschlossen, ein anderes Leben zu führen. Das habe ich, wenn auch schweren

Herzens, akzeptiert. Trotzdem ist das so, als wenn man schnöde vom eigenen Kind verlassen wird.«

Sie versuchte, ihre Stimme mild klingen zu lassen. Doch in ihren Augen las ich nun wieder etwas von der Härte, die ich in der Kirche entdeckt hatte. Wie weit würde eine Frau wie sie wohl gehen, wenn sie sich verraten fühlt?

»Sie waren wütend auf Lena«, sagte ich.

»Auf Lena?« Sie sah mich überrascht an. »Nein. Enttäuscht vielleicht, traurig. Aber nicht wütend. Mein Zorn richtete sich gegen Danny. Er hat mein Vertrauen missbraucht, das Vertrauen aller Schwestern, des gesamten Ordens. Ich habe nicht den geringsten Zweifel, dass er es darauf angelegt hat, eine Ordensschwester zu verführen. Sie seiner ... ich weiß nicht ... Trophäensammlung zuzuführen.« Ich fürchte, da konnte ich ihr nicht widersprechen.

»Sind Sie immer noch wütend auf ihn?«

»Zorn ist ein schlechter Berater. Er macht uns blind, bringt uns kein bisschen weiter. Im Gegenteil, Zorn lässt uns in der Vergangenheit verharren, die Gegenwart und die Zukunft vergessen. Nein, ich bin nicht mehr zornig auf Danny. Er hat nach seiner Natur gehandelt, wie ein Hund, der an einem Baum sein Bein heben muss.«

»Netter Vergleich.«

»Geschmacklos?«

»Schon.«

»Ich ziehe ihn zurück. Vielleicht ist da doch noch ein kleiner Rest an neu entflammtem Zorn. Immerhin glaubt die Polizei, dass er der Mörder ist. Obwohl ich ihn in der Kirche beobachtet habe. Danny macht den Eindruck eines tief getroffenen Mannes. Seine Trauer schien aufrichtig. Was glauben Sie? Ist er der Mörder?«

»Mit an Sicherheit grenzender Wahrscheinlichkeit nicht.« Ich gab einen Teil meiner Ermittlungen preis, unter anderem das Gespräch mit Monika Kaiser, Lenas Vermieterin.

Schwester Maria dachte nach. »Das entlastet ihn aber nicht endgültig. Er könnte zum Haus zurückgekehrt sein, nachdem die Vermieterin es verlassen hat.«

Auf diese Idee war ich natürlich schon längst gekommen. Doch Danny war nach seinem Abschied von Lena direkt zu seinen Eltern gefahren. Sie hatten zusammen gefrühstückt, anschließend half er seiner Mutter bei der Gartenarbeit. Als er das Haus gegen Mittag wieder verlassen hatte, lag Lena Freiwald bereits im Leichenschauhaus.

»Die Eltern könnten gelogen haben. Gerade eine Mutter könnte versucht sein, ihrem Kind zu helfen. Auch wenn es Unrecht ist.« Schwester Maria sah mich herausfordernd an. Sie hatte Gefallen gefunden an dem kleinen Ermittlungsspiel.

»An diesen Gedanken klammert sich auch die Polizei. Das heißt, es klammert sich nur Kommissar Schmieder daran. Er ist der leitende Beamte in diesem Fall.«

»Steht er nicht da vorn?« Sie deutete zum Kircheneingang. Tatsächlich stand Schmieder dort ein wenig verloren herum. Er schaute misstrauisch zu uns herüber, wie immer adrett gekleidet in seinem Maßanzug und seinen handgefertigten Schuhen. Ich weiß nicht, wie er sich das leisten konnte, doch man munkelte, er komme aus wohlhabendem Haus. Weil es für ein Studium nicht reichte, aber die Kontakte des Herrn Papa in Polizeikreisen nicht schlecht waren, landete er eben bei der Kripo. So gut seine Beziehungen waren, über so wenig Talent verfügte er. Doch das war manchmal zweitrangig. Wie gesagt, alles nur Gerüchte.

Ich winkte Schmieder zu. Er sah weg.

»Möglicherweise kann er Sie nicht leiden«, sagte Schwester Maria.

»Darauf können Sie wetten. Er hat Angst, dass ich den Täter finde und ihn blamiere.«

»Und Sie sind wirklich überzeugt, dass es nicht dieser Danny war?«

»Absolut.« Ich erklärte ihr, dass ich für Dannys Anwalt arbeitete und außerdem über Kontakte zur Polizei verfügte. Dass ich also Einblicke hatte, die bewiesen, dass sogar die Staatsgewalt längst von der Danny-Theorie abgerückt war. Abgesehen von Schmieder natürlich.

»Wenn es nicht Danny war: Wer war es dann?«

»Ich habe nicht die geringste Ahnung«, sagte ich.

27

Am Reisebus versammelten sich immer mehr Nonnen. Schwester Maria hatte sich vor einigen Minuten von mir verabschiedet. Sie müsse nun ihre Schäfchen zusammentrommeln, die Rückfahrt ins Kloster stehe an. Ich konnte die Äbtissin nicht entdecken. Möglicherweise suchte sie die letzten versprengten Schwestern, die sich aufgemacht hatten, die abenteuerlichen Seiten eines Kaiserstuhl-Kaffs zu entdecken. Kann aber auch sein, dass ich Schwester Maria übersah – in freier Natur hätte ich schließlich auch einen Pinguin nicht vom anderen unterscheiden können.

Abgesehen von den schnatternden Nonnen, einer Handvoll Menschen, die ich nicht kannte, und mir, stand nur noch der Wilderle-Clan vor der Kirche herum. Die Alte hatte ein neues Opfer entdeckt, über das sich herzuziehen lohnte. »Unmöglich, dass sich der Pfarrer nicht hat blicken lassen. Das gehört sich nicht, schon gar nicht in einer so schwierigen Stunde«, zeterte sie. »Sogar der arrogante Bürgermeister hat sich unters Volk gemischt. Aber der Herr Pfarrer, der hat natürlich etwas Besseres zu tun.«

Tatsächlich hatte ich Ebert nicht mehr gesehen, seit ich mich vom Grab verabschiedet hatte. Der Bürgermeister, ein kleines, dünnes Männlein mit getönter Brille, war vor einer Viertelstunde verschwunden. Er hatte in der Kirche eine Ansprache gehalten, die ich gar nicht arrogant fand, sondern ziemlich einfühlsam. Nach der Beisetzung widmete er sich in Gesprächen mehreren Trauernden. Als einer der wenigen hatte er den Mumm gehabt, sich an Danny zu wenden und ein paar Worte mit ihm zu wechseln. Wenn ich es recht überlegte, hatte ich den Gärtner seither nicht mehr gesehen. Vermutlich hatten ihn die Worte des Bürgermeister-Männleins endgültig aus der Bahn geworfen.

Die alte Wilderle interessierte sich nicht für solche Feinheiten. Sie schien sich zum Ziel gesetzt zu haben, den Kirchenvorplatz als Letzte zu verlassen. Wie es sich für eine Matriarchin gehörte.

»Was macht der eigentlich noch da?«, fragte sie und starrte mich an. Gute Frage, ich wusste es selbst nicht so recht. Eine seltsame innere Unruhe hatte mich erfasst.

Die Alte starrte mich weiterhin an, als wolle sie mich kraft ihres Blickes wegbeamen. Fort aus ihrem Dorf, ihrer Region, ihrer Welt. Ich starrte zurück, es war ein Blickduell wie einst zwischen John Wayne und Clint Eastwood. Oder Barack Obama und Wladimir Putin. Oder Tom und Jerry. Nervenaufreibend. Es endete erst, als mein neuer Kumpel Peter seine Großmutter am Arm nahm und zu mir führte. Sie wehrte sich mit Händen und Füßen – doch beim Versuch, ihren Enkel vors Schienbein zu treten, strauchelte sie. Peter hielt sie fest und nutzte die Gelegenheit, sie die letzten Meter zu mir zu schleifen.

»Was soll diese verdammte Dreckssscheiße?«, fragte sie. Das Gesicht wutverzerrt, Speicheltröpfchen wirbelten durch die Luft. Aha. Zorn ließ die ach so vornehme, stets allen überlegene Dame jegliche Zurückhaltung aufgeben und die gute Kinderstube vergessen.

»Reiß dich zusammen!« Peter sagte das so gelassen, als bestelle er bei McDonald's einen Hamburger. Das brachte die Alte erst recht zur Weißglut. Sie riss sich los und versuchte, ihrem Lieblingsenkel eine zu scheuern. Der wich mühelos aus, Omi stolperte und fiel hin. Fast. Peter fing sie auf, bevor sie Bekanntschaft mit der rauen Welt des Erdbodens machen konnte. »Ich helfe, wo ich kann«, sagte er und lächelte süßlich.

»Verfickter Schwanzdrecksscheißehurenbock.«

»Schwanzdrecksscheißehurenbock? Was ist das für ein schwachsinniges Schimpfwort?« Ich sah abwechselnd von Peter zu seiner herzallerliebsten Oma und wieder zurück.

»Großmutter, der Mann hat dich was gefragt.«

»Leckt mich!«

Herrlich. So viel Spaß hatte ich schon lange nicht mehr. Der Rest des Clans schaute zu uns herüber, die Gesichter der Verwandtschaft changierten irgendwo zwischen Fassungslosigkeit, Angst und Amüsement. Leider machte Peter der Show ein Ende, indem er sein Handy aus der Tasche zog. »Leo und ich müssen etwas mit dir besprechen.«

»Ich wüsste nicht, was wir zu besprechen hätten.« Kein Schimpfwort. Schade.

»Das wirst du gleich sehen.« Peter hielt ihr sein Handy vor die Nase. »Schau dir das mal an.«

Sie beeindruckte mich. Für den Bruchteil einer Sekunde weiteten sich ihre Augen, danach hatte sie sich sofort wieder im Griff. »Was soll das sein?«

»Oh, das ist dein Keller. Genau genommen ein Regal in deinem Keller. Oder noch genauer: Diebesgut auf dem Regal in deinem Keller.«

»Blödsinn.«

»Schau, dieser seltsame blaue Kuckuck, der gehört dem Walther. Und den fetten Engel vermisst die Trudi. Und dann wäre da noch die Brosche und all die anderen schönen Gegenstände, die sich in deinem Keller finden, obwohl sie das Eigentum anderer Menschen sind.«

»Ich weiß immer noch nicht, was du von mir willst.«

Ich mischte mich ein. »Sehen Sie, Frau Wilderle, die Sachen gehören Ihnen nicht. Sie liegen aber in Ihrem Keller. Wenn der Kuckuck, der Engel und das andere Zeugs nicht geflogen sind, dann hat sie jemand dorthin gebracht. Die Eigentümer werden es kaum gewesen sein. Deshalb – jetzt kommt ein böses Wort – müssen die Sachen gestohlen worden sein. Nur von wem? Der Fundort lässt den Verdacht zu, dass Sie das waren. Sie sind also – jetzt kommen zwei böse Wörter – eine Diebin. Eine Verbrecherin.«

»Die Sachen kann jeder in meinen Keller geschafft haben. Er zum Beispiel.« Sie blitzte ihren Enkel an. »Er hat es ja auch geschafft, in meinen Keller einzudringen und alles zu fotografieren.«

»Sehen Sie, Frau Wilderle, ich dachte mir schon, dass Sie so etwas sagen. Sie sind zwar nicht halb so klug, wie Sie es gerne wären. Aber Sie sind schlau. Sie wissen schon, so wie ein hinterhältiger Fuchs schlau ist. Doch ich bin schlauer. Und klüger. Deshalb habe ich einen Fingerabdruck-Schnelltest auf dem Diebesgut vorgenommen. Ja, da brauchen Sie gar nicht so zornig zu schauen, auch wenn Ihnen die Falte auf der Stirn durchaus steht. Peter hat mich mitgenommen in Ihren Keller. Er wollte meinen Rat, wollte wissen, was er mit seiner diebischen Großmutter anfangen sollte. Wir haben uns gemeinsam etwas überlegt.« Das mit dem Schnelltest war natürlich gelogen. Doch die Alte zeigte sich davon beeindruckt.

»Was habt ihr vor?« So leise hatte ich sie noch nie etwas sagen hören. »Zeigt ihr mich an?«

Ich seufzte und machte ein betrübtes Gesicht. »Darauf würden wir gern verzichten, ehrlich. Das Problem ist nur: Ihre Opfer haben längst Anzeige erstattet. Gegen unbekannt. Nur ist die Diebin jetzt nicht mehr unbekannt.« Ich schnippte mit den Fingern. »Uns jedenfalls nicht. Die Polizei dagegen, die ist noch immer ahnungslos. Wenn es nach uns geht, wird das auch so bleiben. Ob alle, die Sie bestohlen haben, dies auch so sehen, kann ich nicht versprechen. Ich bin aber zuversichtlich. Die Chancen stehen also gut, dass Sie sich nicht vor Gericht verantworten müssen. Vorerst.« Ich strahlte sie an. »Sind das nicht tolle Nachrichten?«

Die alte Wilderle sagte nichts.

»Es kommt noch besser«, sagte Peter. »Wir werden niemandem von deinem Verbrechen erzählen. Trudi und Walther haben schon versprochen, dass sie schweigen werden. Und die anderen können wir bestimmt auch überreden. Allerdings nur unter bestimmten Voraussetzungen.« Er senkte die Stimme. »Du wirst dich bei jedem Einzelnen entschuldigen und die Sachen zurückgeben, die du gestohlen hast. Und du wirst aufhören, dich als Königin im Ort aufzuspielen. Keine Bösartigkeiten, kein Aufspielen, nichts. Wenn du dich daran nicht hältst, wird das ganze Dorf binnen kürzester Zeit erfahren, was du getan hast. Dann bist du gesellschaftlich erledigt. Alle werden dich ächten. Es liegt bei dir.«

Zwei Tränen quollen aus den stahlblauen Augen und bahnten sich ihren Weg über die vielen Runzeln bis hin zu ihrer schmalen, aristokratischen Nase. Mit einer wütenden Handbewegung wischte sie die Tränen weg, drehte sich wortlos um und schlurfte davon. Ihre sonst so aufrechte Haltung war einem gebeugten Gang gewichen, die Schultern hingen auf Halbmast. Der Rest des Clans guckte ihr nach, die Blicke spiegelten Verwirrung, bei manchen glaubte ich, Angst zu erkennen. Nach einer gefühlten Ewigkeit bog die Alte um die Ecke, aus unserem Sichtfeld.

»Ob sie das überlebt?«, fragte ich.

Peter winkte ab. »Die überlebt uns noch alle.« Er grinste mich an. »Ich dachte, du würdest dabei sein wollen, wenn ich sie von ihrem Sockel stoße.«

»Ich gebe zu, es hatte was. Aber macht es dir gar nichts aus, sie so leiden zu sehen? Immerhin ist sie deine Oma.«

»Ach was.« Er hob die Achseln. »Sie ist ein alter Drachen, eine fiese Hexe, die ihr Leben lang ihre Umwelt tyrannisiert hat. Es wurde höchste Zeit, dass endlich mal jemand ...«

In meiner Hose vibrierte es. »Sorry«, sagte ich und zog mein Handy aus der Tasche. Erik rief an. »Da muss ich dran.« Ich drückte auf das grüne Telefonhörersymbol.

»Fakten zu Christina Schwaiger.« Die übliche freundliche Begrüßung.

»Schieß los.«

Das machte er.

Und mir ging ein Licht auf. Zumindest ein kleines.

28

Zum Abschied klopfte ich Peter Wilderle auf die Schulter. »Tut mir leid, ich muss weg.« Und schon rannte ich davon, spurtete die vierzig Meter zum Reisebus, in den immer mehr Nonnen stiegen. Gleich würde der gesamte Ort frei von Pinguinen sein. Ich drängte mich an den protestierenden Schwestern vorbei, um die engen Stufen zu erklimmen. Dabei stieß ich mir gleich zweimal den Schädel an. Busfahren ist nichts für große Leute. Ich sah mich nach Schwester Maria um, konnte sie aber nirgends entdecken.

»Entschuldigen Sie bitte, dass ich in Ihre Reisegesellschaft platze, aber es ist wirklich wichtig. Ich suche Ihre Chefin, Schwester Maria.«

Eine junge Schwester, die so hübsch war, dass selbst das Pinguinkostüm ihre Schönheit nicht verbergen konnte, meldete sich. »Wo die ist, wüssten wir auch gern.«

Eine ältere Schwester drehte sich zu dem jungen, hübschen Ding um. »Jenny, bist du wohl still!«

Jenny verzog das Gesicht wie eine pubertierende Göre. Wahrscheinlich fragte sie sich – genau wie ich – wie sie in diesen seltsamen Bus geraten war.

»Wer sind Sie?«, fragte die ältere Schwester.

»Leonardo Buchfink. Ich bin Privatdetektiv und ermittle im Mordfall von Lena Freiwald. Das ist die Frau, die vor einigen Monaten ihr Kloster verlassen hatte und nun ermordet wurde.«

»Wir wissen, wer Lena Freiwald ist«, sagte die ältere Schwester kühl. »Wir haben gerade ihrer Beerdigung beigewohnt.«

»Natürlich, wie dumm von mir.« Entschuldigend hob ich die Hand. »Ich habe mich vorhin mit Ihrer Chefin unterhalten, möglicherweise kann sie mir helfen.« Ich dachte nach. »Ich habe im Grunde nur eine Frage. Vielleicht können auch Sie mir diese Frage beantworten.«

Spätestens jetzt hatte ich die volle Aufmerksamkeit der schwarz-weißen Rasselbande. »Ist unter Ihnen eine Christina Schwaiger?«

Sie sahen sich ratlos an. Schließlich sagte die wilde Jenny. »Nö, haben wir nicht an Bord.« Das brachte ihr erneut tadelnde Blicke ein, die sie geflissentlich ignorierte. Ich konnte mir beim besten Willen nicht vorstellen, dass Jenny im Kloster glücklich werden würde.

»Gibt es bei Ihnen im Kloster eine Christina Schwaiger? Vielleicht wollte Sie nicht mitkommen zur Beerdigung.«

Weitere ratlose Blicke, stummes Kopfschütteln. Die ältere Schwester erklärte mir schließlich, dass sie niemanden dieses Namens kenne, was allerdings auch daran liege, dass Nachnamen im Alltag einer Nonne keine Rolle spielten. Sie kenne bestenfalls die Familiennamen von fünf oder sechs Schwestern.

»Okay.« Ich seufzte. »Befindet sich unter Ihnen vielleicht eine Schwester Christina?«

Wieder antwortete Jenny. »Ja. Aber nicht hier. Sie liegt im Bett. Ist krank.«

»Wie alt ist diese Christina.«

»Steinalt!«

»Jenny!« Der Ruf der Empörung scholl diesmal aus mehreren Nonnenkehlen.

»Ist doch wahr. Sie ist mindestens achtzig. Das ist doch steinalt, oder?« Sie sah mich an.

»Na ja. Stimmt schon, das ist ziemlich alt.«

Jenny sah ihre Mitschwestern triumphierend an. Die quittierten den Blick mit einem kollektiven Kopfschütteln.

»Hilft Ihnen das weiter?«, fragte Jenny.

»Nicht so richtig. Ihre Schwester Christina ist jedenfalls nicht die, nach der ich suche.« Nachdenken, ich musste dringend nachdenken. »Und von Ihnen weiß niemand, wo ich die Äbtissin finde? Es ist wirklich wichtig.«

Niemand rührte sich. Doch mit dem geschulten Blick eines Topagenten erkannte ich, dass die ältere Schwester, die zuvor Jenny ermahnt hatte, unruhig wurde. Ich fixierte sie. Sie senkte den Blick. Guckte zu mir. Senkte den Blick. Guckte. Seufzte. »Na gut. Kommen Sie.«

Ich folgte ihr aus dem Bus, mir wiederum folgten rund vierzig neugierige Augenpaare.

»Hören Sie, ich kann das da drinnen nicht sagen, aber Schwester Maria macht sich große Sorgen. Eine unserer Schwestern ist spurlos verschwunden. Maria hat sich auf die Suche gemacht, bislang wohl vergeblich. Die anderen dürfen das nicht wissen. Erst der Mord, dann die Trauerfeier, jetzt eine Vermisste. Das würde sie sehr beunruhigen.«

»Das kann ich zwar verstehen. Logisch ist es aber nicht. Die merken doch sowieso, dass jemand fehlt. Da drin im Bus sitzt schließlich keine Tausendschaft.« Ich konnte sehen, wie es in der älteren Schwester arbeitete. Schließlich zuckte sie mit den Schultern und sah mich hilflos an. »Ich werde trotzdem nichts sagen.«

»Ihre Sache. Wer wird denn vermisst?«

»Schwester Nina.« Die Frau schaute mich nun verzweifelt an. »Deshab mache ich mir doch so große Sorgen. Sie war Lenas beste Freundin.«

Der Platz vor der Kirche lag verwaist in der Sonne, der Wilderle-Clan hatte sich verabschiedet. Weit hinten, irgendwo bei den Vogesen, erahnte ich Wolken. Wahrscheinlich würde es in ein paar Stunden wirklich zur versprochenen Abkühlung kommen, zu den ersten Regentropfen seit Wochen.

Ich öffnete das Kirchenportal. Im Gotteshaus herrschte angenehme Kühle – und es war so dunkel, dass ich nichts erkennen konnte, nachdem ich aus dem hellen Sonnenlicht getreten war. Prompt stieß ich mir das Schienbein an einer der Bänke. Laut fluchte ich vor mich hin. Niemand wies mich zurecht. Ich war allein.

Meine Augen gewöhnten sich schnell an das diffuse Licht. Jesus hing am Kreuz, er guckte auf mich herab.

»Herr Pfarrer? Schwester Maria?« Seltsam, in einer Kirche zu rufen. Automatisch hatte ich meine Stimme gedämpft. Flüsterndes Rufen. Rufendes Flüstern. Ich versuchte es noch einmal. Diesmal aber richtig.

Der Ruf hallte von den Wänden wider. Beeindruckende Akustik. Doch niemand reagierte. Vorbei an bemalten Fenstern, Nischen mit Beichtstühlen und unheimlichen Steinfiguren tastete ich mich in der Kirche nach vorn. Das Pfarrhaus war direkt an die Kirchenmauern angebaut worden. Es musste einen Durchgang geben, irgendwo hinter dem Altar. Ich passierte den Sohn Gottes, der wie festgenagelt am Kreuz hing. Es war mir schon immer ein Rätsel gewesen, warum die Kirche Jesus ausgerechnet in dieser Pose zum Symbol werden ließ. Wenn ich mich nicht völlig irrte, war Jesus in erster Linie nicht Leidender, sondern ein Heiler, ein Gütiger, ein Mildtätiger, ein feiner Kerl halt.

Eigenartig, welche Gedanken einem durch den Kopf gehen, wenn man durch eine Kirche spaziert und einen Mörder sucht.

Rechts neben dem Altar entdeckte ich eine schmale, niedrige Tür. Ich öffnete sie und duckte mich, um mir nicht den Kopf blutig zu schlagen. Es reichte, dass ich mein Schienbein zerstört hatte. Ich betrat den Raum, in dem, wie ich vermutete, Pfarrer Ebert sich umzog. Sein Ornat hing säuberlich über einem Stuhl. Auf einem runden Beistelltisch standen eine Flasche Wasser und ein Glas. Es sah so aus, als habe Ebert erst vor Kurzem daraus getrunken. Die Stimmung des fensterlosen Raumes passte nicht zu dem jungen Pfarrer. Wände und Decken waren mit dunklem Holz ausgekleidet, das ebenso aufs Gemüt drückte wie die düsteren Bilder. Ich kam mir vor wie in einer Grabkammer. Mich fröstelte.

Eine weitere Tür, ebenso schmal und niedrig wie die erste, lag an der Kopfseite des Raumes, der die bescheidene Größe eines 80er-Jahre Kinderzimmers hatte. Ich drückte die Klinke. Abgesperrt. Ich rüttelte, zog und drückte, doch die Tür bewegte sich keinen Millimeter.

»Hallo? Herr Ebert? Schwester Maria? Halloooo?« Nichts.

Oder doch?

Ich presste mein Ohr an die Tür und klopfte gleichzeitig mit der Hand gegen das mächtige Holz. »Halloooo?«

Und da war es, ganz leise, gedämpft. Eine Stimme, die um Hilfe rief. Eine weibliche Stimme. Ich war nicht sicher, glaubte aber, dass es sich um Schwester Maria handelte. Ich warf mich mit der Schulter gegen die Tür, was die Tür nicht im geringsten störte. Meine Schulter schon. Sie brüllte vor Schmerzen. Vielleicht brüllte auch ich, so genau weiß ich das nicht mehr. Ich sah mich um, suchte nach einem Schlüssel, einem Draht oder einer Stange Dynamit. Nach irgendetwas, womit ich diese verdammte Tür öffnen konnte, ohne mir die Schulter zu brechen. Ich fand nichts.

Was sollte ich nur tun?

Ruhig bleiben. Nachdenken. Erst mal hinsetzen. Ich hockte mich auf die zerschlissene Couch neben der Eingangstür und schloss die Augen. Im nächsten Moment sprang ich auf, zerrte mein Handy aus der Tasche und wählte Mandys Nummer. Kein Netz in diesem Bunker. Ich rannte zurück in die Kirche und behielt die Netzanzeige im Auge. Ein Balken. Zwei Balken. Auf halber Höhe stoppte ich und rief erneut bei Mandy an. Ich hatte Glück, sie ging sofort an den Apparat. »Leo? Bist du's? Können wir endlich verschwinden? Mir ist langweilig. Walther schläft, Trudi ist bei ihm geblieben und Samson trottet hinter mir her. Er will nicht mal kacken, ihm ist zu heiß. Mir geht das so auf die Ner ...«

»Setz dich sofort ins Auto und fahr zur Kirche. Schnell. Und ich meine verdammt schnell.« Ich legte auf und eilte zurück in den Darkroom, in dem jeder normale Mensch Depressionen bekommen würde. »Schwester Maria? Keine Sorge, ich bin gleich da, um Ihnen zu helfen. Dauert nicht mehr lange.«

Sie antwortete, doch ich konnte nicht verstehen, was sie sagte. Bei mir kam nur »Hmpfhmpfhmpf« an. Hilfreich war sie nicht gerade, die Obernonne, ich muss schon sagen.

Wieder ab nach draußen, so viel Sport hatte ich seit Wochen nicht getrieben. Beinahe wäre ich umgekippt in dieser heißen Luft, die so dick war, dass ich sie problemlos in Scheiben schneiden und in Einweckgläser hätte packen können.

Kaum hatte ich die schützende Kühle der Kirche verlassen, hörte ich ein Auto mit aufheulendem Motor um die Ecke biegen. Sekunden später bretterte meine Tschechenschüssel an mir vorbei, ehe sie dank einer Vollbremsung zum Stehen kam. Ich rannte zum Wagen und riss die hintere Tür auf. »Ich brauche meinen Notfallrucksack«, rief ich der verdutzten Mandy entgegen. »Du bleibst hier.« Weg war ich. Daran, die Polizei zu rufen, dachte ich nicht. Zu viel Adrenalin.

Mein Notfallrucksack ist eins meiner wichtigsten Utensilien. Er enthält alles, was ein durchschnittlicher Wald-und Wiesendetektiv so braucht im Leben: Taschenlampe, Kabelbinder, Dietriche, Elektroschocker, Pfefferspray, Fotoapparat, Klebeband und drei Snickers. An die wollte ich jetzt allerdings nicht denken, wahrscheinlich waren sie längst zu Erdnuss-Schokomus zerlaufen.

Auf dem Rückweg zur Kirche sah ich aus dem Augenwinkel mehrere Dutzend Nonnengesichter, die an den Scheiben des klimatisierten Busses klebten und mich beobachteten. Ich legte noch einen Zahn zu. Völlig unchristlich stürmte ich den kirchlichen Mittelgang entlang nach vorn, ignorierte Jesus, Altar und was sonst noch zu ehren gewesen wäre, und platzte in den Depri-Raum hinein. Dort kramte ich in meinem Rucksack herum. Einen schrecklichen Augenblick lang fürchtete ich, die Dietriche würden in meinem Büro liegen, wo sie mir so viel nutzen würden wie einem Hund ein Mobiltelefon. Dann fand ich sie aber doch noch in einem Seitenfach.

Meine Hände zitterten, ob vor Aufregung oder Anstrengung kann ich nicht sagen. Es fiel mir schwer, den richtigen Dietrich zu finden, es fiel mir noch schwerer, mit ihm in dem Schloss herumzustochern, das den Eindruck machte, vor vielen Hundert Jahren gefertigt worden zu sein. Endlich fühlte ich den ersehnten Widerstand. Mit einem Schlag wurde ich ruhig.

Es knackte, es klickte, es schnalzte. Geschafft! Ich drückte die Tür auf. Kein Wunder, dass meine Schulter so schmerzte. Das Holzmonstrum war mindestens fünfzehn Zentimeter dick. Keine Tür, sondern das Tor einer Ritterburg. Es führte mich in einen weiteren Raum ohne Fenster. Das einzige Licht fiel durch die geöffnete Tür nach drinnen. Viel war das nicht. Dunkle Kirche, noch dunkleres Vorzimmer, allerdunkelstes Vorvorzimmer. Zum Glück hatten sich meine Augen auf die Finsternis eingestellt.

Meine Ohren auch. Die Stimme von Schwester Maria kam aus einer Holztruhe mit Eisenbeschlägen, die neben einer weiteren geschlossenen Tür stand. Vor der Truhe lag etwas, es sah aus wie ein zusammengerollter Teppich. Ich befand mich in einer Art christlicher Vorratskammer, in der Weihrauchfässer, Abendmahl-Utensilien und allerlei anderer kirchlicher Tand aufbewahrt wurden. Alles ordentlich verstaut, so wie es sich gehörte.

Mit wenigen Schritten eilte ich zu der Truhe, die mit einem Eisenstift gesichert war. Ich schob ihn aus der Hülse und öffnete den Deckel. Himmel, war das Ding schwer. Aber ich schaffte es. Vor mir lag Schwester Maria. Soweit ich das im Dunkeln erkennen konnte, war sie unverletzt. Ich reichte ihr die Hand und zog sie nach oben. Dabei stolperte ich über den zusammengerollten Teppich und fiel der Länge nach hin. Als ich mich mühsam aufrappelte, stieß ich gegen das Bündel, das sich viel kantiger anfühlte, als ein Teppich das tun sollte. Es wackelte ein wenig, dann rollte das Bündel ein Stück zur Seite.

Die toten Augen von Pfarrer Lukas Ebert starrten mich an.

Ich stieß einen Schrei aus wie ein kleines Mädchen, das eine Spinne sieht. Zu meiner Verteidigung möchte ich anführen, dass auch ein Privatdetektiv nicht jeden Tag einen toten Pfarrer zu Gesicht bekommt, schon gar nicht in einem dunklen Raum neben einer Holztruhe. Dass sein ehemals weißes Hemd blutüberströmt war, half auch nicht, den Gruselfaktor zu verringern.

»Er ist tot, oder?« Schwester Maria kletterte aus der Truhe. »Der Pfarrer? Er lebt nicht mehr?«

Widerwillig legte ich zwei Finger an seine Halsschlagader. Dort pochte nichts mehr. »Ja, ich denke schon. Sieht aus, als sei er erstochen worden. So wie Schwester Lena.«

»Glauben Sie, da gibt es einen Zusammenhang?«

»Ich weiß nicht, was ich glauben soll. Und Sie? Geht es Ihnen gut? Sind Sie verletzt?«

Sie streifte das Kopfteil ihres Habits ab. Graue Locken kamen zum Vorschein. Mit ihrer rechten Hand befühlte sie ihren Hinterkopf. »Kein Blut. Ich bin wohl mit einer Beule davongekommen. Ansonsten bin ich unverletzt. Zum Glück sind Sie aufgetaucht, die Luft da drin wäre langsam knapp geworden.«

»Wie sind Sie da reingekommen?«

»Ich habe den Pfarrer am Boden liegen sehen und wollte ihm helfen. Während ich seinen Puls fühlte, bekam ich einen Schlag auf den Hinterkopf und verlor das Bewusstsein. Als ich wieder aufgewacht bin, lag ich da drinnen. Kurz darauf hörte ich Sie klopfen und rufen. Und jetzt sind Sie da. Ich glaube, Sie haben mir das Leben gerettet, Herr Buchfink.«

Mit einer großzügigen Handbewegung winkte ich ab. »Wenn nicht ich, dann jemand anders. Und wer weiß – vermutlich hätte die Luft da drin noch ziemlich lang gehalten. Ist jetzt ohnehin egal, Hauptsache, Sie sind in Sicherheit. Was haben Sie hier drin überhaupt gesucht? Und wie sind Sie durch die verschlossene Tür gekommen?«

Die Schwester kratzte sich am Kopf. Sofort verzog sie das Gesicht. »Ich darf meinen Kopf nicht berühren. Tut weh.«

»Sie sollten zum Arzt gehen, wenn wir hier raus sind.«

»Später. Also, die Tür war auf. Wer auch immer mich niedergeschlagen hat, muss sie abgesperrt haben. Dabei suche ich nur Schwester Nina. Seit dem Ende der Trauerfeier hat sie niemand mehr gesehen. Wir sollten eigentlich längst wieder auf der Rückfahrt sein. Außerdem mache ich mir Sorgen, weil Schwester Nina ...«

»... die beste Freundin von Schwester Lena war.«

Verblüfft sah sie mich an. »Woher wissen Sie das?«

»Ist mein Job«, sagte ich und lächelte.

Schwester Maria erwiderte mein Lächeln, dann wurde sie ernst. »Wissen Sie, Herr Buchfink, wir leben zwar hinter dicken Mauern und im tiefsten Schwarzwald, aber nicht hinter dem Mond. Ich habe von Gerüchten gehört, wonach Lena und der Pfarrer ein Verhältnis hatten. Wissen Sie, was da dran ist?«

Ich erzählte ihr, was Ebert mir gesagt hatte. »Ich glaube nicht, dass er gelogen hat. Warum auch?«

»Sie hatten also noch nichts miteinander, waren aber verliebt und planten, gemeinsam ein neues Leben anzufangen?«

»So ungefähr, ja.«

»Und jetzt sind beide tot.« Schwester Maria hockte auf der Kante der Truhe, die eben noch ihr Gefängnis war. »Gibt es solche Zufälle?«

»Sie glauben doch ohnehin nicht an Zufälle. Ist bei Ihnen nicht alles Gottes Wille?«

Sie lachte. »Nein, so einfach ist mein Weltbild dann doch nicht. Ein bisschen Eigenverantwortung hat der Mensch schon noch.«

»Das klingt sogar in den Ohren eines Atheisten wie mir akzeptabel. Kommen Sie, ich bringe Sie zum Bus. Sie sollten hier raus.«

»Nein, ich muss Schwester Nina finden.«

»Vergessen Sie's. Sie wären vor ein paar Minuten beinahe gestorben. Gehen Sie in die Kirche, beten Sie, kümmern Sie sich um die anderen Schwestern, die im Bus warten. Und überlassen Sie mir die Suche nach Nina.«

Einen Moment lang dachte ich, sie würde mich ignorieren und einfach weitermarschieren. Doch dann seufzte sie. »Ich kümmere mich um die anderen. Und Sie finden bitte Schwester Nina.«

»Ich gebe mir Mühe.«

»Wo fangen Sie an?«

»Mal sehen, wohin dieser Weg führt.« Ich deutete auf die geschlossene Tür, die, wenn mich mein Orientierungssinn nicht völlig im Stich ließ, das Tor zum Pfarrhaus sein musste. Ich hatte Angst vor dem, was sich dahinter verbergen mochte. Doch ich hatte auch Angst um Schwester Nina. Ich schätzte, sie war in Lebensgefahr. Wer auch immer sie bedrohte.

»Passen Sie auf sich auf«, sagte die Schwester. »Ich wünsche Ihnen viel Glück – und Gottes Segen.«

Sie wandte sich zum Gehen, als mir noch etwas einfiel. »Schwester Maria? Kennen Sie eine Frau namens Christina Schwaiger?«

Ohne sich umzudrehen, sagte sie mit leiser Stimme. »Das ist der Geburtsname von Schwester Nina. Das weiß aber fast niemand, sie hat sich schon als kleines Mädchen immer Nina rufen lassen. Warum fragen Sie?«

»Nur so. Gehen Sie beten. Es wird Ihnen gut tun. Und rufen Sie bitte die Polizei.«

Sie ging weiter. Langsam. Gebeugt. Als hätte sich soeben eine schwere Last auf ihre Schultern gelegt.

29

Christina Schwaiger war als jüngstes von vier Kindern in einem Dorf im Hotzenwald aufgewachsen. Dort, im tiefsten Südwesten der Republik, zwischen Waldshut, Freiburg und Lörrach, saugten die Kinder den Gottesglauben mit der Muttermilch auf. Der sonntägliche Kirchgang war so selbstverständlich wie der Sonnenaufgang am Morgen. Die nächste Kirche lag acht Kilometer entfernt, ein Auto besaß die Familie lange nicht. Wenn sich nicht zufällig ein Nachbar fand, der sie für den hügeligen Weg mitnahm, marschierten die Schwaigers gemeinsam zum Gottesdienst. Das dauerte mit kleinen Kindern im Schlepptau annähernd drei Stunden. Und so lernte Christina früh, dass der Glaube auch Entbehrungen mit sich brachte. Sie musste sogar ihre Spitznamen hergeben. Chrissy war von ihrem Bruder Christoph belegt, Tine von ihrer Schwester Martina. Und so nannten sie alle vom ersten Tag an Nina.

Trotz der Entbehrungen träumte sie sich gern in ihre Kindheit zurück. Das Leben im Hotzenwald war hart, die Familie ernährte sich von dem, was die kargen Böden hervorbrachten. Die Bewohner tauschten das, was sie hatten: Fleisch, Gemüse, Obst. Auch handwerkliches Geschick oder der helfende Einsatz kindlicher Hände dienten als Währung.

In die Grundschule fuhr ein Bus, der alle Kinder in den umliegenden Weilern aufsammelte. Nina genoss es, sommers wie winters aus dem Fenster zu schauen und die zauberhafte Landschaft an sich vorbeifliegen zu sehen. Sie beschloss, nie von hier wegzuziehen, sondern eines Tages zu heiraten, Kinder zu bekommen und diese mit dem eigenen Auto zur Kirche zu fahren.

Doch je älter sie wurde, desto mehr verschwamm der Gedanke ans Heiraten. Sie war ein hübsches, schlagfertiges Mädchen, das gerne aufs Gymnasium in Waldshut gegangen wäre, doch ihr Vater verbot es. Er sah keinen Sinn darin. In seiner Welt benötigten Frauen keine Bildung. Es reichten Gottesfurcht und die Fähigkeit, auch aus geringen Mitteln eine ordentliche, sättigende Mahlzeit zu kochen.

Den Hauptschulabschluss schaffte sie ohne Mühe. Im Gegenteil, sie langweilte sich an den Vormittagen in der Schulbank. Einige Lehrer hatten versucht, ihren Vater zu überreden, sein Kind auf eine höhere Schule zu schicken. Doch der mittlerweile alt gewordene Mann blieb stur. Er war zu einer Zeit aufgewachsen, in der Mädchen nichts galten. Einflüsse aus größeren Städten tat er als Unsinn der Moderne ab. Er liebte seine Kinder, Jungen wie Mädchen. Aber von seinem Weltbild rückte er nicht ab.

Er starb, drei Wochen nachdem Nina sechzehn Jahre alt geworden war. Sie weinte nächtelang. Und sie weinte noch viel mehr, als ihr ältester Bruder einige Monate später von einem betrunkenen Arbeiter aus der Stadt überfahren wurde und den Unfall nicht überlebte. Binnen kürzester Zeit hatte sich ihr Leben radikal geändert. Ihre Mutter verkraftete den Tod ihrer Liebsten nicht. Sie griff zum Alkohol, zu selbst gebrannten Schnäpsen. Hartes Zeug, das sie beinahe zerstört hätte. Erst Jahre später kam sie davon los.

Das einst paradiesische Dasein hatte sich in eine höllische Existenz verwandelt, aus der Nina nur noch ausbrechen wollte. Sie zog an die Schweizer Grenze, in die Nähe von Basel, und nahm sich dort eine Wohnung. Die finanzierte sie mit Gelegenheitsarbeiten. Das Geld reichte, den Führerschein zu machen. Für sie war das der Inbegriff von Freiheit, nachdem sie jahrelang auf Nachbarn und den Bus angewiesen war. Eine Lehre als Hauswirtschafterin hatte sie nach dem Tod ihres Vaters abgebrochen, eine weiterführende Schule zu besuchen, kam ihr nicht in den Sinn. Sie verdiente genug, um sich über Wasser zu halten, genug, um abends, vor allem am Wochenende, mit dem Zug nach Basel fahren zu können und das Nachtleben zu erkunden. Sie lernte Männer kennen, junge und alte, arme und reiche, und sie schlief mit vielen von ihnen. Doch der Sex brachte ihr kein Vergnügen, im Gegenteil, sie fühlte sich abgestoßen und angewidert. Egal, wie nett und einfühlsam ihre Liebhaber auch sein mochten.

In ihr keimte ein unglaublicher Verdacht. Sollte sie noch sündiger sein als angenommen? Sie hatte seit Vaters Tod gewiss kein gottgefälliges Leben geführt, doch das würde Gott ihr vielleicht nachsehen, schließlich hatte sie Notsituationen erlebt, die auch Hiob an seine Grenzen gebracht hätten. Doch nun fürchtete sie, innerlich verderbt zu sein, unnatürlichen Begierden zu erliegen. Sie ertappte sich dabei, andere Frauen anzusehen und zärtliche Gedanken zu hegen. Das durfte nicht sein. Ihr Vater – genauso wie der Dorfpfarrer – hatte stets gepredigt, dass gleichgeschlechtliche Liebe Teufelszeug sei und mit dem Höllenfeuer bestraft werde.

Doch sie konnte sich nicht dagegen wehren. Und so landete sie eines Tages, kurz nach ihrer Volljährigkeit, im Bett einer Frau, die ihr zeigte, wie erfüllend es sein kann, wenn sich zwei Körper vereinigen. Nina schämte sich zutiefst, als sie am Morgen neben der Frau aufwachte und deren nackten Körper betrachtete. Sie schämte sich – und sie war erregt. Nina sprang auf und raffte ihre Kleider zusammen, als die Frau aufwachte. Sie fragte, wo sie denn hinwolle, Nina erfand eine Ausrede. Die Frau breitete ihre Arme aus, präsentierte sich in ihrer Nacktheit – und Nina wurde schwach. Nun schämte sie sich noch mehr. Und sie fürchtete das Höllenfeuer.

Noch am selben Tag ging sie in die Kirche. Dort legte sie die Beichte ab, zum ersten Mal seit mehr als zwei Jahren. Der Pfarrer hielt entsetzt die Luft an, das spürte sie in dem stickigen Kabuff. Er machte ihr wenig Hoffnung, der Hölle entkommen zu können. Wenn überhaupt, dann nur, falls sie aufrichtig bereue und ihr Leben von nun an Gott und dessen Weisheit anvertraue.

Allein: Sie schaffte es nicht, von den Frauen loszukommen. Wieder und wieder landete sie in den zärtlichen Armen weiblicher Geschöpfe. Gleichzeitig wuchs ihre Wut. Auf sich und auf die verführerischen Lesben, die ihr keine Ruhe ließen. Manchmal wachte sie auf und hatte den Impuls, die Gespielin der vergangenen Nacht zu züchtigen. Wenn nicht sogar zu töten, aufzuspießen. Sie tat nichts dergleichen, niemals.

Stattdessen suchte sie eine andere Kirche auf, um dort zu beichten. Dieser Pfarrer war ganz anders, verständnisvoll. Er hörte zu, er verurteilte nicht. Er lud sie ein, in der Gemeinde zu helfen. Und er versicherte ihr, dass Gott alle Geschöpfe liebe und niemanden in die Hölle schickte. Schon gar nicht jene, die liebten, egal wen. Sie wollte dem Pfarrer gern glauben, aber Zweifel blieben. Dennoch nahm sie sein Angebot an. Sie unterstützte den Mann in der Gemeindearbeit, machte sich nützlich, wo sie nur konnte. Bald war sie unentbehrlich.

Nina hörte auf, nachts um die Häuser zu ziehen. Sie entsagte dem Alkohol, sie mied jene Kneipen und Diskotheken, in denen die Versuchung lauerte. Sie rührte zwei Jahre lang keine andere Frau an – außer sich selbst. Träume ließen sich nicht überlisten. Die Bilder verschmelzender Frauenkörper stahlen sich in ihre Nächte wie Einbrecher in eine Villa. Warum nur ließ sich ihr sündiges Fleisch nicht heilen?

Wieder beruhigte der Pfarrer sie. Fleischliche Begierde gehöre zum Menschen. Und homosexuelle Gedanken seien zwar nicht Gottes erster Wille, aber auch kein Grund, sich zu geißeln. Gott sei gütig, nicht zornig.

Die Verzweiflung aber ließ sich genauso wenig aussperren wie die sündigen Gedanken. Nina verbrachte ihre Tage damit, in der Kirche zu helfen, und ihre Nächte, sich gegen böse Träume zu wehren. Es war eine anstrengende Zeit, in der Nina kaum noch schlief. Der Pfarrer sorgte sich um sie, schickte sie zum Arzt. Aber nicht, um sie von Homosexualität zu heilen – »Das ist keine Krankheit« – behauptete er, sondern weil er fürchtete, sie entwickle eine Depression. Doch Nina weigerte sich, sie wollte ihren bösen Geist bekämpfen und sonst nichts.

Schließlich schlug der Pfarrer vor, in ein Kloster einzutreten. Denn sie werde niemals ein glückliches Leben führen, solange die Angst vor sich selbst sie beherrsche. Nina fand die Aussicht auf ein Leben im Dienste Gottes verlockend. Und sie hoffte, endlich ihre sündigen Dämonen besiegen zu können, wenn sie nur nah genug an Gott herankam. Und was könnte näher sein als ein Kloster?

Sie genoss die Zeit als Novizin, hatte endlich das Gefühl, angekommen zu sein, ihre endgültige Heimat gefunden zu haben. Schwester Elisabeth, die Äbtissin, war eine strenge Frau, aber auch liebevoll und gerecht. Sie spürte Ninas Unsicherheit und versuchte, ihr Arbeiten zuzuweisen, die ihr Selbstvertrauen stärkten. Die Träume plagten sie seltener, und wenn sie kamen, lernte Nina damit umzugehen. Daran änderte sich auch nichts, als Schwester Elisabeth starb und von Schwester Maria abgelöst wurde. Im Gegenteil: Die neue Äbtissin gab Nina stets das Gefühl, ein besonders wertvolles Mitglied des Ordens zu sein.

Zu Beginn eines jeden Jahres ordnete Schwester Maria die Arbeitsgruppen innerhalb der Klostermauern neu an. Sie wollte keine Cliquen entstehen lassen, sondern eine Gemeinschaft, die so sehr ineinander verzahnt war, dass nichts und niemand sie auseinanderreißen konnte. Und so kam es, dass Nina mit Schwester Lena in die Backstube gesteckt wurde. Ihre Aufgabe bestand darin, frühmorgens das Brot für den Tag zu backen. Die beiden waren fast gleich alt, besaßen einen ähnlichen Humor und konnten über alles reden. Über fast alles. Sie erzählten sich zwar gegenseitig von den sündigen nächtlichen Träumen. Doch Nina verschwieg, dass ihre Träume sich um Frauen drehten. Und immer häufiger um Lena.

Sie hatte sich verliebt.

Alles hätte gut sein können. Nina kümmerte sich noch immer um das Brot, Lena inzwischen um den Garten. Beide waren so gut in dem, was sie taten, dass die Äbtissin sie aus dem jährlichen Wechselspiel entließ. Nina machte es nichts aus, Lena seltener zu sehen. Sie hatte gelernt, mit ihren Sehnsüchten zu leben, auch damit, für Lena mehr zu empfinden, als sich geziemte. Doch dann starb der alte Gärtner – und sein Nachfolger machte alles kaputt. Er schob sich zwischen sie und Lena, er verführte ihre große Liebe im Gartenhäuschen. Oh ja, sie wusste von den geheimen Schäferstündchen, sie hatte es in Lenas Augen abgelesen und am widerlich-stolzen Blick dieses Danny. Nina überlegte, die Äbtissin zu informieren. Doch sie ließ es bleiben. Sie wollte Lena nicht schaden. Und schon gar nicht wollte sie daran schuld sein, dass Lena das Kloster verlassen musste. Einen Verstoß gegen das Keuschheitsgelübde konnte selbst die verständnisvollste Äbtissin nicht tolerieren.

Am Ende nutzte alles Schweigen nichts. Lena verließ das Kloster freiwillig. Sie verließ Nina. Und sie kehrte nicht zurück.

Nina weinte, Nina tobte, Nina litt. Und schließlich, nach einigen Monaten, beschloss sie, Lena zu folgen, alles auf eine Karte zu setzen.

Doch es war zu spät.

30

Das Quietschen der Tür konnte man wahrscheinlich noch im Breisacher Münster hören. So viel zum Überraschungseffekt. Am Ende eines langen Gangs öffnete sich ein Raum, offensichtlich das Wohnzimmer des Pfarrhauses. An den Wänden hingen Regale, die mit Büchern übersät waren, auf dem quadratischen Tisch lagen Bücher, auf dem Boden stapelten sich Bücher. Es sah aus wie in einer Bibliothek nach dem Besuch einer neunten Klasse. Sogar auf dem durchgesessenen dunkelroten Dreisitzer-Sofa mussten zwei Menschen eng zusammenrücken, um ausreichend Platz zwischen den Büchern zu finden.

Und sie waren eng zusammengerückt, die zwei Menschen. So eng, wie es in einem anständigen Haus wie einer Pfarrerswohnung nur möglich war, ohne Anstoß zu erregen. Ich kannte die beiden Menschen. Ich kannte auch den Hund, der aussah wie ein Wolf, und dessen Leine am Fuß der Couch befestigt war. Samson stand auf und kam mir schwanzwedelnd entgegen. Nach drei Schritten ruckte die Leine an seinem Halsband. Er blieb stehen und schaute mich traurig an.

Hinter dem Sofa stand im staubigen Licht, das durch das schmale Fenster schien, eine großgewachsene, hagere Frau. Den Kopfteil ihrer Ordenstracht hatte sie abgestreift, die Sonne spiegelte sich in einem Bilderrahmen, der hinter ihr an der Wand hing. Es sah aus, als trage sie über ihren dunkelblonden Locken einen Heiligenschein.

Doch das täuschte. Sie konnte keine Heilige sein, trotz ihres Habits. Mal davon abgesehen, dass ich nicht an Heilige glaubte, würden sie niemals abwechselnd ein Messer an den Hals eines gefesselten Mannes und einer gefesselten Frau halten. Selbst dann nicht, wenn die Frau wie eine lebende Altmetallsammlung aussah.

»Hallo Mandy, hallo Danny«, sagte ich.

Mandy grüßte mich in völliger Verkennung der Tatsachen mit dem Victoryzeichen, Danny murmelte etwas, das ich nicht genau verstand. Könnte sein, dass er fragte, warum zur Hölle ich ohne Waffe, ohne Polizei und ohne Verstand in die Wohnung gepoltert war. Aus einer Wunde an seinem Hals tropfte Blut.

»Wer sind Sie?«, fragte die Nonne.

»Leo, angenehm. Und Sie müssen Nina sein. Oder Schwester Nina? Oder Christina Schwaiger? Was ist Ihnen lieber?« Erik hatte mich am Telefon informiert, dass jene Christina Schwaiger, die den Kleinwagen gemietet hatte, in einem Kloster im Schwarzwald lebte. Im selben Kloster wie Lena. Nur dass sie sich nicht Schwester Christina, sondern Schwester Nina nannte, hatte Erik nicht herausgefunden.

Ich ging mit ausgestreckter Hand auf die Ordensschwester zu und stolperte dabei über einen dicken Wälzer, auf dem irgendwelche Kunstgegenstände abgebildet waren. Mit Mühe vermied ich einen Sturz.

»Bleiben Sie stehen«, sagte Nina. Sie drückte das Messer – eins mit gefährlich aussehenden Zacken – tiefer in Dannys Hals. Der Blutstrom schwoll augenblicklich an. Danny japste, Mandy kiekste.

Ich gehorchte. »Was haben Sie vor?«

Diese Frage schien sie zu überraschen. Offensichtlich hatte sie darüber noch gar nicht nachgedacht. Vorerst genügte es ihr, in der Pfarrerswohnung abzuhängen und zwei Menschen mit jenem Messer zu bedrohen, mit dem sie zuvor mindestens zweimal getötet hatte. Weil sie nicht wusste, was sie sagen sollte, beschränkte sie sich darauf, mich wütend anzuschauen. Zorn blitzte mir aus ihren Augen entgegen, wie ein tödlicher Strahl schoss er auf mich zu. Ungerührt ließ ich ihn abprallen.

»Wollen Sie noch jemanden töten? Der Pfarrer, der nebenan liegt, das war doch ihr Werk, oder?« Ich deutete mit dem Daumen über meine Schulter hinter mich. Nina übte sich weiterhin in ihrer Lieblingsdisziplin. Sie schwieg. Als einzige Reaktion wandte sie den Blick ab und guckte in Richtung Boden.

»Und Lena haben Sie auch getötet. Warum? Warum mussten der Pfarrer und Ihre beste Freundin sterben?«

Keine Antwort. Sie stand nur da, mit gesenktem Kopf und der Waffe in der Hand. Langsam ging mir ihr Schweigen auf den Sack. »Hat Ihnen niemand beigebracht, dass es unhöflich ist, auf Fragen nicht zu antworten? Ihr Gott wird sehr enttäuscht sein von Ihnen. Eine Mörderin und dann auch noch unhöflich. Ob das mal gut geht, wenn sie dereinst an der Himmelspforte anklopfen ...«

Endlich hob sie den Kopf. Schon wieder so ein böser Blick. »Lassen Sie Gott aus dem Spiel. Es steht Ihnen nicht zu, so über ihn zu reden. So ... so ... so lästerlich.«

»Warum nicht? Warum soll ich nicht über etwas lästern, was es gar nicht gibt? Was nur in Ihrem Kopf existiert? Das Hirngespinst einer Verrückten, nichts weiter.«

Ninas Augen quollen hervor, was ihr den Ausdruck eines irren Karpfens verlieh. »Wagen Sie es nicht. Ich warne Sie!«

»Wovor? Dem Höllenfeuer? Wie lächerlich.«

Sie zitterte vor Wut. Auf ihren Gott ließ sie echt nichts kommen, das merkte ich schon. Blöd nur, dass sich das Messer in ihrer zitternden Hand ein Stückchen tiefer in Dannys Hals bohrte. Der Hüne stöhnte auf.

»Leo, muss das sein? Über Gott lästern und so? Das tut mir auch weh.« Ich bin nicht sicher, ob Danny die Doppeldeutigkeit seiner Worte bewusst war. Falls doch, hatte er mehr drauf, als ich geahnt hatte.

Selbstverständlich konnte auch Mandy den Mund nicht halten. Ich hatte mich sowieso schon gewundert, wie sie es geschafft hatte, solange zu schweigen. Sie musste wirklich

Angst haben. »Gott ist mir scheißegal, aber könntest du bitte aufhören, die Irre hinter uns zu provozieren?«

»ICH BIN NICHT IRRE!!!«

Wir ignorierten Ninas Geschrei.

»Was heißt provozieren? Ich werde ja wohl noch meine Meinung sagen dürfen. Dies ist ein freies Land. Du weißt schon, Meinungsfreiheit, Religionsfreiheit, das ganze Zeugs. Ich lasse mir doch von einem dahergelaufenen verrückten Pinguin nicht den Mund verbieten.«

»Du gehst mir ja so dermaßen auf die Eierstöcke mit deinem selbstgerechten Geschwätz.« Echt, ich liebe es, wenn Mandy sich so sehr aufregt, dass ihre Piercings klappern. »Es geht doch nicht um dich und deine freie Meinung, sondern darum, dass die Irre da Danny ein Messer an den Hals hält. Willst du, dass sie ihn umbringt? Ehrlich, dir geht es immer nur um dich und deine dämlichen Prinzipien. Du! Du!! Du!!! Das ist alles was dich interessiert. Hier sind Menschen in Lebensgefahr und du musst trotzdem dein Ding durchziehen.« Ihre Wangen hatten sich rot gefärbt, mehrere Zornesfalten bahnten sich den Weg zwischen Sticks und Ringen hindurch. So eine schauspielerische Meisterleistung hätte ich ihr gar nicht zugetraut.

»Ach Mandy«, sagte ich und machte einen Schritt auf sie zu. Dabei ließ ich die rechte Hand in die Tasche der Anzughose gleiten. Das Pfefferspray fühlte sich gut an zwischen meinen Fingern. »Dass du selbst die grundlegenden Prinzipien des Lebens auf dem Altar des kleingeistigen Vorteils opfern würdest, ist ja nun wirklich nichts Neues. Deshalb hängt dein Schädel auch voller Piercings anstatt voller Ideen.«

»Kleingeistiger Vorteil?« Sie kreischte nun. Wie immer, wenn sie sich erregte, auf Sächsisch. Wirklich, sie machte das großartig. Richtig authentisch. »Es geht hier um Leben und Tod und nicht um irgendwelche kleingeistigen

Vorteile, du blödes Arschloch. Weißt du was? Ich kündige! Fristlos!

Nina starrte uns an, als hätten wir nicht alle Tassen im Schrank. »Könnt ihr jetzt endlich still sein? Ich muss mich konzentrieren!«

»Worauf? Auf deinen erfundenen Gott, der dich sowieso im Stich lässt?« Ich riskierte einen Schuss ins Blaue: »So wie Lena dich im Stich gelassen hat, als sie das Kloster verließ?«

Die mörderische Schwester stieß einen tarzanmäßigen Schrei aus, sprang um das Sofa herum und stürzte mit erhobenem Messer auf mich zu. Ich zückte meine Wunderwaffe, um ihr eine Ladung feinsten Pfeffersprays ins Gesicht zu jagen.

Nichts geschah.

Depp, der ich bin, hatte ich vergessen, den Deckel abzunehmen. Verzweifelt versuchte ich, die Pumpdüse vom Deckel zu befreien, doch ich hatte keine Chance gegen die wütend anfliegende Nonne. Ich warf die Dose weg, riss die rechte Hand hoch, ließ mich nach hinten fallen und wich in letzter Sekunde dem auf mich zurasenden Messer aus. Die Klinge erwischte mich statt im Bauch nur am Handgelenk. Brannte höllisch, aber brachte mich nicht um. Hoffte ich jedenfalls.

Irgendjemand brüllte mit tiefem Bass, kann sein, dass ich das war. Gleichzeitig kreischten zwei grelle Frauenstimmen wie Kreissägen in meinen Ohren. Und inmitten dieser Kakophonie an akustischen Grausamkeiten vernahm ich aus der Ferne Polizeisirenen, die schnell näher kamen. Der Einzige, von dem ich nichts hörte, war Danny. Fürwahr kein Mann großer Worte.

Mein Schädel brummte, ich musste ihn mir an einem der felsharten Riesenbücher angehauen haben. Benommen zappelte ich auf dem Rücken wie ein besoffener Maikäfer, die Beine zur Abwehr angezogen. Auf meinen Knien balancierte Nina, während sie mit der rechten Hand ihr

Jagdmesser schwang. Mehrfach kam es mir bedrohlich nahe. Wäre mir nicht so schwindelig gewesen, hätte ich Nina abschütteln können wie eine lästige Fliege. So musste ich mich darauf konzentrieren, nicht erstochen zu werden. Doch der Schmerz in meinem Kopf explodierte. Gleichzeitig ließen meine Kräfte nach, das malträtierte Hirn weigerte sich, Befehle an die Muskeln zu senden. Ich spürte, wie ich in eine samtene Bewusstlosigkeit glitt.

Das Letzte, was ich vorm sicheren Tod mitbekam, war der triumphierende Blick aus Ninas Augen. Gerne hätte ich noch über die feine Ironie nachgedacht, dass ausgerechnet ich, ein fundamentalistischer Atheist, eine Art Taliban unter den Nicht-Gläubigen, von einer Nonne unter die Erde gebracht wurde. Oder meinetwegen ins Jenseits. Weil: Wenn es wider Erwarten doch einen Gott gab, dann fände er bestimmt Gefallen daran, mich auf diese miese Art aus dem Leben zu nehmen. Dann säße er jetzt auf seiner Wolke und hielte sich den Bauch vor Lachen. Doch zu solch tiefschürfenden Gedanken kam ich nicht mehr – die Ohnmacht war schneller.

Als ich erwachte, lag nicht mehr Nina auf mir, sondern Samson. Er leckte mir das Gesicht ab, was gewisse olfaktorische Belästigungen mit sich brachte. Hunde riechen einfach nicht gut aus dem Maul. Ich ruckte den Kopf nach links, um zu verhindern, dass Samson mir seine lange Zunge in den Mund steckte. Der Ruck bereitete mir erstens Schmerzen im Kopf und zweitens einen Schrecken. Neben mir ruhte ein Pinguin, die Augen geschlossen, die Flügel weit von sich gestreckt.

»Was ist passiert?«, fragte ich, doch weder der Hund noch der Pinguin würdigten mich einer Antwort. Ich versuchte, an Samson vorbeizugucken, aber dessen Quadratschädel folgte jeder meiner Bewegungen und erfüllte mein gesamtes Blickfeld. Ich hob meine Hände und schob den Kopf des Hundes zur Seite – eine

Anstrengung, die mich so erschöpfte wie ein Halbmarathon. Doch ich schaffte es – und sah in die Gesichter von Danny und Mandy. Beiden stand der Mund offen, beide waren so weiß wie Magerquark, beide guckten ähnlich entsetzt wie die Typen auf Edvard Munchs berühmtem Bild »Der Schrei«. Gruselig. Das Sofa, auf dem sie wie paralysiert hockten, hatte Schlagseite. Aus dem Augenwinkel bemerkte ich, dass der Sofafuß vorne rechts fehlte.

»Hallo? Was ist lohos?« Sofort hämmerte eine Horde Bergarbeiter in meinem Schädel. Ich griff mir an den Kopf, woraufhin Samsons sabbernde Schnauze vor meine Augen rutschte. Ich ließ es geschehen. »Kann vielleicht mal jemand den Hund von mir nehmen?«

»Wie denn? Wir sind gefesselt.« Klang Mandy etwa weinerlich?

»Aber doch nicht an den Füßen! Steht auf, tut was!«

Und so kam es, dass Johann Pfister, Kriminalhauptkommissar, mein bester Freund, zugleich eine liederliche Tratschtante, genau in dem Moment mit gezogener Waffe zur Tür hereinstürmte, als Mandy und Danny vergeblich versuchten, einen kolossartigen Hund von mir zu zerren, ohne dabei auf die bewusstlose Nonne neben mir zu treten.

»Du bist zwar ein Arschloch«, sagte Mandy. »Aber ich wollte trotzdem nicht, dass die durchgeknallte Betschwester dich umbringt. Die hat mir einen ganz schönen Schrecken eingejagt, als sie auf dich einstechen wollte.« Mandy marschierte hin und her, während Danny und ich auf der Bank unter der Kastanie saßen. Der Platz vor der Kirche verschwand unter Polizeiautos, Krankenwagen und dem Reisebus der Nonnen. Samson lag zu unseren Füßen und träumte von Fleischbergen. Oder von der Zwergpudeldame aus dem Nachbarhaus, die er so süß fand und in Verkennung anatomischer Realitäten gern mal besteigen würde.

»Wieso bin ich ein Arschloch?«, fragte ich.

Mandy wurde rot im Gesicht, jedenfalls an den Stellen, an denen noch etwas Gesicht unter all dem Metall übriggeblieben war. Die Röte stammte nicht etwa von Verlegenheit, wie ich zunächst dachte, sondern von ihrer Wut. »Weil du Idiot meintest, diese bekloppte Nina provozieren zu müssen. Es war dir wichtiger, auf deinen Prinzipien herumzureiten, anstatt cool zu bleiben und die Irre zu beruhigen. Boah, ich könnt mich grad schon wieder aufregen. Damit du es nur weißt: Meine Kündigung bleibt bestehen. Die ziehe ich nicht zurück, nur weil du vorhin fast über den Jordan gegangen wärst.«

Ich erinnerte mich dunkel an die Prinzipiensache. Ich erinnerte mich aber auch daran, dass ich die Situation völlig anders eingeschätzt hatte, als meine hochkompetente Tippse. »Das war doch alles nur geschauspielert«, sagte ich. »Ich dachte noch, dass du das richtig gut machst. Mit unserem inszenierten Streit wollte ich Nina ablenken, näher an sie herankommen und sie schließlich mit meinem Pfefferspray außer Gefecht setzen.«

»Und warum hast du das nicht gemacht?«

»Weil die blöde Spraydose geklemmt hat«, log ich.

»Hat sie nicht«, brummte Danny, der bislang geschwiegen hatte. »Der Deckel war noch drauf.«

So ein Depp! Ausgerechnet jetzt machte er den Mund auf. Dabei wäre diesmal Schweigen Gold gewesen.

»Der Deckel?« Mandy starrte mich fassungslos an.

»Schrei doch nicht gleich so!«

»Ich soll nicht schreien? Die Alte hätte uns alle umbringen können, weil du zu blöd bist, ein Pfefferspray zu benutzen? Das ist doch nicht zu glauben. Du schaffst es aber schon, dir unfallfrei den Hintern zu putzen, oder?«

Zum Glück schlenderte in diesem Moment Johann herbei, wie immer piekfein gewandet. Obwohl Hitze und Luftfeuchtigkeit mittlerweile subtropische Ausmaße angenommen hatten, schritt er so würde- und schwungvoll durch die Gegend, so schweißfrei und unangestrengt, dass ich ihm am liebsten eine gescheuert hätte. Einfach so. Aus Prinzip. Ich tat es nur deshalb nicht, weil seine Ankunft von meinem Pfeffersprayfiasko ablenkte, wofür ich ihm durchaus Dankbarkeit zollte.

»Habt ihr euch erholt? Könnt ihr aussagen?« Er rieb sich die Hände wie ein Feinschmecker, dem der erste Gang eines Drei-Sterne-Menüs serviert wird. Sein gut gelauntes Grinsen und seine rosafarbene Krawatte verursachten mir Augenkrebs. Dafür, dass er mein bester Freund war, ging er mir gerade unglaublich auf den Keks. Musste an mir liegen.

Ich ließ Mandy und Danny den Vortritt, winkte einen Sanitäter herbei, bat ihn, mir ein Eispad zu bringen und vielleicht etwas Wasser, weil ich, wie ich sagte, eine gewisse Dehydrierung befürchtete, legte mich auf die Bank und schlief ein. In meinem Traum tauchte Marie auf, engelsgleich und mit Ordenstracht bekleidet. Wir sprachen kein Wort, sondern spazierten an Kruzifixen, toten Pfarrern und schnatternden Königspinguinen vorbei in einen Sonnenuntergang, der wunderschön und strahlend hell war. Bis sich ein Schatten über den Sonnenuntergang und damit über mein Gesicht legte.

Ich öffnete die Augen und guckte direkt ins besorgte Antlitz von Schwester Maria. »Alles in Ordnung mit Ihnen?«

»Ja, ich denke schon«, murmelte ich. »Bin ein wenig erschöpft und mein Schädel brummt. Aber sonst geht es mir gut.« Ich setzte mich auf, was mir schwerer fiel, als es sich für einen Mann von Mitte dreißig gehört. »Und Ihnen? Sie müssen unter Schock stehen.«

»Nicht nur ich, alle Schwestern sind schockiert. Ich kann immer noch nicht fassen, dass Schwester Nina das alles getan haben soll. Ich denke, es wird noch lange Zeit dauern, bis wir begreifen, was geschehen ist. Verstehen werden wir es vermutlich nie.«

»Sie können sich ja immerhin damit trösten, dass die Wege des Herrn unergründlich sind.«

Die Äbtissin versuchte zu lächeln, schaffte aber nur eine traurige Grimasse. »Glauben Sie wirklich, dass ich es mir so einfach mache?«

Ich schüttelte den Kopf. »Eher nicht.«

»Die Polizei hat uns erlaubt, ins Kloster zurückzukehren. Ich wollte mich von Ihnen verabschieden und mich bei Ihnen bedanken, Herr Buchfink. Sie haben mir das Leben gerettet, wahrscheinlich auch Ihrer Mitarbeiterin und unserem ehemaligen Gärtner. Wenn das alles nicht so tragisch wäre, könnten Sie sich als Held feiern lassen.«

Als Held? Ich winkte ab. So fühlte ich mich nun wirklich nicht.

Wir reichten uns die Hände, ich wünschte ihr eine gute Fahrt und viel Kraft.

»Danke«, sagte sie. »Ihnen auch alles Gute. Und Gottes Segen.« Sie sah mich an und lachte. »Gucken Sie nicht so, als hätten Sie auf eine Chilischote gebissen. Sie müssen ja nicht dran glauben. Hauptsache, ich tue es.«

Ein letztes Mal winkte Schwester Maria mir zu, dann verschwand sie für immer aus meinem Leben.

Ein Streifenpolizist, den ich nicht kannte, führte mich zu einem Mannschaftswagen, in dem Johann auf mich wartete. In der engen Karre war es heißer als in einer Sauna beim dritten Aufguss. Doch Johann, der alte Angeber, schwitzte immer noch nicht.

»Geht es dir besser?«, fragte er.

»Ein bisschen. Sofern ich in dieser Schwitzbude nicht zusammenbreche.«

Keine Ahnung, wo er sie herhatte, aber Johann zauberte eine Dose Cola hervor, die schon von Weitem so kalt aussah wie der sibirische Winter. Er reichte sie mir grinsend. Aah, war das schön kühl. Ich hielt mir die Dose an die Stirn, an die Wange, an die Brust, die unter meinem geöffneten Hemd hervorlugte. Schließlich öffnete ich sie und trank sie zur Hälfte aus.

»Das tat gut, danke.«

»Hey, ich werd doch noch wissen, was mein bester Freund so braucht.«

Nach diesem Vorgeplänkel kamen wir zur Sache. Ich erzählte Johann, was passiert war, wie ich über die Leiche des Pfarrers gestolpert war, wie ich ins Pfarrhaus irrlichterte und dort auf Mandy, Danny, Samson, Schwester Nina und das Messer traf. Davon, wie mein Versuch, Nina zu überwältigen, schiefging, davon ...

An dieser Stelle unterbrach mich Johann. »Wie? Du hast allen Ernstes vergessen, den Deckel vom Pfefferspray abzunehmen?«

»Das hätte jedem passieren können.«

Johann sagte nichts, er schüttelte nur den Kopf und bedeutete mir mit einer Handbewegung, fortzufahren.

Nachdem ich meinen Bericht beendet hatte, fuhr sich Johann mit der Hand durchs Haar. Danach saß die Frisur immer noch so perfekt wie sein Anzug. »Was du erzählst, deckt sich mit dem, was Mandy und Danny ausgesagt haben. Was mich betrifft, kannst du gehen. Wenn ich noch irgendwelche Fragen habe, dann weiß ich ja, wo ich dich finde.« Er überlegte. Dann sagte er: »Sollen wir mal wieder zusammen einen heben? Samstag zum Beispiel? Ist lange her.«

Das stimmte, wir waren seit Ewigkeiten nicht mehr gemeinsam um die Häuser gezogen. Selbst an einfache

Kneipenbesuche konnte ich mich kaum erinnern. Ich wollte schon zusagen, als mir etwas einfiel.

»Samstag kann ich nicht. Da bin ich schon verabredet.«

Er sah mich misstrauisch an. »Mit meiner Schwester?«

»Nein, keine Sorge.«

Nun wurde sein Blick noch misstrauischer. »Nicht mit Marie? Mit wem dann? Ich sag's dir, wenn du sie bescheißt, werde ich ernsthaft sauer.«

Huch. Bislang hatte er sich eher als Gegner unserer kleinen, harmlosen Beziehung aufgespielt. »Na ja, das mit Marie ist derzeit schwierig. Sie meldet sich nicht, scheint irgendwie sauer zu sein, ohne dass ich so genau weiß, warum.«

»So?« Er zog die Augenbrauen hoch. »Und mit wem triffst du dich nun?«

»Mit Svenja.«

Er seufzte. »Es geht mich ja nichts an. Aber ich kann dir nur raten, vorsichtig zu sein. Erstens, weil Svenja mindestens so verrückt ist wie diese mordende Nonne. Und zweitens, weil ich meine Schwester kenne. Wenn sie sich ein paar Tage nicht meldet, heißt das noch lange nicht, dass sie dich abschreibt. Im Gegenteil. Das würde sie dir sofort sagen. Pass also gut auf, was du machst. Nein, das ist keine Drohung. Sondern ein Rat für den Fall, dass dir wirklich etwas an Marie liegt.«

»Ich werd's mir merken.« Was sollte ich auch sonst sagen?

Mühsam kletterte ich aus dem Transporter. Als ich endlich draußen war, ohne mir den lädierten Kopf anzuschlagen, fiel mir ein, dass ich auch ein paar Fragen an Johann hatte, die ich zu stellen vergessen hatte. Also kletterte ich wieder nach drinnen, den Schädel und die Schultern eingezogen.

»Was ist? Willst du noch ne Cola?«

»Hast du noch eine?«

»Seh ich aus wie ein Getränkeautomat?«

»Nein, eher wie ein Witzbuch.« Oh je, mein Kopfsturz musste sich direkt auf mein Schlagfertigkeitszentrum ausgewirkt haben. Da ging ja gar nichts mehr.

»Also, was gibt's?«

»Ich hätte da noch ein paar Fragen«, sagte ich.

»Schieß los!«

»Wie geht es Schwester Nina? Habe ich das in meinem benebelten Wahn richtig mitbekommen, dass sie mit dem Krankenwagen abtransportiert wurde?«

»Reine Vorsichtsmaßnahme. Sie war deutlich länger bewusstlos als du.«

»Was ist überhaupt passiert? Das Letzte, woran ich mich erinnern kann, ist, dass ich ohnmächtig wurde und die Nonne mich erstechen wollte. Als ich aufwachte, lag sie neben mir. Die beiden Helden, die mit im Raum hockten, haben mir noch nichts erzählt. Mandy ist sauer auf mich, wie immer. Und Danny bringt kaum ein Wort heraus.«

»Nimm es ihnen nicht übel, die stehen beide unter Schock. Immerhin hätten sie beinahe mit ansehen müssen, wie jemand erstochen wird. Wenn ich es richtig verstanden habe, hat Mandy so laut geschrien, als du zusammengeklappt bist und Schwester Nina das Messer über den Kopf hob, dass euer Wolf wie rasend aufgesprungen und losgerannt ist. Dabei hat er den Holzfuß des Sofas rausgerissen. Das plötzliche Nachgeben der Leine, die ihn am Sofa festgehalten hatte, katapultierte ihn nach vorn, so dass er mit seinem Lebendgewicht von gefühlten achtzig Kilo auf die dürre Schwester Nina prallte. Die fiel zur Seite wie ein Sack, knallte mit dem Kopf auf den Holzboden und sah fortan nur noch Sternchen.«

»Also hat Samson mir das Leben gerettet?«

»Mal wieder, ja. Der Köter stinkt wie die Pest, er sabbert ohne Ende und scheißt wie ein Ochse – aber davon abgesehen ist er Gold wert. Zumindest wenn man glaubt, dein armseliges Leben in Gold aufwiegen zu können. Aber auch deine Mandy hat ihren Anteil. Hätte sie eine angenehme Stimme und nicht dieses schrille Etwas, wäre Samson vermutlich ungerührt liegengeblieben. So hegte er dringende Fluchtgedanken, ohne die du nun ein paar Löcher mehr in deinem feisten Oberkörper hättest.«

Ich ignorierte die kleinen Gemeinheiten.

»Und warum haben Danny und Mandy mir nicht geholfen? Die beiden waren schließlich nur an den Händen gefesselt. Die hätten locker aufstehen und diese Nina mit Tritten außer Gefecht setzen können.«

»Habe ich sie auch gefragt. Aber erstens ging das alles rasend schnell. Was sich im Nachhinein nach einer halbstündigen Episode in deinem tristen Dasein anhört, dauerte in der Realität höchsten fünf Sekunden. Außerdem standen die beiden unter Schock, die hatten gar keine Chance zu reagieren.«

Das leuchtete mir halbwegs ein. Aber nur halbwegs. Insbesondere von Danny hätte ich mir ein wenig mehr Entschlossenheit gewünscht. Egal, es ließ sich ohnehin nicht ändern. Eine Frage hatte ich noch, dann wollte ich nach Hause, mich hinlegen, von meinem Kater trösten lassen und schlafen.

»Woher bist du plötzlich aufgetaucht? Und wieso bist du allein in die Wohnung gerannt, ein armseliger Bulle, wo doch normalerweise nichts unter einem MEK geht?« Die Typen vom mobilen Einsatzkommando hatten vorhin noch den Kirchplatz bevölkert, mittlerweile waren sie abgezogen.

»Ich war der erste Beamte vor Ort. Hatte ohnehin zufällig hier in der Nähe zu tun.«

»Zufällig?«

»Na ja, während Schmieder heute Morgen der Trauerfeier beiwohnte, hat der Chef entschieden, eine Sonderermittlungsgruppe zu bilden. Und die leite ich.«

»Das hat er entschieden? In Schmieders Abwesenheit?«

»Du kennst ihn doch.«

Das stimmte. Der Kripochef war berüchtigt für seine spontanen Entscheidungen. Weil er oft richtig lag, genoss er dennoch großes Ansehen. Gerade innerhalb seiner Truppe.

»Okay, du warst also auf dem Weg an den schönen Kaiserstuhl und bist zufällig im richtigen Moment gekommen.«

Johann schüttelte den Kopf. »Die Äbtissin hat die Polizei informiert. Du hast das ja versäumt.« Er sah mich vorwurfsvoll an. Zu Unrecht. Schließlich hatte ich Schwester Maria um den Anruf gebeten, wie mir jetzt wieder einfiel.

»Trotzdem hättest du normalerweise nicht allein in die Wohnung stürmen dürfen.«

»Es war aber nichts normal. Kaum war ich aus dem Auto ausgestiegen, hörte ich aus dem Pfarrhaus Geschrei. Ich schlich mich heran, als die Schreierei eskalierte. Das muss der Moment gewesen sein, in dem euer Wunderhund sich losriss. Ich trat die Tür ein und stürmte ins Wohnzimmer. Dort sah ich, wie Mandy und Danny mit gefesselten Händen versuchten, die Liebesszene zwischen Samson und dir zu beenden. Ein Bild, das mich bis in meine Träume verfolgen wird.«

Ein paar Minuten später stand ich unter der Kastanie.

»Lasst uns gehen«, sagte ich. »Ich muss mich dringend ausruhen.«

Danny verabschiedete sich von Mandy mit einem saftigen Zungenkuss, mir reichte er die Hand.

»Wo gehst du jetzt hin?«, fragte ich.

»Ich weiß noch nicht.«

Er sah Mandy an und versuchte, ein bedauerndes Gesicht zu machen. »Tut mir leid, Süße, aber das mit der Kocherei wird wohl vorerst nichts. Nach dem, was ich erlebt habe, brauche ich Ruhe, keine neuen Aufregungen.

Und du weißt, du bist verdammt aufregend.« Er zwinkerte ihr zu. Mandy nahm es ungerührt zur Kenntnis. Es schien ihr nichts auszumachen, dass der Typ, der ihr eben noch die Zunge in den Hals gesteckt und mit dem sie sich vor einer Stunde zum gemeinsamen Kochen verabredet hatte, ihr einen freundlich formulierten Korb gab.

»Passt schon«, sagte sie. »Hab sowieso keinen Hunger.«

Danny spazierte davon, ein Berg von einem Mann, und doch leicht wie eine Feder. Bevor er um die Ecke bog, winkte er uns lächelnd zu. Und die verdammte Sonne strahlte gleich noch ein bisschen heller.

Mandy und ich spazierten zum Auto, Samson trottete hinter uns her.

»Fahr du«, sagte ich und warf Mandy den Schlüssel zu. Bevor ich einstieg, drehte ich mich noch einmal um. Hinter der Kirche, jenseits des Rheins, irgendwo in Frankreich, brauten sich dicke, schwarze Wolken zusammen. In der Ferne hörte ich den Donner grollen.

Es würde regnen.

Endlich.

Epilog

Am Freitagabend rief Svenja an. Sie wollte wissen, ob es bei unserer Verabredung am Samstag bleibt. Als ich ihr die freudige Nachricht übermittelte, dass nichts dazwischen gekommen war, druckste sie herum.

»In der gesamten Kripo gibt es seit Tagen nur ein Thema – die mörderische Nonne. Schmieder hat sich gleich mal krankgemeldet. Hat nicht verwunden, dass er völlig daneben lag. Als ob abgesehen von ihm irgendjemand damit gerechnet hatte, dass er in dem Fall auch nur einen Schritt weiterkommt. Schmieder ist echt der größte Versager in ganz Deutschland. Der mieseste Bulle weit und breit. Weißt du, dieser Schmieder ...«

So ging es noch eine Zeitlang weiter. Svenja trudelte um das, was sie eigentlich sagen wollte, in großen Kreisen herum. Wie ein Flugzeug in der Warteschleife. Meistens wartete ich ab, bis sie landete. Doch diesmal fehlte mir die Geduld. Ich wollte mich vor die Playstation setzen und die halbe Nacht zocken. Das hatte ich mir verdient. Am Nachmittag hatte ich mir seit Monaten zum ersten Mal ein neues Spiel gekauft. Ich konnte es mir leisten. Trudi hatte mir mein Honorar überwiesen. Und das der übrigen Rentnergang gleich dazu. So viel kassierte ich sonst in einem halben Jahr nicht. Das Leben war herrlich.

»... und ich weiß ja, dass Johann mich nicht leiden kann, trotzdem hat er mir ausführlich erzählt, wie du die Nonne entlarvt hast. Ich glaube, er ist wirklich stolz auf dich. So, wie man auf seinen kleinen Bruder stolz ist, oder ...«

»Svenja?«

»Ja?«

»Komm zum Punkt.« Ich startete die Spielekonsole, der Fernseher sprang mit einem verheißungsvollen Leuchten an. Wundervoll.

»Was meinst du?«

»Das weißt du genau.« Ich schaltete den Lautsprecher am Telefon an und pulte das Spiel aus dem Zellophan. Zellophanverpackungen sind in meinen Augen eine Geißel der Menschheit. Gibt es jemanden, der das Zeugs aufreißen kann, ohne einen Nervenzusammenbruch zu erleiden?

Während Svenja die letzten Kreisel drehte, fluchte ich vor mich hin. Schließlich stand ich auf, holte ein scharfes Messer aus der Küchenschublade und versuchte, die Klinge unter die Zellophanhülle zu schieben. Ausnahmsweise schaffte ich es, ohne mir in den Finger zu schneiden. Zur Belohnung nahm ich ein Bier aus dem Kühlschrank.

Als ich aufs Sofa zurückkehrte, setzte Svenja zum Landeanflug an. »Also, ich habe mir überlegt, ob wir uns nicht vielleicht doch bei dir zu Hause treffen sollten. Das ist gemütlicher.«

»Gemütlicher? Ich dachte, du wolltest einen ganz normalen Abend verbringen, irgendwo draußen, ohne verfängliche Situationen.«

»Ja, schon. Aber es muss ja nicht verfänglich werden. Wir sitzen bei dir, sehen ein bisschen fern, essen ein leckeres Klosteressen.«

Beinahe hätte ich mich an dem Bier verschluckt, das ich gerade an die Lippen gesetzt hatte. »Klosteressen?«

»Ja. Was Nonnen und Mönche halt so zu sich nehmen. Das ist doch total spannend.«

»Was ist daran spannend? Außerhalb der Fastenzeit haben die keine besonderen Essgewohnheiten. Wir sitzen also da, trinken Bier und essen Erbseneintopf mit Würstchen.« Ich klickte mich durchs Spielmenü. Gar nicht so unkompliziert. Wurde Zeit, mich auf meine Aufgabe zu konzentrieren.

»Erbseneintopf ist doch toll!«

»Meinetwegen. Wann willst du kommen?« Die zweite Hälfte meines Bieres musste dran glauben.

»Zur Abendmesse.« Sie machte eine Pause. »In Ordenstracht. Und für dich bringe ich eine Mönchskutte mit.«

Diesmal verschluckte ich mich tatsächlich. Mein Husten hätte eigentlich ihr Trommelfell platzen lassen müssen. Doch sie fragte ungerührt, ob mir ihr Vorschlag gefiele.

»Ordenstracht? Mönchskutte?« Ich hatte mich wieder einigermaßen im Griff. »Soll das wieder eins deiner Rollenspiele werden? Womöglich mit Teufelsaustreibung und so?«

»Wie kommst du darauf? Höchstens ein bisschen sexy Nonnenunterwäsche. Oder gar keine Wäsche, ganz wie du willst. Und vielleicht ein paar harmlose Büßerabenteuer. Mit sanften Peitschen. Und heißem Kerzenwachs auf deiner Brust.«

Meine Fingerknöchel waren weiß geworden, weil ich den Telefonhörer so fest umfasste wie eine Zitrone, die es auszupressen galt. Unglückseligerweise verspürte ich nicht nur Angst, sondern auch ein unheilvolles Pochen in meiner Hose. Während ich überlegte, was ich sagen soll, brummte mein Handy und kündigte den Eingang einer Nachricht an.

»Du sagst ja gar nichts. Ich werte das mal als Zustimmung. Wann soll ich kommen? Um acht? Später? Wir können auch ...«

Kann sein, dass sie noch etwas gesagt hat. Es gab mal Zeiten, da hing ich an Svenjas Lippen, wenn sie mich auf ihre Sexfantasien vorbereitete. Doch diesmal war ich abgelenkt von der Nachricht.

Marie hatte sie geschickt.

»Besuche dich morgen Nachmittag, Zug kommt um 15.33 Uhr an. Wehe, du hast keine Zeit. Wenn du dich benimmst, bleibe ich über Nacht.« Dazu ein Kuss-Smiley.

Und wie ich mich benehmen würde.

Ich musste nur noch Svenja beibringen, dass unser sündiger Christentreff ausfallen würde.

»... könnte mir morgen früh ein Kreuz auf die Brust tätowieren lassen. Obwohl, das müsste erst verheilen, ist zu kurzfristig. Auf jeden Fall habe ich noch eine dicke Kette mit noch dickerem Kruzifix dran. Hat mir eine Tante zur Firmung geschenkt. Mir hat das Ding immer Angst gemacht. Na ja, egal. Ich merke gerade, dass ich scharf werde. Was meinst du, können wir uns schon heute treffen?«

Das wäre eine elegante Lösung gewesen, Konflikten aus dem Weg zu gehen. Svenja heute beglücken und morgen freie Bahn für Marie. Doch das war ein schmutziger Gedanke. Schmutzig, aber heiß. Ich verwarf ihn trotzdem, schweren Herzens. Sonst hätte ich am nächsten Tag ein schlechtes Gewissen gehabt und Marie hätte es mir angesehen, noch bevor sie aus dem Zug gestiegen wäre.

»Hallo, bist du noch dran? Oder hat es dir die Sprache verschlagen, weil du dir vorstellst, wie du, enthaltsamer Mönch der du bist, deiner geliebten Nonne mit deinem Pfahl der Untugend göttliches Vergnügen bereitest?«

Pfahl der Untugend? Meine Fresse!

»Du, Svenja, ich muss dir was sagen. Es tut mir echt leid, aber mir ist doch was dazwischengekommen. Ich kann morgen nicht. Und heute auch nicht.«

Schweigen. In der Leitung war es so still wie am Nordpol um Mitternacht. Und genauso kalt. Meine Fingerknöchel wurden schon wieder weiß, angefroren vom Eishauch, der aus dem Hörer kam.

»Svenja?«

Noch immer Schweigen. Dann, mit einer Stimme, die aus dem Grab zu kommen schien: »Ist das dein Ernst? Nein, du willst mich nur verarschen. Noch heißer machen. Ehrlich, das ist nicht nötig, mein Höschen ist so nass wie nach einem Durchgang in der Waschmaschine. Ich komm jetzt zu dir.«

»Nein, es geht nicht. Wirklich nicht.«

Pause. Schweigen. Frostbeulen. »Du Drecksau.« Deftig, aber besser als dieses Schweigen. »Ich hasse dich. Warum kannst du nicht? Wer ist wichtiger? Es ist diese Marie, die elende Schlampe, oder?«

»Hör mal, ich versteh ja, dass du sauer bist. Aber ...«

»Das wirst du bereuen.«

»Svenja, bitte ...«

Sie legte auf.

Es dauerte ein paar Sekunden, in denen ich das Telefon anstarrte und mich fragte, was in meinem und vor allem in Svenjas Leben schiefgelaufen war.

Dann schüttelte ich mich, streichelte Luigi, der sich zu mir auf die Couch gesellt hatte und mir die Ohren vollschnurrte, und tat das, was ein Mann in solchen Fällen tun muss: Ich holte mir ein Bier, vergaß den ganzen Quatsch und widmete mich wichtigeren Dingen. Meinem neuen Spiel zum Beispiel.

Es war cool. Richtig cool.

Weit nach Mitternacht kam ich endlich ins Bett, die Augen quadratisch, der Kopf voller Monster, die mir nach dem Leben trachteten, die ich aber heldenhaft getötet hatte. Draußen rauschte der Regen, der sich seit Mittwochabend kaum eine Pause gegönnt hatte. Es war saukalt geworden, wie im Herbst. Mich fröstelte. Dann, kurz vorm Einschlafen, wurde mir warm ums Herz. Morgen würde Marie kommen. Mit diesem Gedanken schlummerte ich ein.

Das Telefon weckte mich morgens gegen halb vier. Ich hatte völlig vergessen, es auf lautlos zu schalten. Zu viel Adrenalin in meinem Blut, kein Wunder nach meinem virtuellen Auftritt als Weltenretter. Schlaftrunken wischte ich auf dem Display herum, ohne zu erkennen, wer mich mitten in der Nacht störte. »Was?«, knurrte ich.

»Hey Riesenbaby, wollte dir nur sagen, dass deine Schnalle neben mir liegt und erschöpft schläft. Habe sie die ganze Nacht gepoppt. Ich finde, das solltest du wissen.«

Die Stimme kam mir seltsam bekannt vor, auf unangenehme Art und Weise. »Sie ist echt eine Granate im Bett. Eine Nonne mit Reizwäsche, der Hammer. Ich hoffe, du nimmst dir das nicht zu Herzen.«

Mir dämmerte, wer da am anderen Ende versuchte, cool zu klingen und sich doch anhörte wie ein Dreizehnjähriger nach dem ersten nächtlichen Samenerguss.

»Floppy, bist du das?«

»Nenn mich ruhig Floppy, mir macht das nichts aus. Ich habe deine Freundin gevögelt, Riesenbaby, mit allem, was dazugehört. Da frag ich mich doch, wer von uns beiden sich jetzt ärgern sollte. Dein blödes Floppy kann mir die gute Laune nicht verderben. Nicht jetzt. Auch wenn ich verdammt noch mal Philippe heiße. Merkt euch das endlich.«

»Wieso redest du im Plural? Falls du überhaupt weißt, was Plural bedeutet. Hat sie dich auch Floppy genannt? Bestimmt, ich glaube, Svenja weiß gar nicht, dass du Philippe heißt.«

»Oh, das wird sie schon noch lernen. Und wenn ich es in sie reinprügeln muss.«

Ich lachte. »Mal sehen, wer da wen verprügelt. Wenn ich wetten müsste, würde ich mein gesamtes Geld auf Svenja setzen. Die hat mehr Eier im kleinen Finger als du in deinem leeren Hodensack, Floppy.«

»Philippe Marlot, ich heiße ...«

Bevor er zu heulen begann, legte ich auf. Soso, Svenja war also mit Floppy in die Kiste gestiegen, um sich an mir zu rächen. Das war in jeder Hinsicht beängstigend.

Bald fiel ich in einen unruhigen Schlaf mit wirren Träumen, in denen Floppy, Svenja und Frau Merkel – also die Katze – eher unschöne Rollen spielten. Völlig gerädert und mit Kopfschmerzen wachte ich auf, noch bevor mich Luigi per Zehenbiss wecken konnte. Anstatt mich umzudrehen und weitere Albträume zu riskieren, stand ich auf. Es gab viel zu tun. In weniger als neun Stunden würde Marie ankommen. Endlich.

Kurz vor Mitternacht. Der Schein der drei Dutzend Teelichter warf flackernde Schattenspiele auf die Wandfliesen, deren fieses Orange noch besser zur Geltung kam als sonst. Das heiße Wasser plätscherte leise vor sich hin, als hätte es alle Zeit der Welt. Es wusste noch nicht, dass ihm ein gurgelnder Tod durch den Abfluss bevorstand.

Marie und ich lagen in der Badewanne, ich rasierte ihr die Beine.

»Wir sollten das zur Tradition werden lassen«, hatte sie gesagt. »Wann immer du einen Fall löst und mir die Einzelheiten erzählst, legen wir uns in die Wanne und du rasierst mir meinen Pelz ab. Menschen benötigen solche Traditionen.« Sie spielte auf die Ereignisse vom Hochschwarzwald an, wo wir uns vor einigen Monaten, nachdem wir die mörderische Hochzeit überlebt hatten, in der Wanne wiederfanden.

Den Nachmittag und den Abend hatten wir mit Sex sowie mit Nahrungszufuhr verbracht. Zwischendurch hatten wir über ein Video gelacht, das Trudi mir unter dem Betreff »Gang nach Canossa« geschickt hatte. Es zeigte die alte Wilderle, die vor einer ganzen Garde streng dreinschauender Senioren stand und versuchte, sich zu entschuldigen. Wir lachten uns halbtot.

Und ja, irgendwann haben wir auch über uns gesprochen. Ohne eindeutiges Ergebnis. Marie wollte keine richtige Beziehung, keine Verpflichtungen. Was sie ebenfalls nicht wollte: dass ich mit anderen Frauen schlief. Ich behaupte nicht, dass ich nachvollziehen konnte, was sie mir da erzählte. Aber ich ließ mich darauf ein. Was blieb mir auch anderes übrig?

»Hat nichts mit dir zu tun«, hatte sie erklärt. »Nur mit mir.« Danach küsste sie mich so heftig, dass es mir den Atem und die trüben Gedanken raubte.

Und so lag ich nun entspannt im Wasser, ließ die scharfen Klingen über die scharfen Schenkel gleiten, und erzählte ihr alles.

»Warum hat sie das getan?«, fragte Marie. »Ich meine, wieso ist diese Nina so ausgetickt?«

Das war wie immer die Frage aller Fragen. Warum verlieben wir uns, warum verlieren wir uns in Hass und Missgunst, warum geht das bei manchen so weit, dass sie zu Mördern werden, dass sie Flugzeuge voller Menschen gegen Felswände steuern – oder eben jene töten, die sie zu lieben glauben?

Nina hatte, wie ich von Johann wusste, bislang wenig gesagt, was Licht ins Dunkel ihrer Seele brachte. Und vermutlich würde sich das auch nicht ändern. Ihr Anwalt – nicht Alex, sondern einer, der sein Handwerk verstand – hatte ihr geraten, vorerst zu schweigen. Letztlich erwarteten wir alle, dass sie nicht im Gefängnis, sondern in der Psychiatrie landen würde.

»Sie hat Lena geliebt, okay, aber wieso dreht sie so durch?« Marie brachte ihren wundervollen Körper in eine aufrechtere Stellung, sodass ihre Honigmelonenbrüste mich vorwitzig anlachten. Ich sah weg.

»Sie dachte wohl tatsächlich, sie und Lena könnten ein neues Leben anfangen«, fuhr ich fort. »Die beiden schrieben sich regelmäßig Briefe. Schmieder, dieser Polizistendarsteller, hatte die Briefe von Nina sogar gefunden, ihnen aber keine Bedeutung zugemessen.«

Später hatte die Polizei auch Lenas Briefe entdeckt, sie lagen in Ninas Kemenate, aufbewahrt in einer alten Schuhschachtel. Die beiden hatten sich etwa einmal pro Woche geschrieben. Während Nina zwischen schwülstigem Bibelgequatsche und harmlosen Erzählungen aus dem Klosteralltag wechselte, lasen sich Lenas Briefe wie die Aufsätze eines kleinen Mädchen, das staunend vom ersten Besuch im Vergnügungspark erzählt.

Nur die letzten zwei Briefe lasen sich anders. Die Tonart hatte gewechselt. Von Aufgeregtheit zu Nachdenklichkeit. Lena schrieb davon, jemanden kennengelernt zu haben. Wie unsicher alles sei und wie schwierig, aber auch wie schön. Und dass sie sich zum ersten Mal in ihrem Leben verliebt habe. »Im Nachhinein war dieser Satz wohl ihr Todesurteil«, sagte ich.

Marie sank nach unten, sodass ihr das Wasser fast bis zur Unterlippe reichte. »Trauriger Gedanke«, sagte sie. »Dass ein Gefühl des größten Glücks den sicheren Tod bedeutet.«

Nach dem letzten von Lenas Briefen, in dem sie davon erzählte, ein neues Leben beginnen zu wollen mit einem Mann, über den sie leider noch nicht mehr berichten könne, fragte Nina bei der Äbtissin, ob sie das Kloster drei Tage lang verlassen dürfe, ihre heißgeliebte Großmutter liege im Sterben. Sie durfte. Nina mietete sich einen knallgelben Kleinwagen, übernachtete bei ihrer Mutter und fuhr am nächsten Morgen in aller Herrgottsfrühe an den Kaiserstuhl. Die Adresse kannte sie von Lenas Briefen.

Den Rest musste sich die Polizei aus ein paar Aussagen Ninas zusammenreimen, die sie gemacht hatte, nachdem sie im Krankenhaus aufgewacht war.

Sie hatte aus ihrem Auto heraus beobachtet, wie Danny das Haus verließ. Sie erkannte den ehemaligen

Klostergärtner sofort. Nachdem Danny verschwunden war, fuhr Nina wieder davon. Ein Zeuge hatte sich mittlerweile gemeldet, der das auffällige Auto samt Fahrerin auf einem Rebenweg gesehen hatte.

Nina dürfte in den Reben Rotz und Wasser geheult haben. Da hatte sie sich aus dem Kloster stehlen können, um Lena ihre Liebe zu gestehen – und muss mit ansehen, wie ausgerechnet Danny aus dem Haus spaziert. Der Mann, der ihr Lena schon einmal gestohlen hatte. In diesem Moment muss sie die Kontrolle über sich verloren haben.

Sie fuhr zurück zum Haus, klingelte, und Lena öffnete ihr. Vielleicht noch im Bademantel, vielleicht schon angezogen. Vermutlich zügelte Nina ihre Wut, möglicherweise verflog sie beim Anblick Lenas auch. Anzunehmen, dass Lena erst erstaunt und dann erfreut war, ihre Freundin zu sehen. Dass sie sich um den Hals fielen und kicherten wie kleine Mädchen. Sie tranken zusammen Tee. Die Polizei hatte zwei Tassen in der Spüle gefunden, eine mit Lenas DNA, die andere hatte sie bislang nicht zuordnen können. Noch so ein Indiz, dass gegen Danny gesprochen und das Schmieder ignoriert hatte. Ich war sicher, dass die Spuren auf der Tasse zu Nina gehörten. Aber noch fehlte das offizielle Ergebnis.

Marie sah mich skeptisch an. »Warum sollte ihre Wut zurückkehren? So plötzlich und so tödlich?«

»Weil sie geistesgestört ist?«, fragte ich zurück. »Ich glaube, dass Lena an jenem Morgen von ihrem Pfarrer erzählt hat. Es muss ihr ohnehin schwergefallen sein, so lange mit niemandem darüber zu sprechen. Nach der Nacht mit Danny sind dann wahrscheinlich alle Dämme gebrochen. Außerdem hat sie Nina vertraut, sie wollte ihre Geheimnisse mit ihr teilen.«

»Ist ja alles plausibel, was du dir so zusammenreimst. Was ich aber überhaupt nicht begreife, ist, wieso Lena ihre reizenden Dessous am Leib trug. Die wird sie ja wohl kaum angezogen haben, nachdem Danny sich verabschiedet hatte.«

»Auch das weiß ich nicht«, sagte ich und ließ heißes Wasser nachlaufen. »Entweder hatte sie sich schon auf das Treffen mit Lukas Ebert vorbereitet, bevor Nina klingelte. Oder – und das halte ich für wahrscheinlicher – sie wollte Nina vorführen, was sie sich gekauft hatte. Du darfst nicht vergessen: Die Frau hat fast ihr gesamtes Erwachsenenleben im Kloster verbracht. Und nun konnte sie endlich jemandem, der aus ihrem alten Leben stammte, zeigen, was sich alles verändert hatte in den vergangenen Monaten. Wie sehr sie sich verändert hatte. Dazu gehörte eben auch erotische Unterwäsche. Und erzähl mir nicht, dass ihr Frauen euch nicht gegenseitig vorführt, wenn ihr euch sexy Klamotten kauft.«

Statt eine Antwort zu geben, grinste Marie nur.

»Ich glaube also, Lena hat sich extra umgezogen, um Nina zu zeigen, wie sie den Herrn Pfarrer zu verführen gedenkt«, fuhr ich fort. »Indem sie ihrer Freundin die Wäsche vorführte und ihr damit zeigte, was sie, Nina, nie besitzen würde, ist Nina endgültig durchgedreht. Wobei es sicherlich mehr war, als eine Tat im Affekt. Nina hatte nach der Übernachtung bei ihrer Mutter das Jagdmesser ihres toten Vaters aus der Schublade genommen – und das bestimmt nicht, um erlegte Rehe auszuweiden. Schon bevor sie das Kloster verlassen hatte, muss in ihrem Kopf der Plan entstanden sein, entweder mit Lena durchzubrennen – oder sie zu töten.«

Marie schüttelte den hübschen Kopf. »Durchbrennen oder sterben. Das ist doch Wahnsinn. Und warum hat sie dann noch den Pfarrer getötet? Weil er ihr Lena gestohlen hatte?«

»Davon gehe ich aus.« Ich nickte. »Wahrscheinlich gab sie ihm die Schuld an Lenas Tod. Wäre er nicht gewesen, wäre Lena mit ihr durchgebrannt. Doch Ebert hat alles kaputt gemacht. Deshalb musste er sterben.«

Ich vermutete, dass Nina plante, den Pfarrer nach der Beerdigung zu töten. Sie muss ihn unter einem Vorwand gebeten haben, ins Pfarrhaus zu gehen, vielleicht hat sie Übelkeit vorgetäuscht. Bei der ersten Gelegenheit stach sie zu.

Beinahe wäre sie davongekommen. Doch nachdem sie ein paar Tage zuvor niemand bei Lenas Haus gesehen hatte, verließ sie nun das Glück. Erst suchte die Äbtissin nach ihr, Nina schlug sie nieder und schleppte sie in die Truhe.

»Ich glaube nicht, dass sie ihre Chefin töten wollte«, sagte ich. »Schwester Maria hatte mit der Sache nichts zu tun und Nina empfand, nach allem was wir wissen, großen Respekt, geradezu Ehrfurcht vor ihr. Sie hatte nur nicht bedacht, dass der Sauerstoff in der Truhe schnell zur Neige gehen würde.

Dann hatte sie erneut Pech. Nachdem sie die Tür zur Kirche hin verschlossen hatte, wollte sie über das Pfarrhaus zurück zum Bus. Sämtliche Schlüssel hatte sie in Eberts Hosentasche gefunden. Doch kaum stand sie im Wohnzimmer, klingelte es. Sie machte keinen Mucks und hoffte, einem weiteren Problem entgangen zu sein, als es an der Terrassentür zum kleinen Kräutergarten klopfte. Danny stand davor.«

Nina hatte keine andere Wahl gehabt, als ihn reinzulassen. Er wollte mit dem Pfarrer reden, wollte ihm mitteilen, was Lena in ihrer letzten Nacht gesagt hatte. »Vom Sex hätte ich natürlich nix gesagt«, hatte er mir versichert. Nur dass Lena ihn, Lukas, geliebt hatte. Nina ließ ihn herein und sagte ihm, dass der Pfarrer noch einmal kurz in die Kirche gegangen sei, Danny solle doch auf dem Sofa Platz nehmen. Kaum hatte er sich gesetzt, hielt Nina ihm das Messer an den Hals, ritzte ein bisschen, sodass er blutete und jede Gegenwehr bleiben ließ, und fesselte ihn. Und schon hatte sie dieses Monstrum von einem Mann außer Gefecht gesetzt.

»Hätte sie ihn getötet?« Das Wasser schwappte über Maries Brust und wieder zurück. Ihre Brustwarzen ragten aufrecht gen Badezimmerdecke. Diesmal sah ich hin.

»Davon gehe ich aus. Aus ihrer Sicht hatte sie keine andere Wahl. Wenn sie ihn nicht tötete, würde er sie verraten. Außerdem dürfte sie auch Danny gehasst haben. Immerhin fing mit ihm das Elend an, er hatte Lena verführt und damit fürs Klosterleben verdorben. Also ja, ich denke schon, dass sie ihn getötet hätte. Kann sein, dass sie zunächst noch unschlüssig war. Doch bevor sie sich entscheiden konnte, kam Mandy dazwischen.«

»Ich weiß immer noch nicht, wie die in das Pfarrhaus gekommen ist.«

»Weil sie sich wie üblich nicht an meine Anweisungen gehalten hat. Nachdem ich in der Kirche verschwunden und nicht wieder aufgetaucht war, wurde sie nervös. Also hat sie sich Samson geschnappt und ist ums Pfarrhaus spaziert. Die Terrassentür stand offen, Mandy – höflich wie immer – marschierte mitsamt dem Hund rein, sah sich um – und spürte in dem Augenblick, in dem sie Danny entdeckte, ein Messer am Hals. Kurz darauf saß sie gefesselt neben Danny.«

»Da hat Samson aber ganz schön versagt. Ich hätte erwartet, dass der Wunderhund sein Frauchen rettet.« Marie griff zu ihrem Weinglas, das auf der Wannenablage stand und trank. Ein wenig von dem Wein ergoss sich über den Rand des Glases auf ihren nackten Körper. Ein paar rote Tropfen bahnten sich gemächlich den Weg zu ihren Brüsten.

»War das Absicht?«, fragte ich.

»Was?« Sie sah mich unschuldig an.

»Das!« Ich deutete auf die Tropfen, die mittlerweile an den Brustwarzen angekommen waren und dort verharrten, wie um mich zu verhöhnen.

»Das kannst du dir aussuchen.« Sie lächelte zuckersüß, bevor sie mich zurück in die Realität holte. »Was war nun mit Samson, warum hat er versagt?«

»Weil Nina gedroht hat, Mandy das Messer in den Hals zu rammen, sobald der Hund eine falsche Bewegung macht. Also hat Mandy ihn beruhigt und davon abgehalten, Kommissar Rex zu spielen. Wobei ich glaube, dass das Spiel in dem Moment aus war, in dem Mandy mit dem Hund das Haus betrat. Ich glaube nicht, dass Nina eine aus ihrer Sicht unschuldige Frau getötet hätte. Und selbst wenn – spätestens bei diesem Versuch hätte sich Samson auf den Pinguin gestürzt.«

»Pinguin?«

»Na ja, die Nonne halt.«

Wir lagen ein paar Minuten still, das heiße Wasser floss plätschernd nach.

»Ich weiß auch nicht«, sagte Marie, »aber deine Heldengeschichten machen mich irgendwie scharf.«

Ich stöhnte auf. »Ehrlich, ich kann nicht mehr.«

Sie lächelte. »Ich kann warten, mein Held.«

Es gibt diese Momente, in denen es echt angenehm ist, ein Held zu sein.

Danke

Wie immer kann ein Buch nicht ohne die Hilfe anderer entstehen. Bei mir steht an vorderster Front Sandra, meine Frau, die mich immer wieder angetrieben hat zu schreiben. Außerdem muss sie damit leben, die diversen Manuskripte in ihrer unfertigen Fassung zu lesen und mich auf die größten Fehler, die dicksten Patzer und die schlimmsten Logiklöcher hinzuweisen. Ein hartes Los. Vor allem, weil ich immer zurückmaule, wenn sie mault. Am Ende halte ich mich dann doch an ihre Vorgaben – weil sie immer richtig liegt. Und ich falsch.

Toni, meiner Stieftochter (ich werde mich nie an den Begriff Bonustochter gewöhnen können, obwohl er zweifellos zutrifft), bleibt es zwar erspart, meine Manuskripte gegenlesen zu müssen (es wäre sowieso nicht ihr Ding, zu wenig Blut). Aber sie muss damit leben, dass ich sie im Schreibwahn dazu missbrauche, mit dem Hund rauszugehen, die Katzen zu füttern, die Geschirrspülmaschine auszuräumen und dergleichen mehr. Wirklich keine leichte Zeit für einen Teenie.

Samson, mein Lieblingshund, sowie Flockerl und Baby, meine Lieblingskatzen, lenken mich ab, wenn es nicht läuft, kuscheln, wenn ich frustriert bin, und sehen es gar nicht ein, mich in Ruhe zu lassen, nur weil ich, der Herr Schriftsteller, es gern hätte. Kurzum: Sie machen mir unmissverständlich klar, dass ich mich nicht so wichtig nehmen soll. Luigi kann das leider nicht mehr, er ist vor zwei Jahren gestorben. Aber er darf weiterleben. In unserer Erinnerung und an der Seite des literarischen Samson.

Carola hat die Rohfassung gegengelesen. Meine Güte, kann die Frau streng sein. Aber was soll ich sagen – zum Glück war sie so unerbittlich. Dank ihr habe ich aus dem Originalmanuskript jede Menge Unsinn und Seltsamkeiten gekürzt. Auch solche, von denen ich begeistert war. Bis Carola mir klargemacht hat, dass Begeisterung nun wirklich völlig fehl am Platze ist.

Jürgen ist ein Fehlerkiller. Der Mann weiß alles über die deutsche Rechtschreibung. Er weiß, wie Wörter vor der Reform geschrieben wurden, danach und dazwischen. Und er entdeckt Fehler, von denen ich nicht einmal ahnte, dass sie welche sind. Lobpreisen Sie ihn für alles, was richtig geschrieben ist. Und schmähen Sie mich für jeden Fehler, den ich wieder hineingebastelt habe.

Dennis hat einmal mehr ein großartiges Cover gezaubert. Und dabei muss der arme Kerl damit leben, dass ich manchmal Wünsche habe, die sein professionelles Herz weinen lassen. Zum Glück hält er mich von den größten Torheiten ab.

Und wie immer gilt: Jede Torheit, die überlebt hat, ist auf meinem Mist gewachsen.

Kontakt

Dank auch an Sie, weil Sie sich die Zeit genommen haben, dieses Buch zu lesen. Ich hoffe, es waren vergnügliche Stunden. Wenn es Ihnen gefallen hat, wenn Sie Kritik loswerden oder mich auf Fehler hinweisen wollen, freue ich mich auf Ihre E-Mail. kontakt@alexanderhuberth.de

Wenn Sie mehr über mich und Leo erfahren wollen, dann besuchen Sie mich auf meiner Homepage unter www.alexanderhuberth.de

Printed in Poland
by Amazon Fulfillment
Poland Sp. z o.o., Wrocław

60178181R00169